D1720394

ОЛМА
МЕДИАГРУПП

АЛЕКСАНДР БЕЛОВ

БРИГАДА

Поцелуй Фемиды

РОМАН

Книга 13

МОСКВА
ОЛМА-ПРЕСС Экслибрис
2005

УДК 821.161.1
ББК 84.(2Рос-Рус)6
Б 435

Оформление переплета
О. Петров

Литературный редактор
Л. ГУРОВА

Фотограф
С. Коротков

Белов А.

Б 435   Бригада. Поцелуй Фемиды. Кн. 13. — М.: ОЛМА-ПРЕСС Экслибрис, 2004. — 414 с.

ISBN 5-94847-569-7

Едва Александр Белов поднимается на гребень волны успеха, как Судьба снова ставит ему подножку. Талантливый руководитель, в короткий срок превративший умирающий алюминиевый комбинат в флагманское предприятие отрасли, снова оказывается за решеткой. Его обвиняют в неуплате налогов... В чем причина этой атаки? В новом витке войны за передел собственности? Или в извечной ненависти серой посредственности к людям успешным и ярким? В любом случае выход один: выйти навстречу противнику и дать бой...

УДК 821.161.1
ББК 84.(2Рос-Рус)6

ПРОЛОГ

Финал беседы получился не таким, как было задумано. Вообще-то журналист — на то он и акула пера — был блестящим стратегом и всегда имел про запас два, а то и три варианта завершения важных переговоров. Допустим, имеется предпочтительный вариант «А». Если он не проходит, то разыгрывается вариант «В», который тоже по-своему хорош и позволяет обернуть ситуацию в свою пользу. Но сегодня не сработал ни тот, ни другой...

Если уж на то пошло, журналист предпочел бы, чтобы его обложили трехэтажным матом. Это, по крайней мере, было бы эффектно и правдоподобно: изолгавшийся капиталист, враг демократии и свободы слова, теряет человеческий облик, топает ногами, брызжет слюной и швыряет графин в представителя независимой прессы. Да хоть бы и в морду дал! Это можно было бы красиво обыграть на страницах «Колокола». Но в том-то и дело, что человеческого облика олигарх не терял, и графины по кабинету не летали...

Выслушав доводы журналиста, Белов помолчал, посмотрел в темноту ночи за окном, устало потер переносицу и... совершенно спокойно сказал то, что сказал. Поднялся из-за стола, распахнул дверь в приемную и еще раз отчетливо повторил:

— Пошел в жопу! — а потом, обращаясь уже к секретарше, вежливо добавил: — Люба, проводите, пожалуйста, Леонида Сергеевича.

Все это походило на анекдот, если вдуматься, куда именно должна была проводить гостя эта дюймовочка, сидевшая, как дворняжка, под дверью хозяина столько времени после окончания рабочего дня...

Да уж, эффектного финала не получилось. Тем более что жирный посетитель, покидая приемную, споткнулся о край паласа и едва не упал. Секретарша Любочка бросилась к нему и с готовностью подставила плечо, словно ее тщедушное тельце было в состоянии удержать от падения «Шварценеггера» без малого в центнер весом.

— Я сам найду дорогу, — с раздражением отстранил ее журналист, шагнул за порог, и ему почудилось, что за его спиной раздался сдержанный смешок.

Он впервые в жизни почувствовал по-настоящему, что такое душевная боль. Никто не любит быть смешным, настоящий мужчина тем паче. А настоящий мужчина и к тому же представитель творческой профессии — вдвойне.

Люди, не знакомые с журналистской кухней, наивно полагают, что в жизни бывают только правда и неправда. Хороший журналист пишет правду, плохой — врет, а третьего, вроде бы, и не дано. На самом деле настоящий мастер тот, кто свободно владеет невиданным по остроте и действенности оружием под названием интерпретация. С помощью этой волшебной штуки можно, «не повредив» ни единого факта, изменять общую картину столько раз и в ту сторону, сколько и куда потребуется. Высоким искусством интерпретации журналист владел в полной мере, иначе не видать бы ему, как своих ушей, того высокого общественного положения, которого он добился в свои тридцать с небольшим лет. Так что все еще впереди, в смысле — ответный удар с его стороны последует. Непременно!

«Ладно, проигран бой, а не кампания, — постарался успокоить сам себя посетитель. — Хорошо смеется тот, кто смеется без последствий».

Журналист покинул офис заводоуправления. Он шел по совершенно пустому коридору под гулкий звук собственных шагов. При повороте на черную лестницу, также пустую, он качнулся, потерял равновесие и пребольно ударился об угол плечом. Вот черт! Похоже, он сегодня не в форме. Несколько рюмок «Абсолюта», пропущенные одна за другой в кабинете генерального директора, не должны были повлиять на координацию движений. Журналист гордился своим умением пить водку. Он вообще гордился собой, а умение пить водку по праву считал одним из своих достоинств. Он пил ее на равных с буровиками и металлургами, летчиками и оленеводами. А главное, с руководителями любого уровня, начиная с мастера цеха и кончая представителями высшего эшелона власти. И· всегда при этом помнил, зачем приходил и чего хотел добиться, и всегда возвращался домой своими ногами.

Однако на этот раз не заладилось — ни с разговором, ни с выпивкой. Его сегодняшний собеседник, Белов, во время беседы практически не пил: едва обозначил намерение и тут же отставил свою рюмку в сторону, как будто брезговал компанией.

Журналист снова почувствовал сильное желание поквитаться. В его воображении возник эскиз газетного разворота. Слева, допустим, можно поместить фотографию нищего поживописнее... Даже лучше, если это будет старуха. Беззубая. На паперти, с протянутой рукой. А справа — симметрично — олигарх будет, допустим, жрать икру ложкой. Если же не удастся раздобыть снимок олигарха с икрой, то на крайний случай можно заснять его шикарный автомобиль. И крупно дать на разворот какую-нибудь фразу типа «День рождения буржуя»!

Встреча с олигархом была запланирована на этот день еще неделю назад. Но на транспортной проходной, куда гость подъехал на своем джипе в назначенное время, его никто не встретил. Престарелая вахтерша, кряхтя, вылезла из будочки, и долго таращилась на золотые корочки с надписью «Пресса». Потом снова полезла в будку, вернулась и протянула ему ключ от гаража.

— Сейчас там открыто, а когда будете уезжать, закроете и вернете ключ мне. — Увидев, что посетитель направляется в другую сторону, она забеспокоилась: — Да не туда, мужчина! Вам нужно направо, где заместители машины ставят.

Он не без труда отыскал бокс для автомобилей замов, и поставил джип рядом с чьей-то потрепанной БМВ. Избалованного славой журналиста слегка задело, что никто не суетится и не провожает его до приемной. Он успел привыкнуть к поклонению: ведь пресса — это зеркало, а глядя в зеркало, каждый стремится сделать соответствующее выражение лица... Куда теперь? Наконец он догадался: задняя дверь из гаража ведет прямиком на черную лестницу, и уже оттуда — в здание заводоуправления...

В гулкой тишине коридора раздался звук, похожий на лязг затвора «Калашникова»... Посетитель вдруг услышал не только шаги, свои и, может быть, чужие, но и собственное хриплое дыхание. Показалось? Да, чувствует он себя неважно: взгляд не удается сфокусировать, как будто кто-то специально сбивает резкость. Видимо, сказывается усталость.

От этого Белова с его уголовным прошлым всего можно ждать. Говорят, он лично грохнул в лесу какого-то стукача-неудачника. Журналисту стало страшно, липкая струйка пота проложила себе дорогу между лопаток.

Когда же, к едрене фене, закончатся эти бесконечные повороты! Ему показалось, что он попал в лабиринт, сто раз прошел один и тот же отрезок пути, и ему суждено погибнуть здесь, среди этих кирпичных стен, выкрашенных охрой. В какой-то момент он запаниковал, ускорил шаг и даже побежал, потом остановился... Надо взять себя в руки и сориентироваться...

Да вот же выход в гараж! Журналист с облегчением толкнул небольшую оцинкованную дверь и шагнул в темный бетонный бокс. Дверь за его спиной с тяжелым вздохом захлопнулась. Он принялся шарить по стенам в поисках выключателя. Ему снова стало страшно... Уф, слава богу, тусклая лампа загорелась под потолком. Кроме его джипа, в гараже не было ни одного автомобиля.

Превозмогая слабость, он открыл замок ключом, полученным на вахте, и по очереди оттянул в стороны тяжелые створки ворот. Хлынувший осенний воздух придал ему сил. Черт бы побрал этого Белова с его бытовым аскетизмом! Неужели у комбината нет возможности по-человечески оборудовать гараж хотя бы для руководства! Могли бы не жмотиться и поставить нормальные ворота с дистанционным управлением, как это принято в цивилизованных странах. Зафиксировав створки, журналист вернулся к джипу и запустил движок... Мотор заработал практически бесшумно: вот за что следует любить новые иномарки... Что за черт! Одна из створок ворот сама собой медленно закрылась... Странно!

Матерясь на чем свет стоит, журналист с трудом вылез из машины и снова открыл воротину — на этот раз наверняка, подперев ее черенком подвернувшейся под руку лопаты. И, едва передвигая ноги, потащился назад, в кабину...

Но то, что он увидел прямо по курсу, в свете зажженных фар, было еще более странным. Обе створки ворот на этот раз оказались плотно закрытыми... Собственные ладони, лежавшие на руле, показались ему чужими: и кисти рук, и сам руль выглядели очень маленькими, как будто он смотрел на них в перевернутый бинокль...

В таком же положении, с выражением удивления на лице, он был обнаружен три часа спустя. Мертвым... Уже после того, как ушла секретарь Любочка, и последним покинул территорию комбината генеральный директор, вахтерша вспомнила о визитере, приехавшем на джипе. И о том, что ключ от гаража ей так и не вернули. Заподозрив неладное, старая женщина вызвала дежурного охранника, и они вместе двинулись на поиски.

Ворота гаража оказались закрытыми на ключ, который впоследствии обнаружили в кармане погибшего. Двигатель джипа работал на холостых оборотах. Журналист сидел в кабине, навалившись грудью на руль. Прибывший вслед за милицией судмедэксперт констатировал смерть от отравления выхлопными газами. Судя по всему, помешал журналисту выйти из автомобиля и открыть ворота сердечный приступ. Как говорится, налицо типичный несчастный случай...

Друзья и коллеги, собравшиеся на гражданскую панихиду, во всех деталях обсудили проблему лишнего веса, а также постоянных стрессов и выпивки, сопутствующих нелегкой журналистской работе.

Само собой разумеется, что известная журналистка Троегудова, специально прилетевшая из столицы в Красносибирск на похороны коллеги, не удовлетворилась официальной версией и выдинула свою. В заголовок некролога, подготовленного для центральной газеты, она вынесла фразу «Асфиксия творчества», а в качестве подзаголовка — коварный вопрос: «Кому выгодна гибель редактора независимой газеты?»

Однако всерьез ее фантазий никто не воспринял, даже собратья по перу. Во-первых, потому, что местным журналистам, в отличие от московских коллег, было прекрасно известно: гибель в результате отравления выхлопными газами в северных условиях довольно обычное дело, особенно зимой. А во-вторых, все знали, что из-под золотого пера Троегудовой выходят исключительно сенсационные статьи. Даже поломку детских качелей она может преподнести как происки спецслужб или международный заговор...

ЧАСТЬ ПЕРВАЯ

ПОЛЕТ
НАД ВОРОНЬИМ ГНЕЗДОМ

I

Белову показалось, что он проснулся. Кажется, дело идет к завтраку? Внизу официанты гремят столовыми приборами. Невыспавшиеся девушки и парни в фирменных фартуках протирают хромированные ножи и вилки, рубят тоннами салаты, заряжают тостеры душистым хлебом, раскладывают по столам льняные салфетки. Сейчас восхитительный цветочный запах кипрского утра смешается с ароматом круассанов, и в ресторане мгновенно выстроится очередь немецких туристов, дисциплинированных до идиотизма. Вездесущие немцы не только являлись к началу завтрака минута в минуту и в полном составе, но даже в бассейн прыгали, казалось, исключительно по свистку своего группповода — поджарого фрица в шортах.

Белов подумал, что может спокойно подремать еще минут сорок, пока не схлынет волна крикливых бюргеров. И тут он окончательно проснулся...

Звук, который он принял за звон столовых приборов, ничего общего с ним не имел. Это лязгали где-то внизу отпираемые и снова запираемые решетки-двери. И запах в этой новой реальности не был связан ни с морем, ни с цветами или ванильным тестом. В воздухе стоял тяжелый дух отхожего места и хлорки. Здесь не было немцев и в принципе не могло быть официантов. Потому что это была камера изолятора временного содержания при Красносибирском управлении внутренних дел.

Именно сюда вчера поздно вечером был доставлен генеральный директор комбината «Красносибмет» Александр Белов. Тот самый Белов, чье открытое лицо улыбалось в последнее время с экранов телевизоров, страниц газет и обложек журналов. Супер-успешный менеджер, сумевший за короткий срок вывести умиравший комбинат в число лидеров алюминиевой промышленности. Тот самый Белов, которого высоко ценили зарубежные партнеры и уважали подчиненные, получающие самую высокую в регионе, а может, и в стране, зарплату. Тот, кого, несмотря на сомнительное прошлое, пытались заполучить в почетные члены многие вузы страны, потому что это означало солидные дотации и гранты. Красавец, умница, баловень судьбы и... просто богатый человек.

Что случилось там, наверху, в заоблачных далях, в горних сферах? Какая Аннушка разлила фатальное масло на рельсы судьбы и тем самым привела в действие тысячи причин и следствий, — этого во всей полноте не знал никто. Но результатом невидимой цепной реакции стал арест Александра Белова, доставка его под стражей в Красносибирск и заключение вот в эту камеру изолятора временного содержания, с дощатым настилом вместо кровати и влажной вонючей подушкой.

Задержание было проведено с блеском, даже эффектно. Очевидно, режиссер действа рассчитывал на шумиху в средствах массовой информации. Белова арестовали прямо в актовом зале Уральского университета после блестящего выступления на праздновании Дня студента — в Татьянин День. Пухлая первокурсница как раз направлялась к сцене, чтобы вручить оратору ворох записок с вопросами, как вдруг раздался грохот тяжелых ботинок. По проходу и с боков, из-за кулис, к Белову с криком «ФСБ. Оружие на пол! Будем стрелять» подлетели люди в черном с укороченными автоматами наперевес. Их командир подошел к Белову и сказал:

— У нас предписание. Вам придется пройти с нами...

Он не собирался ломать бойцам челюсти и убегать от преследователей. Более того, был в любую минуту готов лично и добровольно явиться в прокуратуру для дачи показаний. Где-то в глубине души он не исключал вероятности, что рано или поздно его туда пригласят. Но маски-шоу — это был явный перебор.

— Вы что, парни, с дуба рухнули? — только и успел сказать Белов в еще не выключенный к тому моменту микрофон.

Эту фразу потом долго на все лады склоняли средства массовой информации. В маски-шоу было задействовано не менее тридцати бойцов. Двое из них весьма квалифицированно заломили ему руки за спину и в полусогнутом виде повели по центральному проходу. Это было настолько же красиво сделано, насколько совершенно бессмысленно: оратор уже давно не носил ни тэ-тэшника, ни любого другого оружия, и даже не думал оказывать сопротивления. Наоборот, несмотря на унизительное положение, в которое он был поставлен, арестованный сохранил полное самообладание. С лица Белова, когда его вели по залу, не сходила язвительная улыбка, которую не могли не видеть притихшие студенты.

Криминальное прошлое, с точки зрения большинства присутствующих, было сейчас для него не более чем пикантным штрихом в биографии, как нарядная булавка на строгом галстуке бизнесмена, оживляющая безукоризненно сшитый костюм. Многие даже были уверены, что бандитскую страничку в его анкету вписали по собственной инициативе ушлые журналисты. А не будь у Белова такого прошлого, он казался бы просто искусственно созданным по модели какого-нибудь Карнеги существом — для доказательства реализуемости знаменитой «американской мечты». Тогда как бандитская юность делала этого статного и успешного красавца как раз-таки своим, родным, русским и немного непутевым...

Светящиеся стрелки «командирских» часов, не отобранных при задержании, показывали половину четвертого. Белов стиснул зубы и зарылся лицом в сырую комковатую подушку. Он не будет сейчас думать обо всем этом. Надо постараться доспать положенные часы. Во-первых, наутро, к моменту допроса, ему нужна свежая голова. Ведь, скорее всего, именно в этот день состоится разговор со следователем, и все должно встать на свои места. А еще ему очень хотелось досмотреть дивный сон, напомнивший ему события из другой, прежней жизни. Он зажмурился и усилием воли заставил себя проснуться... на Кипре.

Официанты внизу уже перестали греметь столовыми приборами и посудой. Белов потянулся, предвкушая, как он сейчас натянет джинсы, накинет рубашку, спустится в столовую, с кайфом позавтракает... И бездумно проваляется на берегу весь последний день своего пребывания на острове. Обидно было бы уехать с Кипра, так ни разу и не искупавшись...

Что такое отпуск в прямом смысле этого слова, Саша не знал в принципе. Он не мог даже представить себя в роли, скажем, экскурсанта с фотоаппаратом на брюхе, поворачивающего голову по команде экскурсовода направо-налево, или бездельника, подставляющего солнцу фрагменты тела и бдительно следящего за качеством загара. Смешно!

Любая поездка за границу и прежде означала для него деловые переговоры и еще раз переговоры. Даже редкие, имевшие место в прошлом, попытки «расслабиться на природе» в родном отечестве неизменно заканчивались недокуренной сигаретой, и необходимостью прыгать в машину и мчаться по делу. А в последние два года, хотя Александр Белов заделался большим боссом и, казалось бы, получил законное право на «буржуйские» радости, об отпуске не могло быть и речи...

Он окунулся в большой бизнес сразу и с головой. Поступил так же, как поступал всегда: короткое трезвое раздумье и — шаг вперед. Безо всяких оглядок и оговорок «с одной стороны» и «с другой стороны», без попыток представить, что было бы, если бы не случилось того, что случилось.

Белов «перепрыгнул» в кресло генерального директора Красносибирского алюминиевого комбината с должности начальника охраны. И, хотя он в свое время был единодушно выбран и назначен Советом акционеров, но не мог не чувствовать, что этот крутящийся мягкий стул с подлокотниками достался ему «не по понятиям». К директорскому креслу ведь как принято идти? Шаг за шагом, приседая и низко кланяясь, постепенно наращивая мускулы в подковерных играх...

Он знал, что его стремительный карьерный взлет, нарушивший все ритуалы и каноны, вызывает раздражение у номенклатурных руководителей, что он заслужил в этой среде репутацию наглеца и выскочки. Но на это как раз ему было плевать. Главное, что никто — ни равные по статусу, ни, тем более, подчиненные — даже за глаза, не посмели бы назвать его лохом.

Он встал во главе многотысячного коллектива «Красносибмета» так же уверенно и естественно, как в свое время возглавил свою Бригаду. Он много думал и еще больше рисковал. Не имея времени обучаться в бизнес-школах и прочих повышающих квалификацию заведениях, он урывками читал все, что попадалось под руку по части управления бизнесом, и вынес из прочитанного одну ценную мысль. А именно: тот, кто научился руководить коллективом из трех человек, сумеет справиться с любым числом подчиненных практически в любой сфере деятельности. По крайней мере, ничто за эти годы не убедило его в обратном...

Поездка генерального директора Красносибирского алюминиевого комбината Александра Белова на всемирный курорт не имела ничего общего с отдыхом. Кипр, как известно, город контрастов: половина приехавших сюда нон-стоп отдыхает, в то время как вторая половина остервенело вкалывает, а третьего не дано. Белов принадлежал к числу вкалывающих.

Он чувствовал признательность по отношению к этому чудному острову, а вернее, к законам, действующим на греческой его стороне. Именно благодаря оффшору год назад он сумел использовать одну из схем, широко применяемых в мировой экономической практике, схему, которая позволила спасти комбинат. И не только спасти, но и вывести в число наиболее успешных, прибыльных предприятий в России.

Жизнь полна парадоксов. Кипрский оффшор в свое время помог его «Красносибмету» на вполне законных основаниях резко сократить налоговые отчисления в бюджет, таким образом выжить и удержаться на плаву. А в итоге стать одним из крупнейших в стране налогоплательщиков! По крайней мере, большую часть бюджета Красносибирского края составляли именно налоговые отчисления его комбината. Что же получается? Получается, что киприоты хитрым образом внесли свой вклад в экономику России...

Александр повернул голову и с удивлением обнаружил рядом на шелковой подушке темно-рыжие кудри и напряженное лицо женщины, пытавшейся изобразить здоровый сон... Очередная сексуальная победа, по большому счету, не принесла ему ни удовольствия, ни удовлетворения. Он встал и вышел на балкон, закурил, равнодушно наблюдая за партнершей, которая театрально-грациозными движениями завернулась в простыню, а затем босиком, как Айседора Дункан, упорхнула в душ. Чем-то она похожа на знаменитую танцовщицу.

Баба как баба: не ах, какая красавица при ближайшем рассмотрении, но и не дурнушка. Так, из серии «проходил я мимо, сердцу все равно...». Хотя, пожалуй, это был оптимальный вариант: без душевной привязанности и связанных с нею неизбежных травм, без необходимости поддерживать отношения. Почему так вышло? А пес его знает, почему?

Саша вспомнил, как... Когда это было! Он вернулся из армии, раздираемый желанием любить, и пережил первое потрясение на этой почве. История банальная, каких тринадцать на дюжину: «Разлука быстро пронеслась, она его не дождалась...». Он вспомнил, как в сердцах забросил Ленкино обручальное кольцо далеко в кусты. Перед тем, как сгинуть, оно сверкнуло в воздухе и... задало, видно, его жизни такую траекторию, что не видать ему в любви счастья, как своих ушей.

Воспоминания о большой любви номер два оставили в душе не менее горький осадок, чем первый опыт. Бывшая законная жена Ольга время от времени попадалась ему на жизненном пути. И всякий раз Александр пытался отыскать, разглядеть в этой истеричной, агрессивной даме ту нежную скрипачку, девочку-видение, которая покорила его сердце в подмосковном дачном поселке...

Были в его жизни и другие любовные истории. Иные из них походили на короткую песенку, иные на воровскую балладу, а некоторые и вовсе тянули на бразильский или мексиканский сериал... Как случилось, например, с Ярославой.

Вспомнив о Ярославе, Белов почувствовал тревогу и потянулся к мобильному телефону. Надо бы прикинуть, какая разница во времени между кипрским городом Лимассол и Красносибирском? Не хотелось перебудить своим звонком все семейство, особенно если учесть, какого труда тетушке стоит уложить малыша. Однако разговор с домом пришлось отложить: из ванной комнаты вышла его пассия и, жеманясь от неловкости, попросила прикурить. Кажется, это был ее первый опыт супружеской измены. Звонить домой в присутствии посторонней женщины не хотелось.

— Черкнешь телефончик? — с вызовом спросила дама, достав сигарету.

Вот черт, как ее зовут: Вика? Инга?.. Белов поднес огонек зажигалки к кончику ее сигареты.

— Или секс — не повод для знакомства? — продолжала она в том же тоне.

Момент прощания всегда самый неприятный в подобных сюжетах. «Скорее бы ушла» — тоскливо подумал Белов, и нацепил самую беспроигрышную из своих улыбок, которая так замечательно действует на женщин. Он достал записную книжку, демонстрируя готовность записать в нее ненужный телефонный номер, и замешкался, не зная, на какой букве ее открыть.

— У... — подсказала женщина, криво усмехнувшись.

— Что?

— На букве «у» открывай. Удодова Алла.

«Алла, слава Аллаху» — с облегчением вздохнул Белов.

Женщина расценила этот вздох по-своему.

— Да-да, жена того самого Удодова, — сказала она с иронией и не без тайной гордости. — Как видишь, высоко несу знамя...

Алла затянулась дымом и сделала вид, что закашлялась. Кажется, она вознамерилась заплакать, а уж это было совершенно ни к чему. Только истерики тут не хватало по поводу поруганной супружеской чести...

Эту самую Аллу несколько дней назад он приметил за завтраком в ресторане отеля. Женщина посылала ему печально-высокомерные взгляды и как-то по-особому приосанивалась, закидывая одно загорелое колено на другое. Только слепой мог не заметить посылаемых открытым текстом зазывных сигналов. Белов их заметил, и несколько раз машинально выделял в стайке подруг ее чересчур загорелое тело в белом сарафане, каштановые волосы и практически белую помаду — одежда и этот чудной макияж на фоне загара делали даму похожей на негатив.

Пылкие взгляды и якобы нечаянные прикосновения у «шведского стола» сулили море страсти. Однако в момент непосредственного сближения разочарованный Белов не почувствовал ничего, кроме... волевого спазма. Жест, которым красавица закинула ему за шею свои коричневые руки, когда они остались в его комнате одни, ничуть не напоминал нежное и непреодолимое влечение, он был похож скорее на начало какого-то чужого ритуала. Черт его знает, что за ритуал, и вообще, неизвестно, нужна ли неизвестному идолу эта жертва...

— Пойдем, выпьем кофе, — сказал он, обнимая ее за талию и как бы успокаивая, а на деле подталкивая к выходу.

Женщина нервно дернула плечом:

— Не время мне кофе распивать. Сегодня супруг из Москвы прибывает. — И ушла, оставив дверь приоткрытой.

«Все-таки обиделась» — равнодушно подумал Белов и в ту же минуту забыл об обманутых женских надеждах и о самой Алле. Он принялся набирать номер на своем мобильнике, чтобы узнать, как дела у Ярославы, тетки и у малыша. А потом надо все-таки хотя бы разок перед возвращением домой поплавать в Средиземном море.

II

В роли деда Игорь Леонидович Введенский смотрелся не так убедительно, как в роли генерала ФСБ. Он позорно терялся и пугался, когда внучка пряталась то в шкафу, то за диваном, а потом с криком выскакивала оттуда, стреляя из игрушечного пистолета струйкой воды. Он не мог придумать ни одной приличной сюжетно-ролевой игры, которая была бы, с одной стороны, развивающей и познавательной, а с другой устроила бы четырехлетнюю Дашу.

В принципе, ничего делать было не нужно: дочь приготовила все необходимое, и даже прикрепила магнитом к холодильнику подробную инструкцию, когда и чем они должны поужинать, а когда улечься спать. Правда, были два строжайших табу, соблюдать которые настоятельно просила молодая мать, убегая на студенческую тусовку по случаю Татьяниного Дня. Во-первых, ни в коем случае не купать кошку, а во-вторых, не смотреть «Покемонов» — зловредный японский мультик, по слухам, обладал неким зомбирующим эффектом и пагубно сказывался на детской психике.

— Может, сразимся в «морской бой»? — с фальшивым энтузиазмом спрашивал Игорь Леонидович.

— Нет, — отвечала жестокая девочка. — Лучше искупаем кошку.

— Или в шашки?.. — в голосе генерала зазвучали абсолютно не свойственные ему как личности просительные нотки.

— Кошку! Кошку!

«У этого ребенка железная воля. И стальные нервы, — устало подумал исполняющий обязанности дедушки. — Не иначе, чекистом будет».

В роли смотрящего за внучкой Игорь Леонидович оказался случайно. В обычное время эта честь безраздельно принадлежала его супруге, именно она время от времени отпускала порезвиться на волю студентов — дочку и ее мужа. А сама занималась внучкой Дашей, что на семейном сленге называлось «дашковать». Однако сейчас был особый случай: жена Игоря Леонидовича улучила момент реализовать свою давнюю мечту — отправилась в поездку под названием «Классическая Италия».

После тяжелой травмы, полученной когда-то в автомобильной аварии, Введенскому полагалось ежегодное обследование в стационаре и реабилитационный курс. Излишне говорить, что чаще всего он этот вопрос успешно заматывал. Как всякий нормальный человек, он не любил лечиться. Да к тому же, в отличие от равных по званию — пузатых дядек, страдающих одышкой, — молодой генерал ФСБ чувствовал себя в отличной физической форме. Он еще не дожил до того возраста, когда единственным имеющим смысл пожеланием остается здоровье.

Однако на этот раз вышло иначе. За первую неделю, следующую после новогодних праздников, трижды звонил его лечащий врач, напоминал о плановом обследовании и проявлял вообще-то не свойственную ему напористость. И еще: Игорь Леонидович впервые почувствовал, что устал.

Эта усталость не была похожа на обычное физическое переутомление, при котором достаточно один раз хорошо выспаться и выбраться за город на лыжах, чтобы форма полностью восстановилась. Природой, источником его усталости, казалось, была сама жизнь. Может быть, именно так и подбирается к человеку возраст?

В последние месяцы Игорь Леонидович стал замечать за собой недопустимые, учитывая характер его деятельности, раздражительность и нетерпимость к людям. В особенности это касалось новых лиц, в изобилии появившихся в его окружении.

Нахрапистая команда молодых политиков, за которыми укрепилась емкое определение «северяне», наступала быстро и планомерно по всем фронтам, включая и родное ведомство Введенского. В коридорах власти, на трибунах и на телеэкранах замелькали новые лица, по меткому определению самого Игоря Леонидовича, «обезображенные харизмой». На этих физиономиях отчетливо проступал коктейль, в равных пропорциях смешанный из глубочайшей принципиальности в сочетании с феноменальной политической гибкостью, непримиримая стойкость борцов и здоровый аппетит молодых самцов.

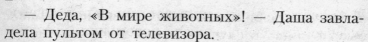

— Деда, «В мире животных»! — Даша завладела пультом от телевизора.

Подрастающие львята на экране азартно раздирали на части пойманную старым львом трепетную лань. Игорь Леонидович решил, что передача о животных — не самое плохое зрелище, которое может предложить телеэкран для маленькой девочки. Главное теперь следить, чтобы она не добралась до «Покемонов». По крайней мере, внучка перестала палить по нему и по кошке из водного пистолета...

Введенский все чаще ловил себя на мысли, что его тяготит любое общение, за исключением связанного с исполнением непосредственных служебных обязанностей. Он возненавидел великосветствие тусовки, где нужно «торговать мордой», и которые в силу положения ему время от времени приходилось посещать. Его до крайности раздражали всевозможные пресс-конференции, «телемосты» и необходимость общаться с депутатским корпусом. К счастью, эту часть работы в последнее время в основном брал на себя генерал Хохлов, и это устраивало их обоих — как руководителя ведомства предпенсионного возраста, так и его заместителя, вероятного преемника на высокий пост.

Кстати, именно недвусмысленное пожелание генерала Хохлова утвердило Игоря Леонидовича в решении: надо взять тайм-аут. Пожелание было высказано после того, как они вернулись с очередного заседания комиссии по расследованию «столкновения подводной лодки с Останкинской телебашней», и шеф как бы случайно заглянул в кабинет своего подчиненного. Такое бывало лишь в случаях; когда предстоял деликатный и не вполне формальный разговор.

Прежде чем приступить к разговору, Андрей Анатольевич Хохлов с любопытством обвел глазами кабинет, как будто пришел сюда впервые, и уперся взглядом в портрет Дзержинского.

— Двое в комнате: я и Феликс... — задумчиво сказал он.

Своим каламбуром шеф намекал на то обстоятельство, что большинство коллег Введенского сочли за благо расстаться с портретом основателя и духовного вдохновителя грозного ведомства. Остроносое, остроглазое и остробородое лицо мефистофеля революции они заменили на простоватый лик главы государства. Оно получалось и в ногу со временем, и, по сути верно: ведь действующий президент Батин из своих, из чекистов...

Что же касается заместителя директора ФСБ генерала Введенского, то он из какого-то мальчишеского упрямства оставил на стене Железного Феликса, а Батина вообще проигнорировал. Это был его маленький бунт против политической конъюнктуры.

— Как там учил Феликс Эдмундович насчет рук, головы и сердца? — усмехнулся Хохлов. — Насчет чистоты ваших, Игорь Леонидович, рук лично я никогда не сомневался. А вот по поводу температуры головы... Тут есть кое-какие вопросы.

Все понятно: генерал делает мягкую выволочку за сегодняшнее поведение своего подчиненного в ходе совещания. Игорь Леонидович на минуту поддался раздражению, донимающему его в последнее время, и слишком резко парировал в споре с одним из депутатов — председателем думского комитета *по законности и праву*. Слишком резко, пожалуй, даже язвительно. Неужели это было так заметно?

Они поговорили еще немного о текущих проблемах, и, уже уходя, Хохлов еще раз высказал пожелание:

— Отдыхайте, Игорь Леонидович. Поправьте здоровье, пока есть такая возможность: нигде не бабахнуло, и никого ниоткуда не свергли...

От разговора остался неприятный осадок. В особенности задел за живое намек старого мудрого чекиста, или это только показалось, на то, что вопрос о будущем назначении его главой ФСБ еще окончательно не решен, и кандидату не следует терять бдительность. Как будто Введенский рвался на этот пост.

Так он оказался на больничной койке, во власти физеотерапевтов и массажисток. Но душевного равновесия это ему не принесло. «А может, послать все на хрен? Подковерные игры, мышиную возню и вечную гонку: кто быстрее добежит и урвет кус покрупнее от большого пирога... — размышлял он, облепленный электродами, — и сразу наступит свобода...»

Он лежал на кушетке и разглядывал едва заметную трещинку на потолке. Вот с таких маленьких трещин и начинается разрушение любых монолитов. Не завелась ли такая же в его взаимоотношениях с государством? Многозначное слово «свобода» в этот момент представлялось ему синонимом простых человеческих радостей. А именно: возможность смеяться, когда смешно, грустить, когда грустно, поддерживать друзей и подонку в глаза говорить, что он подонок. И на стенку в своем кабинете вешать портрет того, кого только вздумается. Хоть бы и Джона Леннона...

Соседи по отделению — толстопузые генералы и полковники самозабвенно обсуждали наличие белка в собственной моче и отсутствие здравого смысла в призывах перевести армию на профессиональную основу. Уже через три дня Введенский почувствовал, что задыхается в этой атмосфере и дезертировал, сбежал домой...

Рычание подрастающих львов как-то незаметно сменилось писклявыми голосами мультяшных героев, и зазевавшийся воспитатель с опозданием заметил, что на экране мельтешат запрещенные к показу покемоны. Даша, притулившись к деду сбоку, впилась глазками в экран. Пытаться оторвать сейчас девочку от этого занятия означало «непредсказуемые последствия», и Введенский малодушно решил, что ничего страшного. Обыкновенный дешевый мультик с плохой графикой, и никакого зомбирования. Уж кто-кто, а он, опытный боец невидимого фронта, имеет право судить о таких вещах...

Игорь Леонидович улегся на диване поудобнее и развернул газету. В последние дни он делал это неохотно и по минимуму: имеет право хотя бы на больничном отдохнуть от негатива! А новости просматривал исключительно на предмет того, как выразился шеф, не рвануло ли где чего, и не свергли кого откуда.

В этом году на борьбу с терроризмом брошены даже Санта-Клаусы...

Глава скандально известной фирмы Властелина, отсидев за мошенничество, открыла сразу два новых пункта сбора денег от населения...

В одном из городских клубов сотрудники милиции обнаружили автомат, который вместо газировки выдавал таблетки наркотика экстази...

Поистине, оптимизмом веяло только от объявлений гадалок: они обещали снять порчу с гарантией в сто пятьдесят процентов.

— Эт-то что за Покемон? — донесся вдруг идиотский крик из телевизора.

Игорь Леонидович от неожиданности дернулся и нечаянно надавил локтем на телевизионный пульт. В ту же секунду картинка на экране сменилась: вместо изображения фантастического существа с глазами на заднице возникло усатое харизматическое лицо давешнего депутата. Того самого Удодова — председателя комиссии по законности, с которым Введенский схлестнулся накануне. Депутат, сверкая глазами, обличал зарвавшихся олигархов, пропагандировал всеобщее равенство перед законом, требовал от бизнесменов социальной ответственности вместо политической всеядности.

Введенский оторвался от газеты: что-то насторожило его в тоне выступающего.

— Это что за покемон!? А это что за покемон!? — Даша зашлась хохотом: усатый дядька действительно чем-то напоминал смешного покемона. — Деда, ну давай, переключай назад!

— Погоди-ка, внучка... Там все равно сейчас реклама, — Введенский мягко отстранил девочку и принялся нажимать другие кнопки на пульте.

На одном из каналов ведущий Леонид Якубович, по-скоморошьи напялив на себя только что подаренную морскую фуражку, крутил «колесо удачи». На другом канале шел прямой репортаж о спуске на воду атомного крейсера «Пацифист». Мелькнуло улыбающееся лицо генерала Хохлова — шеф находился в президентской свите, а потом камера надолго задержалась на лице президента Батина в такой же, как у Якубовича, морской фуражке на голове. Президент крутил штурвал крейсера.

— А это что за покемон?! — Даша без конца повторяла полюбившуюся шутку.

— Цирк какой-то... — пробормотал сквозь зубы Введенский: его мучило необъяснимое чувство тревоги. — Сплошное поле чудес. В стране дураков...

Наконец он нашел то, что искал. Ведущая новостей на канале НТВ, изображая максимальную беспристрастность, сообщила:

«Сегодня утром во время выступления в университете города Екатеринбург был задержан известный предприниматель, генеральный директор Красносибирского алюминиевого комбината Александр Белов. Руководителю „Красносибмета" инкриминируется уклонение от налогов и создание преступной группы, ставящей своей целью хищение средств в особо крупных размерах...»

На секунду показали крупным планом лицо Саши, которого выводили из здания университета в наручниках. И ладонь омоновца, который придерживал голову Белова во время посадки в машину... Почти сразу же, видимо, в качестве компенсации за мрачную новость — пошел сюжет из зоопарка города Зарюпинска, где слониха родила очаровательного слоненка, которого работники зоопарка окрестили Олигархом...

Введенский достал мобильник и набрал телефон генерала Хохлова. После длинных гудков телефонная барышня сообщила, что аппарат выключен либо находится вне зоны действия. Ах, ну да, конечно. Генерал вместе с президентом в настоящий момент находятся за Полярным кругом: рабочая поездка к морякам! Первые лица в стране делают вид, что они совершенно не при чем. А игру «Убей олигарха» придумал и запустил кто-то другой.

Игорь Леонидович сжал виски ладонями, стараясь сосредоточиться на своих мыслях. Он мерил шагами квартиру и прикидывал план дальнейших действий, когда притихшая Даша потянула его за рукав:

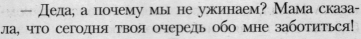

— Деда, а почему мы не ужинаем? Мама сказала, что сегодня твоя очередь обо мне заботиться!

— Что? Да, милая... Ты не поверишь, но именно о тебе я сейчас больше всего и забочусь.

III

Степаныч приехал в ночлежку по делу. Накануне он получил факс от своего московского поставщика с выгодными предложениями по установке мини-перкарен. А с Федором у него уже давно был разговор о том, как славно было бы оборудовать собственной пекарней Странноприимный дом имени Нила Сорского. Слова «ночлежка» Федор не любил и старался избегать. А вот нестяжателя Сорского очень уважал и ставил в пример теперешним никонианам, последователям Иосифа Волоцкого, поэтому и нарек свое детище дорогим ему именем. Правда, весь город назвал ночлежку просто и без затей: дом бомжа.

Перебравшись вместе со всей Беловской командой на жительство в Красносибирск, пенсионер Арсений Степанович Власов недолго оставался просто пенсионером. Обладая крепкой хозяйственной хваткой, он мигом присмотрел для деятельности свободную нишу. «Кризис кризисом, а кушать людям хочется всегда. Русский народ сможет отказаться от всего, но только не от хлебушка», — так рассудил матерый бизнесмен и занялся установкой и оборудованием пекарен. Начал, понятное дело, с беловского комбината, где и взял небольшой кредит.

Первая в Красносибирске, оснащенная новейшим оборудованием, канадская мини-пекарня была принята потребителем на ура. Из столовой комбината народ стал авоськами таскать домой восхитительные слоеные булочки с чуждыми нам названиями «гипфель» и «круассан». Но к хорошему быстро привыкаешь. Следующий кредит Степаныч взял уже в банке, снял и собственноручно отремонтировал аварийное помещение в городе и расширил производство. Дело пошло в гору. На сегодняшний день индивидуальный предприниматель Власов уже являлся хозяином сети мини-пекарен и фирменного магазинчика «Сибирский крендель».

Заявки на установку мини-пекарен поступали из многих мест. Даже администрация следственного изолятора, прозванного в народе Воронье гнездо, вела на этот счет переговоры, правда, никак не могла найти спонсора. И Федор Лукин, ставший директором ночлежки, тоже хотел иметь свою пекарню. Только бы удалось объединить под одной крышей труд и хлеб, тогда почти полная независимость от городских властей богоугодному заведению обеспечена!

Федор в последнее время по-хорошему удивлял старого друга. Дружить-то они дружили и прежде, потому что в период жизни на свалке держаться вместе приходилось всем, кто сумел сохранить хотя бы видимость человеческого облика. Но в ту пору постоянно пьяный и посто-

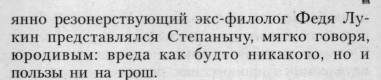

янно резонерствующий экс-филолог **Федя Лукин** представлялся Степанычу, мягко говоря, юродивым: вреда как будто никакого, но и пользы ни на грош.

Сам же Арсений Степанович Власов ухитрялся в тяжелейший период своей жизни, даже будучи выброшенным на ее обочину, оставаться мужиком практичным и разумным. Он родился хозяйственником, хозяйственником, видно, и помрет. А вот Федор — это особый случай. Метаморфоза, которая происходила с ним на глазах, внушала уважение.

В какой-то момент у друзей возникло опасение, что Федя так оторвался от действительности, ушел в себя, запутался в своих духовных изысканиях, что жить среди обычных людей просто не сможет.

Сначала он отправился с проповедями по стране, ездил в электричках, пытаясь наставить пассажиров на путь истины. Этот опыт едва не закончился для проповедника мученической смертью от рук бандитов, которые по ошибке приняли его за профессионального нищего — нарушителя конвенции. После этого Федор Лукин удалился в скит, сократил свои плотские потребности до минимума и попробовал отработать на практике модель целительного уединения и близости к Богу. Однако и в этом случае достигнуть полной гармонии Лукину помешали два обстоятельства.

Во-первых, от скудной пищи у него разыгрался страшный авитаминоз, именуемый в народе цингой. Но это еще полбеды. Уединение было нарушено появлением двух мальчиков — старых Фединых друзей-беспризорников, с которыми неудавшийся проповедник познакомился в свое время в Москве и которых сгоряча наставил-таки на истинный путь.

Мальчики жаждали дальнейшего общения с наставником: кроме Федора, как оказалось, в этой жизни они никого не интересовали. Однако наряду с общением они постоянно хотели есть. А Федя, хотя и был человеком, как говорится, не от мира сего, но все ж таки понимал, что ребятам нужны нормальные бытовые условия: цинга в двенадцатилетнем возрасте — слишком высокая плата за духовное совершенство. К тому же неплохо было бы ребятам поучиться в школе...

Пришлось сообща покинуть скит и осесть в Красносибирске. Тяжкие испытания мирской суетой вроде регистрации по месту жительства, оформления опекунства, устройства в школу и так далее, Федор выдержал с честью. Но потом вновь затосковал...

Попытка найти успокоение в лоне официальной церкви не увенчалась успехом. В течение месяца Федор пытался познакомиться с местным батюшкой — настоятелем собора Петра и Павла. Однако же досточтимый отец Игорь все время был занят неотложными делами. Сначала дневал и ночевал в редакции газеты «Колокол», где он вел рубрику по борьбе с враждебными концессиями и тоталитарными сектами. Затем облетал край с группой поддержки кандидата в губернаторы. Потом отбыл в Москву на прием к президенту с просьбой освободить Церковь от налогов... Подобная деятельность не только не вписывалась, но и прямо противоречила представлениям Федора об истинном призвании служителя культа. Поэтому, когда в очередной раз ожидавшему в приемной бородатому чудаку сообщили, что батюшка отбыл на освящение атомного крейсера «Пацифист», он махнул рукой и понял: с этой церковью у него мало чего общего...

Чтобы прокормить себя и двух подростков, Федя все время где-нибудь подрабатывал, но всякий раз попадал под сокращение кадров. Старые друзья по свалке, сумевшие, в отличие от Федора, приспособиться к новой жизни, старались ненавязчиво помочь ему, и помогали. Все они крепко встали на ноги. Белов руководил комбинатом. Витек работал при нем начальником службы безопасности. Доктор Ватсон со Степанычем, каждый в своей области, стали более чем успешными предпринимателями. Но никто не мог дать Федору главного, а именно: помочь утолить духовный голод. Он впал в уныние.

Как-то раз, во время одной из ставших довольно редкими встреч, Федор особенно достал друзей своим нытьем.

— Хорош ныть, гуру хренов! — прикрикнул на него Белов и перешел, для большей убедительности, на более понятный Федору язык. — Я, конечно, не такой духовидец, как ты, но уверен: нытье есть великий грех. Займись делом. Начни сам творить добро, хоть немного, а меньше зла останется тогда в нашей жизни. Ночлежку бы организовал, что ли. В память о бомжовском прошлом.

Брошенная вскользь идея попала на благодатную почву. Денег в ту пору на комбинате было с гулькин нос, но вот отдать под ночлежку заброшенную комбинатовскую базу отдыха оказалось вполне реально. В итоге Федор сумел не только возглавить богоугодное дело, но и, как принято теперь говорить, «раскрутить идею». Редкая комиссия, посещающая краевой центр обходилась теперь без экскурсии в странноприимный дом. Ничуть не меньший интерес вызывало также подсобное хозяйство, где наиболее продвинутые из бомжей выращивали овощи для своего стола, разводили кроликов, кур и производили сувениры на продажу.

Организовав и возглавив странноприимный дом, Федор Лукин начал проявлять все новые качества, которых прежде в нем не наблюдалось. Во-первых, он совсем перестал пить, стал более собранным и более ответственным. Но самое поразительное заключилось в том, что из него, несмотря на все закидоны, получался совсем даже неплохой лидер.

Разумеется, директору ночлежки было далеко до Степаныча: когда Федя только еще выпивал свой первый стакан портвейна и только приступал к изучению творчества Сумарокова и Державина, Арсений Степанович уже вовсю рулил заводским коллективом. Поэтому за Федором требовался пригляд, и Степаныч считал своим долгом просвещать и опекать друга в хозяйственных вопросах.

— Вот черт, едрен-батон! — выругался Арсений Степанович, налетев на подходах к нужной двери на штабель каких-то коробок. — Что это вы тут склад устроили? И где вообще лампочка? Почему темно?

— Не чертыхайся, — раздался совсем близко невозмутимый голос Федора. — Не в злачное место пришел, но в обитель благости. Лампочку, видно, сперли постояльцы, подозреваю даже, кто именно. А склад — никакой не склад, а пожертвование анонимного благодетеля.

— Пожертвованиям не место под ногами, на проходе, — не унимался Степаныч. — Когда ты только научишься порядку!

— Дак не успели внести еще. Тут с утра такая канитель... — Федор отодвинул ногой одну из коробок, помогая другу протиснуться в комнату, которая условно выполняла функцию директорского кабинета. — Ступай пока с Богом. Поговорим вечером...

Последняя фраза относилась уже не к Степанычу, а к тетке — вероятно, одной из «странниц». То ли заплаканная, то ли просто опухшая женщина, одетая в небесно-голубое дутое пальто, явно с гуманитарного плеча, бочком протискивалась на выход.

— Любовный треугольник тут, понимаешь, у нас, — пояснил свою занятость Федя, как только за посетительницей закрылась дверь. — Одного любит, но не уважает. Другого уважает, но влечения не испытывает. Вот, пришла с утра пораньше советоваться, как быть...

— Н-да. Всюду жизнь, — философски подытожил Степаныч и перешел к цели своего визита. — Помнишь, мы говорили с тобой насчет пекарни? Тут у меня один интересный вариант проклюнулся. Тебе, наверное, подойдет. Только надо подсчитать, за сколько месяцев пекарня окупится.

— Боюсь, нам сейчас не до пекарен. Ты же знаешь о моей войне с налоговой... Вроде бы и штраф сам по себе невелик, но они там такого насчитали! Умножили на один хитрый коэффициент, потом на другой. Потом всю сумму удесятирили и выставили к списанию. Я в их налоговых премудростях не разбираюсь... Так что придется какое-то время ужиматься.

— И напрасно не разбираешься! Законы читать надо или, хотя бы, на крайний случай, советоваться со знающими людьми.

— Помилуй, когда мне все успевать. И столярный цех, и сувенирная мастерская. Клошары из Франции факс прислали: едет делегация по обмену опытом. И эти простыни, не в том месте проштампованные, будь они неладны... А главное, люди жаждут духовного наставления. Вот, слышишь? Опять кто-то идет по мою душу.

В коридоре за дверью вновь послышался звук падающего тела и приглушенная ругань.

— Федя, дружище, прежде чем наставлять людей духовно, давай-ка уберем с прохода эти ящики. И позови Шамиля, пусть лампочку вкрутит. Иначе твоя паства руки-ноги себе переломает.

Тот, кто минуту назад упал в коридоре, споткнувшись о ящики с гуманитарной помощью, на поверку и оказался завхозом Шамилем. Бородач стоял теперь в кабинете и с грустью смотрел на цоколь разбитой лампочки, которую он специально нес, чтобы ввернуть, но не донес.

Чеченец Шамиль, с которым Федор подружился во время блиц-операции в Чечне, нынче работал в ночлежке завхозом и занимал с семьей небольшой флигель. Оказавшийся в ситуации «свой среди чужих, чужой среди своих», Шамиль не мог дольше оставаться на своей исторической родине и вынужден был податься в Сибирь вслед за новыми друзьями. Страшный грех лежал на его совести, поэтому он нуждался в душевном успокоении. Однако же, по ряду личных причин, ислама не оставил, что не мешало ему подвизаться в христианском богоугодном заведении. Ну, а Федор Лукин с его ангельским терпением подошел к непростой ситуации Шамиля гуманно и творчески. Равнодушный к догмам, ритуалам и иным внешним проявлениям культа, Федя умел найти именно те слова, которых так не хватало тоскующему по родине Шамилю...

— Сил моих нет смотреть на весь этот бардак, — решительно сказал Степаныч и вскочил со стула. — Шамиль, помоги-ка мне с того конца. Заносим добро в кабинет! Федор не мельтеши под ногами, возьми вон ту коробку, она поменьше...

Через несколько минут многочисленные коробки с пожертвованиями были втащены и уложены рядком.

— Надеюсь, хотя бы акт передачи благотворительного взноса ты успел составить? — едва отдышавшись, сказал Арсений Степанович. — Нет? Ну и дурак. Мало тебя налоговая уму-разуму учила. Ты хоть знаешь, что там внутри, в этих коробках?

— Я же объяснил уже. Утром они стояли на крыльце. Что внутри, посмотреть не успели. Кто принес, тоже неизвестно. С кем теперь акт приема-передачи составлять прикажешь? Принять-то, допустим, я принял. А вот передал кто?

— Козел ты, Федя. Тонко организованный и высоко моральный козел. Быстро давай сюда бухгалтера. Чтобы через пять минут все это барахло стояло на балансе. Кстати, давайте посмотрим, что там.

Картонные коробки, общим числом девять штук, выглядели новыми, но были не заклеены, а просто перевязаны поверху шпагатом. Одна из них была очень большой, другие помельче. Федя приступил с ножницами к первой из них:

— Тут, братья, провода какие-то...

— Погоди пока, не трожь... Всем в коридор, я сказал! — Шамиль часто задышал и засверкал глазами.

— Нет, Шамиль, это не бомба, — Федор держал в руках серебристую звуковую колонку со свисающими проводками. — Тут какая-то музыка, по-моему.

— Скажу вам больше: эта фигня называется «домашний кинотеатр», — пробормотал Степаныч. — Плазменная панель! Ни хрена себе, Федор, спонсоры у тебя...

Шамиль понятия не имел, сколько может стоить подобная вещь. Федя тоже не знал и знать не хотел. Что же касается опытного предпринимателя Власова, то Степаныч мгновенно оценил благотворительный взнос в несколько тысяч баксов. Даже с учетом износа...

Домашний кинотеатр был не новым, хотя и в хорошем состоянии. Семь звуковых колонок, плазменная панель и другие составляющие роскошного комплекта были упакованы в коробки довольно небрежно. Похоже, что даже в спешке. Странно, что ничего не побилось.

— Может, краденое? — предположил Шамиль, вертя в руках пульт дистанционного управления, на обратной стороне которого была почему-то прилеплена жевательная резинка, тоже бывшая в употреблении.

Действительно, было похоже, что Шамиль прав. Однако как ни ломали голову друзья вместе с подошедшей тетенькой-бухгалтером, за каким лешим требуется красть, чтобы тут же подарить, причем анонимно, ни одной приемлемой версии не возникло. Если, конечно, не считать нормальной версией появление в тайге призрака Степана Разина, грабящего богатых и отдающего награбленное бомжам.

— Есть еще одна мысль, — после долгих раздумий сказал Степаныч. — Возможно кто-то хочет скомпрометировать тебя... То есть тебя, твою работу и нашего Белова Александра Николаевича...

— На фига? — не понял Федя.

Арсений Степанович только махнул рукой. Федор из принципа не интересуется общественной жизнью, не читает газет и не смотрит телепередач. Можно быть уверенным, что даже эта роскошная штуковина не соблазнит его даже на то, чтобы хотя бы изредка посматривать новости. А значит, бесполезно ему объяснять, как он подставляется со своими деклассированными друзьями, со своими христианскими проповедями, так разительно отличающимися от православия, занявшего место государственной идеологии. Между тем, сам Арсений Степанович серьезно опасался, что его блаженного друга может запросто накрыть любая волна: например, очередная кампания по борьбе с «оборотнями от Библии»...

— Ладно, хватит языком трепать, — сказал Степаныч. — Ты же все равно не выкинешь этот подарок.

— Лично я бы, может быть, и выкинул, — серьезно ответил Федор. — Но странники давно просили нормальный телек для просмотра передачи «Будь здоров». А равно программы «Пой, гармонь» и «Утро с Куркуровым»...

IV

Кусочек неба в тюремном окне окрасился в нежные пастельные тона. Начинался первый день пребывания Александра Белова в Красносибирском следственном изоляторе, которому народ присвоил красивое название Воронье гнездо.

Сюда Белова сразу же после первого и, на данный момент, последнего допроса, доставили на «автозаке» из изолятора временного содержания при краевом управлении внутренних дел. То была мрачная комната, которую и сотрудники, и «гости» по старинке называли КПЗ, то есть, камерой предварительного заключения.

Это же, новое место обитания оказалось чуть более приличным, чем КПЗ. Здесь было не так душно. Да и шконка, особенно если на нее положить не один, а два матраца, состояла в гораздо более близких родственных отношениях с обычной кроватью, нежели деревянный настил, красиво именуемый «спальным возвышением».

Саша усмехнулся: если разобраться, у пребывания в тюрьме есть свои плюсы. На свободе такому человеку, как он, подумать всласть никогда не удается. Просто нет времени на анализ и обобщения — только решение сиюминутных задач! Зато здесь, в камере, у него имеется шикарная возможность оглянуться на прожитое.

Забавно все-таки получается в жизни. В течение нескольких лет он был бандитом. Возглавлял то, что менты называют организованной преступной группировкой, и добрая половина его поступков и решений не имела ничего общего с законностью. Интересно, какой срок светил бы ему, если бы суд взялся доказать его виновность по тем его, полузабытым делам?

То, что он натворил с «верными опричниками» Косом, Филом и Пчелой во времена Бригады, могло бы потянуть на долгие годы тюрьмы. Однако же, не потянуло. Жизнь заложила крутой вираж, и Белов-преступник был великодушно «прощен» властью за заслуги Белова-героя. Саша был публично обласкан первым президентом России. Силовикам тогда же был дан приказ «ослабить хватку», а генпрокурору велено «амнистировать, понимаешь, героя». Саша еще тогда подумал: как же можно амнистировать кого-то, если этот кто-то не был осужден? Однако, по всему выходило, что можно. Можно кого угодно амнистировать под девизом «никто не забыт и ничто не забыто».

Главное, ничто не доказано, да и давно это было — в прошлой жизни... Срок давности вышел. Строго говоря, Белов за все заплатил сполна. И суд его судил посуровей любого другого. А точнее, судья, о котором поэт сказал: «Он ждет. Он неподкупен звону злата. И мысли, и дела он знает наперед». И приговор, между прочим, вынес, какого нет ни в одном уголовном кодексе мира. Самая страшная зона в сравнении с этим наказанием могла бы показаться санаторием... Хотя бы потому, что любой срок на зоне имеет свой конец.

В его же случае была медленная, изо дня в день, пытка осознанием собственной вины: за безвременный уход мамы, за смерть друзей, за искореженную жизнь жены. И еще десятки чужих жизней, которые были походя задеты и травмированы напором и волей того — прежнего Белова, не считающегося ни с чем, кроме поставленной цели. И в итоге — страшное ощущение разлада с самим собой и пустоты, черной дыры, которая осталась в душе на месте тех, кто жил в ней прежде...

Кстати, именно то, чем он занимался сегодня — руководство огромным производственным объединением, и помогло сегодняшнему Белову по-настоящему выбраться из душевного кризиса и почувствовать вкус к жизни. Это было увлекательно: игра в «монополию», только в натуре, в реальной жизни. Но дело не только в азарте. Сознание ответственности за тысячи людских судеб, которые зависят от принятых тобою решений, позволяло надеяться на то, что вина, возможно, уже искуплена...

И вот тут начинается самое удивительное. Получается, что высокую честь быть изолированным от общества Белов по-настоящему заслужил уже в новой своей жизни, когда он решил «стать прозрачным». В той достойной жизни, за которую не только не стыдно, а как раз наоборот. И тюрьма — не в переносном, буквальном смысле — с зарешеченными окнами, сварными двухъярусными кроватями и цементной парашей в углу — была прописана ему государством именно за заслуги перед страной и простыми людьми. Такие вот парадоксы истории!

«Стоп, — возразил Белов сам себе, — пожалуй не стоит приписывать государству несвойственные ему черты: мстительность, двурушничество, глупость и подлость». Все это может быть свойственно представителю мира животных по имени человек, но никак не абстракциям вроде «государства» и «общества». Он вспомнил, как сам в свое время сказал чекисту Введенскому, что «государство — это мы»! То есть конкретные люди, принимающие то или иное решение.

Ну, и кто же тот конкретный человек, который принял решение засадить за решетку успешного и процветающего бизнесмена, любимца публики? Вот в этом направлении и следует думать. Видно, кому-то Белов крепко наступил на хвост. Кому, вот в чем вопрос.

Прокручивая в уме недавние события, которые должны были быть отголоском в его сегодняшней жизни, Белов снова вспомнил поездку на Кипр. По странной прихоти подсознание настойчиво, вновь и вновь, возвращало его на этот остров. Именно на Кипре он, походя и особо не задумываясь о последствиях, нажил себе очередного врага. Их и без того было приобретено немало в этой жизни. Так что вполне можно было бы и не жадничать, не заводить свеженького. Но так уж получилось...

Саша никак не мог вспомнить, что же заставило его в последний перед отъездом с Кипра вечер, отправиться на эту дурацкую ве-

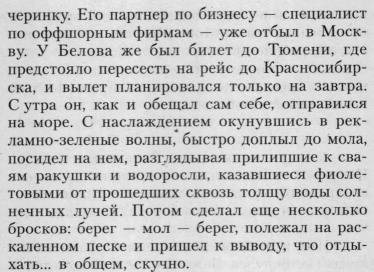

черинку. Его партнер по бизнесу — специалист по оффшорным фирмам — уже отбыл в Москву. У Белова же был билет до Тюмени, где предстояло пересесть на рейс до Красносибирска, и вылет планировался только на завтра. С утра он, как и обещал сам себе, отправился на море. С наслаждением окунувшись в рекламно-зеленые волны, быстро доплыл до мола, посидел на нем, разглядывая прилипшие к сваям ракушки и водоросли, казавшиеся фиолетовыми от прошедших сквозь толщу воды солнечных лучей. Потом сделал еще несколько бросков: берег — мол — берег, полежал на раскаленном песке и пришел к выводу, что отдыхать... в общем, скучно.

Он поймал себя на мысли о том, что уже скучает по работе и... по Лайзе Донахью. Так уж получилось, что эта девушка и все приятное, что было связано с ее появлением в жизни Саши, было напрямую связано и с бизнесом. Ему вдруг очень захотелось представить, как эта ученая леди, преисполненная замечательных идей, смотрелась бы здесь, на пляже, одетая только в купальник? Она все-таки немного тощевата, но грудь должна выглядеть очень неплохо. Фантазировать на подобные темы не стоило. Служебные романы до добра не доводят, это аксиома. Мухи отдельно, а котлеты должны быть сами по себе. И путать служебные отношения с личными никуда не годится.

Чуть позже, сидя на открытой террасе кафе, он мысленно уже совершал очередную сделку, подсчитывая в уме ее экономический выхлоп, и продумывал шаг, который станет следующим. И с нетерпением ожидал, когда официант принесет счет — так ему не терпелось подняться в номер и подсчитать на калькуляторе эффект от новой любопытной схемы.

— Сафари на осликах! Волшебная ночь на Кипре! Незабываемые впечатления! — вместо ожидаемого официанта возле его столика топталась девчушка с пачкой рекламных проспектов.

— Что, и в самом деле бывает сафари на осликах? — очнулся Белов от своих подсчетов и рассеянно уставился в красочные проспекты.

— Так и жизнь пройдет — не заметите, — прозорливо сказала девушка коммивояжер. — Зарабатывать деньги умеете, а потратить с кайфом — слабо?

— Почему же слабо? Не слабо, — Саша полез в бумажник за наличностью.

Пожалуй, «волшебная ночь на Кипре» будет хорошей финальной точкой в его деловой поездке. Может, хоть на короткое время ему удастся отвлечься от размышлений о доменных печах и прекратить мысленно строить цеха и гонять туда-обратно вагоны с глиноземом. Помимо всего прочего ему хотелось избежать встречи и прощальных разговоров с Аллой: блиц-роман был явно неудачным и подлежал немедленному забвению.

Сафари на осликах оказалось и впрямь уморительной забавой. Саша на какое-то время ощутил себя пацаном, и с огромным удовольствием проехался по живописной равнине на милой ослице по кличке Памела Андерсон. Однако общества своей новой возлюбленной ему избежать не удалось. Алла Удодова оказалась в числе участников фольклорной вечеринки, рука об руку со своим одиозным супругом.

Вероятно, ощущая себя вавилонской блудницей, дама скорбно кусала губы и бросала в адрес Саши красноречивые взгляды. Супруг Удодов, напротив, был поглощен одним собою — он принадлежал к числу людей, которые даже в сортире продолжают думать о том, достойно ли смотрятся.

Не признать в седеющем красавце восходящую звезду российского политического бомонда было невозможно. Это честное, суровое лицо в течение примерно полугода буквально не сходило с экрана телевизора и с первых страниц столичных печатных изданий. А звучная фамилия Удодов прочно ассоциировалась в умах обывателей с «торжеством правосудия», то есть с выведением на чистую воду всякого рода «оборотней» — будь они в погонах, в белых халатах, в касках дорожных строителей или в чем другом.

Столкнувшись с ним нос к носу в вестибюле отеля, Александр сдержанно кивнул, и тут же заметил, как в глазах депутата-борца затеплился огонек узнавания: Удодов в свою очередь усиленно вспоминал, где он мог видеть лицо этого парня. Белов усмехнулся, припомнив, как пару лет назад и сам засветился на главной сцене — в качестве махрового мафиози и в качестве народного героя одновременно. Идентификация наконец состоялась, и Удодов после секундного колебания протянул Александру свою мужественную ладонь.

Удодову достался неудачный осел — худой и психически неуровновешенный, по кличе Геббельс. После нескольких тщетных попыток запрыгнуть Геббельсу на спину, начинающему наезднику удалось наконец утвердиться на остром, выпирающем из-под шкурки, хребте, но, как выяснилось, ненадолго. Доехав до первой же оливы, уважаемый депутат не сумел совершить объездной маневр, получил острой веткой промеж глаз и рухнул на опаленную зноем почву. В группе более удачливых всадников послышались смешки, а супруга Алла — та и вовсе хохотала от всей души.

Саша Белов спрыгнул со своей Памелы и помог упавшему подняться, за что был удостоен злобного взгляда. Удодов с достоинством отряхнулся и, прихрамывая, пошел в сторону джипа, на котором организаторы «сафари» сопровождали экскурсантов: верховая езда на ком бы то ни было, очевидно, не была его сильной стороной. При этом он продолжал коситься в сторону кинокамеры в руках местного «папарацци», который фиксировал поэтапно все приключения отдыхающих.

Белов почувствовал прилив мужской солидарности и философски подумал о том, насколько в сущности серьезная взрослая жизнь напоминает детскую игру. «Мы все продолжаем играть, сидя в песочнице. И надеяться на благосклонный взгляд красивой соседской девочки, и подтаскивать в свою сторону побольше цветных кубиков. Только вот кубики выглядят несколько иначе: теперь они выглядят как счет в банке, депутатский мандат, дорогая машина или... те же вагоны с глиноземом. Но суть при этом не меняется. И соседская девочка, несмотря на морщинки возле глаз и перстень с бриллиантом остается такой же врединой...»

Захватывающее «сафари» логически перетекло в застолье. В большой открытой и увитой цветами беседке было сервировано несколько длинных столов, за которыми, помимо русских отдыхающих, сидели вездесущие немцы и какие-то еще темнокожие туристы. Саша опять оказался рядом с Удодовым. За столом, где кроме них двоих были только женщины, депутат снова почувствовал себя «на коне». Он галантно подливал дамам вино и провозглашал тост за тостом типа «за державность», «за истинную веру» и «во славу родного отечества».

Нигде, кроме как за границей, русские не ощущают так остро своей национальной принадлежности. У большого народа в отличие от мелких, борющихся за выживание, национальная гордость подолгу сыто дремлет: мол, нас и так много, чего суетиться. Но стоит миновать полосатые пограничные столбы, как воспоминание о русских березках начинает бередить души, а пара слов, сказанная на родном языке, способна превратить в братьев кого угодно.

— Отчего же не пляшете? — насмешливо обратился к Белову именитый соотечественник, наблюдая за тем, как русские туристы под руководством киприота-затейника, путаясь в собственных ногах, разучивают сиртаки. — Покажите этим убогим, как умеют отдыхать настоящие русские олигархи.

— Боюсь, олигархи и вовсе не умеют отдыхать, — улыбнулся Саша. — Сижу вот тут, а сам прикидываю, удастся ли в этом году запустить производство на новой площадке. И как с кредитом рассчитаться...

— И как оффшорных дочек наплодить. Чтобы налогов в родной бюджет заплатить поменьше, а собственную, извините, мошну набить потуже! — Удодов обозначил тему «о наболевшем», хотя лицо его при этом обаятельно улыбалось. — Угадал?

— А как же без этого! Богатые заботятся о мошне, кто победнее — о мошонке, — ему не хотелось ссориться, но и терпеть эти подначки тоже не пристало. — А насчет налогов, это мы вас, законотворцев, должны благодарить. Это вы такие правила игры напридумывали, при которых, чтобы выжить, приходится из штанов выпрыгивать.

— Подлинный патриот добровольно отдаст последнее! Все возложит на алтарь отечества...

— Да вы хотя бы представляете себе, что пенсионный фонд установил пеню один процент в день! Никакие бандиты такой счетчик не выставят, как родное государство!

— Ладно, проехали. Как говориться, ешь ананасы, рябчиков жуй... Скоро в стране закончится этот бардак. Это я обещаю. Давай выпьем за Россию!

Выпили сначала за Россию, потом за святую Русь. Белов был рад наметившемуся перемирию: не для того он, в самом-то деле, приехал сюда на ослике, чтобы собачиться по пьяному делу.

— Мы здесь, на Кипре, между прочим, пропагандируем великую русскую культуру! — с пафосом произнес Удодов.— Величайшую из культур! За это, кстати, предлагаю отдельный тост. Сегодня в городском саду был открыт памятник...

— Пушкину, что ли? — поинтересовался Белов.

— Какому Пушкину? Пушкину уже здесь есть. Козьме Пруткову!

— Е-мое! — едва не подавился Белов. К тому же он почувствовал, как Алла босой ногой под столом дотянулась до его колена. — А на фига ж киприотам Прутков?

— Какой цинизм! — поморщился депутат, пытаясь занюхать душистое вино пресной национальной лепешкой. — Какая бездуховность!.. Вот вы с вашими деньгами хоть кого-нибудь сделали счастливей? Хоть одному сирому да убогому реально помогли? Небось пятак на паперти подать жалко... А? Жалко?

— Пятак, допустим, жалко, — Александр почувствовал, что опять заводится помимо собственной воли. — А вот ночлежку для бомжей на триста мест — да, организовал. Интернат для больных детей открыл. Дом престарелых, санаторий-профилакторий для рабочих комбината...

— Видал, по телевизору видал, — отмахнулся Удодов. — Шведский коммунизм в одном, отдельно взятом регионе, и все такое... Видел опухшие рожи бомжей из вашей образцовой ночлежки. И ихнего гуру Лукина! На наркомана похож, а вся контора — на тоталитарную секту!

Белов про себя выругался. Образцовая ночлежка была лично ему очень дорога, это была победа его и друга Федора, дело их чести и гордости. А святое уж точно не следует выносить на всеобщее обсуждение и трепать почем зря. Вовсе не для того они с Федором затевали это дело, чтобы снискать одобрение какого-то политического самодура. Александр усилием воли заставил себя промолчать и мысленно поклялся в дальнейшем не поддаваться на провокации.

Дамы за столиком заскучали. Алла, демонстративно зевнув, громко сказала:

— Мой, как напьется, ему только дай побазарить о судьбах отечества! А если слушателя не найдет, так сам с собою — перед зеркалом.

При этих словах Удодов так засверкал глазами и так заиграл желваками, что Саша всерьез приготовился стать свидетелем семейного мордобоя. И счел за меньшее зло согласиться на белый танец, к которому давно и страстно склоняла его жена депутата.

— Ненавижу его! — шептала Алла, стараясь приникнуть к партнеру всем своим созревшим, будто груша, телом. — Он меня игнорирует как личность. Не может простить, что я помню, каким ничтожеством он был... Я хочу ему отомстить.

— Ну-ну, успокойся, милая, — Белов гладил ее влажное плечо и по возможности старался отстраниться. — Ты ведь уже отомстила.

Когда они вернулись назад, разбитные дамочки вовсю делились своими тайнами: все они оказались вроде как сосланными на курорт могущественными мужьями. Всем уже давно хотелось домой, но там их, судя по всему, не слишком-то и ждали...

— Я счастлив поднять тост за президента России! — Удодов, покачиваясь, встал и по-гусарски приладил стакан с вином себе на оттопыренный локоть.

— «А я еще больше счастлив!» — процитировал героя кинокомедии Саша, но свой стакан выпил сидя и без фокусов.

Заданный Удодовым высокий патриотический настрой женщины интерпретировали по-своему и с чисто курортной развязностью принялись обсуждать мужские достоинства первого лица страны. Одна находила президента «милым», другая звала его «покемономчиком», а супруга депутата Алла, навалившись декольтированной грудью на стол, потребовала ото всех согласиться, что «этот Батин чертовски эротичен».

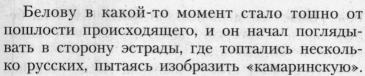

Белову в какой-то момент стало тошно от пошлости происходящего, и он начал поглядывать в сторону эстрады, где топтались несколько русских, пытаясь изобразить «камаринскую».

— Ну, а вы, молодой человек, что же не принимаете участия в дискуссии? — Удодов обращался лично к нему. — Как вам президент Батин?

Удодов уже прилично набрался. Он наседал на Белова и буравил его глазками из-под напяленного организаторами вечеринки веночка, в распахнутом вороте гавайской рубашки виднелись седоватые кудри, покрытые бисеринками пота. Саша попробовал увернуться от собеседника и почувствовал, как его самого качнуло в сторону: сухое кипрское вино оказалось коварным.

— Что вы скажете о нашем президенте? — настаивал на своем Удодов.

— А что говорить? — Белов с неприязнью посмотрел на собеседника. — Он заложник своей должности. Пока президент, его на руках носят, а что будет потом, кто знает. У нас любят пинать ногами бывших героев.

Захмелевшая Алла зашлась визгливым смехом и захлопала в ладоши, а Саша покинул компанию и пошел в сторону эстрады, где, как ему показалось, затевался танец живота.

За другим длинным столом, накрытым в дальней части беседки, расположились туристы, наверное, с Ближнего Востока. В отличие от русской группы, их было немного, и доминировали здесь мужчины — бородатые и смуглые, в большинстве своем одетые по-европейски, но у некоторых на голове были арабские платки. С ними были женщины, две закутанные в покрывала и одна одетая как-то маскарадно — «Шахразадой». Вскоре стало понятно, почему: она была артисткой беллиденса и намеревалась выступить со своим номером. В порядке, так сказать, культурного обмена.

Она прошла мимо Белова, задев его василькового цвета покрывалом с блестками и обдав пряным запахом восточных духов. Царевна Будур, да и только!

Молодая женщина была хороша собой, но красота ее была какой-то кукольной, приторно-сладкой. И дело было не в том, что артистический грим — нарисованные «союзные» брови и густая черная подводка вокруг глаз контрастировали с их яркой голубизной. Кого-то она ему напомнила, и он внезапно почувствовал волнение. Нет, показалось...

Соблазнительно покачивая бедрами в такт восточной мелодии, «Шахразада» начала легко и плавно перемещаться по эстраде, то приближаясь, то удаляясь от зрителей. Поминая недобрым словом коварное кипрское вино и, главным образом, его количество, Александр таращился на эти красивые руки, будто бы лишенные костей, на изящные бедра (слишком узкие, по его представлениям, для восточной красавицы) и пытался разобраться в своих ощущениях. Рваный музыкальный ритм только отвлекал его и мешал сосредоточиться на неведомой, ускользающей мысли. В тот момент, когда некая догадка уже готова была оформиться в подкорке, он услышал за своим затылком громкое сопение и, скосив глаза, угадал медальный профиль депутата.

— Смотрел сегодня танец живота. Живот хорош, но в общем — срамота! — громко продекламировал Удодов, ни к кому особенно не обращаясь, и стал протискиваться поближе к эстраде.

Там восточная чаровница уже успела обнажить вышеозначенную часть тела и совершенно потрясно двигала ею во все стороны.

Не желая снова пересекаться со своим оппонентом, Белов отошел в сторону, а потом и вовсе вышел за пределы беседки и уселся на лавочке. Он закурил и попытался догнать свое поразительное открытие, но не тут-то было. Он напрягал зрение, но издали танец живота выглядел обычным эстрадным номером, и не более того. На минуту ему удалось разглядеть среди черных голов благородные седины своего нового знакомца — Удодов сидел за столиком в компании туристов с Ближнего Востока.

«Вот с ними пусть и поднимает тосты за святую Русь», — устало подумал Белов и задремал. Веночек из веток оливы съехал ему на нос и делал похожим на усталого молодого сатира. Неподалеку носился с видеокамерой местный оператор. К ярко горевшему софиту со всех сторон слетались насекомые и гибли, как маленькие икары, в его жарком свете. Справа и слева от него, конкурируя с восточными ритмами, оглушительно пели цикады, и Белову приснился очень короткий сон — из тех снов, которые еще не сновидение, но уже и не явь.

Он вдруг отчетливо увидел танцовщицу и отчетливо осознал, что он знаком с нею, хотя и не слишком близко, и что он ее определенно терпеть не может. А потом увидел... Коса. Раньше, как правило, Космос являлся не один, а в компании с друзьями — покойными Филом и Пчелой. Иногда они молчали, иногда разговаривали с ним, упрекали, предостерегали, советовали.

На этот раз Кос был один, и он не сказал ни слова. А танцовщица маячила поблизости. Кос продолжал молчать, но, по законам сна, Саше было ясно, что девушка каким-то образом связана с его другом, что она влияла раньше и продолжает влиять теперь на ход событий. И от нее исходит неуловимая, но совершенно определенная угроза.

V

Катя зажала в руке тапки и на цыпочках, с грацией, невероятной для ее тучного тела, двинулась из детской комнаты на выход. В любую секунду она была готова услышать сзади непререкаемое: «Петь!» И, обернувшись, увидеть всклокоченную черную головку над перильцами кроватки. В таком случае пришлось бы вернуться и начать цикл заново.

Уф! Кажется, обошлось: со стороны кроватки не доносилось ни звука, и голова не показалась. Значит, нянька вполне заслужила боевые пятьдесят граммов, чашку чая и добрый бутерброд с ветчиной.

Укладывать малыша было сущей мукой, но если уж Лешик уснул, значит, уснул. Такой вот бескомпромиссный характер. Ежевечерняя процедура отхода ко сну, как правило, занимала никак не меньше двух часов. Для начала прочитывались — причем не по одному разу! — все любимые книжки, и отдельно наиболее полюбившиеся фрагменты из них. Потом наступал черед песен.

По части колыбельных Екатерина Николаевна обнаружила преступную некомпетентность. Как-то вдруг выяснилось, что к пропетому зачину «Баю-баюшки-баю» больше добавить было нечего. В песенном репертуаре с трудом отыскались три-четыре народные баллады, пара-тройка эстрадных шлягеров, плюс хулигански-блатные — из тех, что распевали в свое время на картошке студенты-медики. Ну, вроде «Постой, паровоз» или, того хуже, «Гоп-стоп». Что и говорить, совсем не тот репертуарчик, на который мог бы рассчитывать благополучный ребенок. Но выбора у малыша не было, потому что у его воспитательницы никогда не было своих детей...

Младшая из двух сестер, Катя, в свое время была, пожалуй, более хорошенькой, чем старшая Татьяна, и гораздо лучше приспособлена к жизни. Все в один голос твердили, что бойкая Катя мигом выскочит замуж, но судьба распорядилась иначе. Они были очень близки с Таней, а из двух близких людей кто-нибудь один непременно должен быть сильнее, а второго надо опекать.

Сильнее была Катя. Именно она всякий раз приходила на помощь старшей и делила на равных все шлепки и удары, которыми судьба щедро награждала безответную Татьяну: сначала раннее вдовство, затем проблемы с сыном Сашей...

Катерина еще не оставляла надежды устроить свою личную жизнь, когда старшей сестры Татьяны не стало в живых. Может быть, некое чувство вины за эту смерть, а может быть, исключительное чувство ответственности за семью сестры, так и не дали Екатерине Николаевне возможности завершить свои личные женские маневры. Она осталась незамужней и бездетной, полностью посвятив себя теперь уже племяннику и его семье. Вот поэтому, когда вновь возникла необходимость ее присутствия, Катя без особых колебаний рассталась с любимой работой, покинула московскую квартиру и перебралась в Красносибирск.

Катя, растягивая минуты блаженного покоя, занималась на кухне сервировкой ужина. Затем пристроила готовый поднос на журнальном столике в гостиной, и включила телевизор. Сериал, как всегда, не удалось посмотреть с начала, и было совершенно непонятно, кто же все-таки убийца — Хулита или Хуанита...

По хорошему следовало бы выключить телевизор, немедленно лечь спать, и использовать по прямому назначению те несколько часов, которые были отпущены ей для сна деспотичным малышом. Катя хронически недосыпала. Но все разговоры о том, чтобы нанять для Леши няньку, тоже игнорировала.

Когда тебе двадцать лет, бессонные ночи обходятся практически без последствий и легко компенсируются урывками здорового желанного сна. Но когда тебе за сорок, недосыпание грозит кучей неприятностей. И даже если появилась возможность отдохнуть, еще не факт, что удастся сразу же отключиться от шквала разнообразных сигналов, которые продолжают поступать в мозг, буквально набрасываются на него, как снегири на кормушку.

Вот поэтому Екатерина Николаевна так любила сериалы. Чтобы там ни говорили высоколобые подруги, делающие вид, что зачитываются Мураками и засматриваются исключительно Ларсом фон Триером, но лучшей психотерапии, чем латиноамериканский сериал, до сих пор еще не придумано. Вот, допустим, у Хуаниты злодеи украли сыночка — юного Педрито. Разумеется, чушь собачья, но на фоне этих павильонных страстей, собственные проблемы вроде режущегося зубика или диатеза покажутся сущими пустяками!

Проблемы, которые одолевали нынче Екатерину Николаевну, правда, тоже были похлеще диатеза. Достаточно было бы одного того, что любимый племянник Саша сидит за решеткой в следственном изоляторе и ожидает суда. Этот арест — как гром среди ясного неба. Ведь он такой умница, такой успешный руководитель, и люди его любят... Что-то нечисто во всей этой истории!

65

Вокруг Саши творится что-то странное: свидания в обозримом будущем даже ей, Катерине как ближайшей и единственной родственнице, не обещают. Из передачи, которую она отнесла вчера в следственный изолятор Воронье гнездо, мало что приняли, почти все гостинцы пришлось тащить обратно домой.

Екатерина Николаевна разволновалась и опять потеряла нить происходящего на экране. Потом вынуждена была напомнить самой себе, что она запретила себе рвать душу: такая у Сани карма, при которой покой только снится. Арест Александра Белова — всего лишь очередная неурядица, очередной конфликт, коими его неспокойная жизнь напичкана до предела. Парень непременно справится и с этой проблемой тоже. Не из таких переделок выходил! А ее задача — прикрывать тылы.

В тылу в настоящий момент был относительный порядок, и Катя вновь попыталась расслабиться, переключившись на сериальные страсти. Неужели все-таки Хулита убила Родриго?! Кто бы мог подумать, такая на вид невинная девушка... Хотя, стоп. Хулиты вообще здесь нету, она из другого сериала — из мексиканского, а этот, кажется, бразильский. К тому же здесь никакой не Родриго, а вообще Рикардо — живой и здоровый, никто его пока что не убивал... Все перепутала!

Катя налила себе еще рюмку водки, но потом отставила ее в сторону и поднялась с дивана, чтобы сходить взглянуть на малыша. Спит, как ангел небесный. Будто это и не он, а какой-то другой малыш в период бодрствования изъясняется исключительно приказами. «Петь!» — значит, петь. «Тать!» — значит, читать. «Какакать!» — значит, завтракать. И так далее. И попробуй не исполни. Ну чисто полевой командир. При этой мысли Катя поежилась и перекрестилась.

Вообще-то для своих без малого двух лет ребенок говорил не много. Будто бы чувствуя сомнительную запутанность родственных связей окружавших его людей, мальчик обходился по отношению ко всем одним единственным нейтральным обращением «тятя». И это всех устраивало. О мучительной процедуре объяснения «кто есть кто» еще примерно с годик можно не беспокоиться. Но уж потом придется крепко поломать голову, как объяснить ребенку хотя бы ту часть правды, которую будет способно выдержать и переварить его детское сознание.

Катя вновь приказала себе не думать, а смотреть фильм. Строго говоря, мыльным операм она обязана не только возможностью изредка расслабляться и отключаться от текущих проблем. Сериалы сыграли в жизни ее семьи роль настолько важную и судьбоносную, что теперь вызывали нечто вроде священного трепета. Ведь именно благодаря сериалам она тогда и совершила свое фантастическое открытие.

При воспоминании о событиях двухлетней давности по ее спине пробежался озноб, и забытая в сторонке рюмка водки сама попросилась в рот. Страшно подумать, что бы могло случиться, если бы Екатерина Николаевна не смотрела бы сериалов, и в ее голове не зародилось бы тогда кошмарное предположение...

Саша не то чтобы впрямую просил ее приехать к нему из Москвы — нет, такого не было. Но когда он упомянул по телефону о проблемах с Ярославой, что-то в его голосе было такое, что заставило Екатерину Николаевну не просто взять отпуск, а уволиться с работы, пустить в квартиру арендаторов сроком на год и купить билет на самолет. Оказалось, что сделала она все это не напрасно. Ох, не напрасно, а очень даже правильно!

Ярослава понравилась Кате в момент их первого знакомства, еще в Москве. Девушка была не просто писаной красавицей, она была настолько кроткой и симпатичной во всех отношениях, что не полюбить такую было бы просто невозможно. Екатерине Николаевне, с болью в свое время пронаблюдавшей, как рушится первая семья любимого племянника, очень хотелось, чтобы Саша обрел наконец семейный покой.

Будучи человеком действия, неугомонная тетушка начала энергично подталкивать молодых людей к регистрации брака и созданию совместного гнезда, но дело все время буксовало. И вот тут одно за другим начали открываться новые обстоятельства, которые недвусмысленно давали понять: тихое и безоблачное семейное счастье Белову по-прежнему не грозит...

То, что Екатерина Николаевна приняла в Ярославе за естественную девичью скованность, оказалось на деле тяжелейшей депрессией. Как выяснилось, находясь в плену, девушка подверглась изнасилованию. Этот кошмарный эпизод не только травмировал психику несчастной, но еще и имел фатальное последствие в виде беременности. Ярослава пыталась убежать из семьи, и одна из таких попыток едва не закончилась ее гибелью. Изможденную и близкую к помешательству невесту с трудом удалось отыскать в скиту староверов, в паре сотен километров от Красносибирска. С тех пор за Ярославой все время приглядывала Екатерина Николаевна, и атмосфера в доме была близка к похоронной.

Тетушка настояла на немедленной подаче заявления в загс: ей казалось, что перспектива начать семейную жизнь если и не с чистого листа, то с новой страницы, поможет несчастной Ярославе забыть пережитый кошмар. Но оптимистические прогнозы не оправдались. Любой намек на возможную в будущем супружескую близость повергал невесту в состояние фрустрации. Один раз, когда Саня без каких-либо далеко идущих намерений поцеловал девушку в щеку, Ярослава выбросила в окно горшок с геранью и вознамерилась немедленно последовать за этим горшком.

Катя, привыкшая прежде всего действовать, не знала, что предпринять. Она оказалась в положении наблюдателя, который не может ничего изменить в ходе событий и только надрывает себе душу. Ярослава могла неделями не проронить ни слова. Спасибо, что хотя бы не препятствовала полному медицинскому обследованию, которое подтвердило, что и будущая мать, и будущий ребенок соматически вполне здоровы, и беременность протекает нормально.

Немногим меньше, чем Ярослава, Екатерину Николаевну тревожил племянник Саша. Он тоже замкнулся в себе, похудел, почернел и большую часть суток проводил на своем комбинате, являясь домой только для того, чтобы поспать. Ситуация в то время у него на работе была — врагу не пожелаешь. Да и кому захочется в такое семейное гнездышко, в котором на каждом шагу будто бы незримо присутствуют урны с прахом... Катя несколько раз перехватывала его взгляды, которые он исподтишка бросал на невесту, и оптимизма эти взгляды ей тоже не внушали. Ни желания, ни восторга, ни любовного трепета в этих взглядах не было и в помине — одна только всепоглощающая жалость, чисто братское сочувствие...

Катя любила своего племянника и ни минуты не сомневалась в его благородстве. Она знала, что будущий ребенок, плод чудовищного надругательства над его любимой женщиной, не будет обделен вниманием и лаской со стороны приемного отца. Никогда Саша Белов не позволит себе дурного слова или намека в адрес мальчика или жены, но... Что может происходить в душе мужчины при виде этого ребенка, об этом было даже страшно думать.

Когда подошел срок регистрации брака, у Ярославы снова случился нервный срыв, едва не закончившийся выкидышем. Заявление переписали на более поздний срок, а беременную уложили в роддом, под наблюдение врачей. Туда же устроилась и Катя: акушер-гинеколог со стажем — в любой больнице желанный сотрудник, и находилась при невестке почти неотлучно.

Правда, за несколько недель до рождения мальчика ей пришлось отлучиться по печальному поводу. Дедушка Ярославы, Афанасий, вместо того, чтобы, как планировалось, навестить внучку... собрался помирать. Годы не спишешь со счетов, да и травма головы, полученная Афанасием в ходе натуральных боевых действий бок о бок с Беловым, ни в коей мере не способствовала долгожительству.

И снова прикрывать семью грудью выпало на долю Екатерины Николаевны. Саня в момент получения телеграммы о тяжелом состоянии деда находился за рубежом, в очередной из деловых поездок, а Ярославе Катя о телеграмме даже не сказала. Подхватилась сама и поехала в поселок Свободный, где Афанасий буквально дышал на ладан.

Дед умирал тяжело, находясь в сознании. Обширный инсульт лишил его возможности не только двигаться, но и говорить. Странно было, что апоплексический удар такой силы не убил старика сразу. При виде подоспевшей Екатерины больной только завращал глазами и замычал, проявляя страшное беспокойство. Он мучился и беспокоился до тех пор, пока Катя, поправляя подушку, не наткнулась на мутный и изрядно

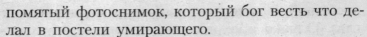

помятый фотоснимок, который бог весть что делал в постели умирающего.

— Что это? — Катя полезла в сумку за очками для близи, а дед Афанасий снова страшно замычал.

В тот раз ей так и не довелось рассмотреть фотокарточку. Снимок был в спешке спрятан в сумку, поскольку в жизни деда наступили последние минуты... После возвращения с похорон Кате тоже было не до изучения семейных реликвий, и фотография провалялась в кармане сумочки еще какое-то время.

После всего пережитого роды Ярославы прошли, можно сказать, легко. Роженица проявила нечеловеческое терпение: скрипела зубами, хрустела костями, но даже не пискнула. А когда все закончилось, даже позволила себе улыбнуться. Катерина в тот момент даже подумала: а вдруг все еще образуется?..

— Ух ты, голубоглазый получился! — с восторгом воскликнул примчавшийся в палату Саша. — В Ярку!

Мальчик был смуглым, черные глянцевые волосы были длинными до плеч, и чтобы разглядеть глазки новорожденного, надо было эти волосы сперва отвести от лица.

Екатерина Николаевна не разделила восторга племянника: ей как опытному акушеру было прекрасно известно, что голубоглазыми получаются абсолютно все младенцы. Это даже не голубой цвет, а иссиня-лиловый, фиалковый. Редкая мать в первые дни своего материнства не обольщается по поводу такого красивого, такого необычайно насыщенного цвета младенческих глаз. Однако проходит месяц-другой, и эта неземная фиалковость уступает место любому другому обычному оттенку радужки. Так что карий будет цвет глаз у мальца — скорее всего, карий.

«Черная масть посильнее будет светлой», — подумала Екатерина Николаевна, но вслух говорить этого не стала.

— Ну, что, может, Афанасием парня назвать? — сказала она, поторопившись переменить опасную тему насчет сходства.

— Дурная примета — называть в честь недавно умершего... — впервые разлепила искусанные в кровь губы молодая мать.

«Ни фига же себе! Ясновидящая, что ли?» — вновь изумилась про себя Катя: она абсолютно точно знала, что о смерти деда никто Ярославе не сообщал.

Сына Ярославы в итоге записали Алексеем. В загс ходили вдвоем с Саней, без Ярославы, которой, в связи с карантином пришлось еще полежать в роддоме. Но назвали мальчика в соответствии с пожеланием матери. Отчество дали, понятное дело, Александрович. Ну, не Омаровичем, в самом-то деле, величать малыша! Не заслужил его покойный биологический отец такой чести, да и младенец ни в чем не повинный не заслужил такого отчества.

— Когда жениться станете? — на обратной дороге Катя спросила племянника в лоб. — В следующий понедельник срок регистрации подходит.

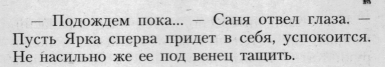
— Подождем пока... — Саня отвел глаза. — Пусть Ярка сперва придет в себя, успокоится. Не насильно же ее под венец тащить.

В тот вечер Екатерина вспомнила о дедовом снимке, привезенном ею из Свободного, и долго рассматривала мутное некачественное изображение. Ничего нового для себя она в нем не углядела.

Снимок был слегка засвечен — из-за костра, попавшего в кадр. В центре заснятой группы был Николай Белов — отец Саши, бородатый и с гитарой. Слева от него сидели какие-то люди, тоже при бородах и свитерах, надо полагать, геологи. А справа к Николаеву плечу притулилась молодая светловолосая женщина в пестрой кофточке. Даже плохо проявленный и подсвеченный снимок не мог скрыть всепоглощающего восторга, с которым она искоса заглядывала в лицо поющего гитариста.

— Вот кобель, царство ему небесное! — вполголоса выругалась Катя в адрес неверного мужа своей любимой сестры. — В Москве жена с маленьким сыном дожидаются, а он тут, понимаешь... Охотится за туманами!

Она без труда догадалась, что прекрасная селянка — ни кто иная как мамочка Ярославы. При первом знакомстве Кати с дедом Афанасием тот упоминал, что между родителями Сани и Ярки по молодости была любовь. «Экспедиция», называется! Слава богу, что Сашина мать так и не узнала по про этот, таежный, финт своего ненаглядного супруга...

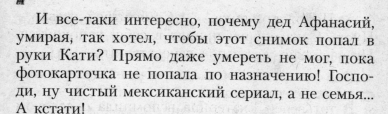

И все-таки интересно, почему дед Афанасий, умирая, так хотел, чтобы этот снимок попал в руки Кати? Прямо даже умереть не мог, пока фотокарточка не попала по назначению! Господи, ну чистый мексиканский сериал, а не семья... А кстати!

Вспомнив про мексиканский сериал, женщина подскочила и включила телевизор. Показывали многосерийный телефильм «Любовь, долг и ярость», и, против обыкновения, Катя успела к началу фильма. На экране замелькала нарезка эпизодов из предыдущих серий, и пошел закадровый текст. Любительница мыльных опер в очередной раз поймала себя на мысли: отчего эти лица и эти шеи такие пятнистые?

Ну вот молодая же девушка — стройная, красивая, а как только покажут крупный план, сразу видно, что вся покрыта родинками и папилломами. «Видимо, результат солнечного климата, — опять-таки не в первый раз сама себе и ответила. — Вероятно, солнечная активность там у них в Бразилии (или в Аргентине?) высокая, оттого и родинками все покрыты, будто мухами засижены...»

Катя смотрела сериалы исключительно с психотерапевтической целью. Понаблюдаешь, как Луис и Педро изводят друг друга интригами, перекрестишься, и подумаешь грешным делом, что мы-то еще и неплохо живем, довольно-таки спокойно...

Равнодушный голос за кадром рассказывал краткое содержание предыдущей серии: «Свадьба Марии и Пабло расстроена. Внезапно выясняется, что жених и невеста являются единоутробными братом и сестрой...» Екатерина Николаевна вскинулась и подскочила на диване, как от удара электрошоком:

— То есть как так — единоутробными?!

В следующую секунду экран явил взору старика в инвалидной коляске, на бешеной скорости проносящегося по проходу церкви к алтарю. И невесту, которая обрушивается в обмороке на руки обалдевшего жениха, демонстрируя многочисленные родинки на шее и в вырезе декольте...

— Ой, да что же это, господи! — Катя страшно разволновалась. — Саша! Господи!

Она заметалась по квартире, в одной руке сжимая телевизионный пульт, а в другой злополучную фотокарточку. Первым побуждением было позвонить Александру на мобильник и вывалить свою кошмарную догадку.

— Погоди, Катя, подумай! — скомандовала она сама себе. — Да заткнитесь же вы, наконец!

Вторая часть фразы относилась уже к героям мыльной оперы, которые тоже громко страдали и волновались по своим тропическим поводам. Екатерина Николаевна выключила звук, забросила пульт за диван и сжала ладонями виски.

— Нет, но это же смешно. Так не бывает! — она расправила на колене снимок, еще раз всмотрелась в лица и перевернула карточку тыльной стороной кверху.

Чернильная дата, указанная в углу казалась продолжением затянувшегося сериала. Будто бы в насмешку эта дата отличалась от дня рождения Ярославы ровно девятью месяцами. Черт возьми, тут даже не обязательно быть акушером-гинекологом, чтобы прикинуть дважды два...

Одному богу известно, каких усилий тогда стоило Кате провести свое тайное расследование. Вдоволь пометавшись в панике по квартире, она все-таки передумала звонить Саше на работу. Идея немедленно попытаться заказать по межгороду Ирак, где в ту пору работали родители Ярославы, тоже была отброшена как дурацкая и непродуктивная. Вместо всего этого Екатерина Николаевна принялась искать телефонный номер своей приятельницы и коллеги, чей муж заведовал лабораторией судебно-медицинской экспертизы.

После этого она организовала запрос в загс поселка Свободный, и утвердилась в своих подозрениях. Тот человек, которого Ярослава всю жизнь называла папой, биологическим отцом быть ей никак не мог. По профессии тоже геолог, он появился в поселке вместе со своей экспедицией тремя месяцами позже предполагаемого зачатия будущей «дочери». А к моменту свадьбы родителей эмбрион, ставший впоследствии Ярославой, уже отмотал половину срока внутриутробного развития.

Екатерина Николаевна приступила к следующей части своих генеалогических изысканий. Взять анализ крови у молодой матери не представляло проблемы, зато племяннику Саше пришлось наплести с три короба об угрозе неведомого вируса, который якобы мог бы повредить новорожденному от контакта с окружающими его взрослыми людьми. В итоге Саша тоже сдал кровь на анализ, и Екатерина Николаевна, пользуясь своими профессиональными связями, сумела провернуть генетическую экспертизу. Действовать ей приходилось в обстановке строжайшей секретности: семья Беловых в этом городе на виду, и страшно подумать, какую волну разговоров могла бы вызвать ее деятельность.

Результаты экспертизы всецело подтвердили... огромную роль мыльных опер в жизни простого человека. Вероятность того, что Александр и Ярослава не являются биологическими братом и сестрой была настолько мала, что ею следовало пренебречь. Первое облегчение, которое почувствовала Мата Хари от блестяще проведенной операции, сменилось новой тревогой. А именно: в какой форме теперь сообщать молодым о том, что жениться им нельзя ни в коем случае.

Буквально изнемогая под тяжестью собственного сенсационного открытия, Катя тихонько постучалась в спальню, где Ярослава кормила грудью малыша. При виде библейской картины у нее перехватило дыхание. Молодая мать, слегка округлившаяся и посвежевшая после родов, была болезненно красива. Такой взгляд, обращенный глубоко внутрь себя, бывает у беременных. Ярослава уже не была беременной, но ее синие глаза все равно смотрели как бы сквозь младенца в такие неведомые глубины и дали, что следовать за этим взглядом было попросту страшно.

— Я схожу за кефиром! — прошептала дуэнья и вышла на цыпочках из комнаты.

Приняв для храбрости на грудь, Катя спустилась во двор, чтобы подкараулить племянника и поговорить с ним с глазу на глаз. Реакция Сани Белова оказалась не вполне такой, какую могла предположить тетушка. Саша засмеялся, потом внезапно замолчал, выругался и снова засмеялся.

— Пойдем обмоем это дело, — сказал он, обнимая Катю за плечи, и вставая с лавочки, на которой и состоялся судьбоносный разговор. — Веришь-нет, я как чувствовал!.. Ну, сестра, сестренка, Ярка, родная душа... Честно! Будто бы внутренний голос...

— Внутренний голос, внутренний голос, — ворчала себе под нос Катерина. — Если б не я, то вы бы со своими внутренними голосами такого натворили...

На самом деле она была вполне довольна реакцией Саши, теперь на очереди Ярослава. И уж от нее можно ждать чего угодно: истерики, суицида, нового витка апатии... Однако ничего подобного не случилось.

Ярослава долго и терпеливо слушала Катин сбивчивый рассказ. На какое-то время она вынырнула из своего прекрасного далека, и синие глаза наполнились слезами. Слезы покатились по щекам, а на лице появилось выражение колоссального облегчения. Катя могла бы поклясться, что это было именно облегчение!

После внезапного и кардинального пересмотра родственных связей в семье Беловых внешне все продолжало идти по-прежнему. Вопрос с бракосочетанием тихо замотали — просто не пошли на регистрацию, да и все. Ярослава стала безукоризненной матерью. Катя, которой пришлось уволиться с работы, занималась хозяйством и прикрывала тылы. Александр, как и раньше, основную часть суток проводил на комбинате, а кроме того достраивал загородный дом. Там же, в дачном поселке, чаще всего и ночевал.

Единственным следствием, которое повлекло за собой сенсационное открытие Екатерины Николаевны, стала растущая набожность Ярославы. Тот факт, что казалось бы, неминуемый кровосмесительный брак был предотвращен посредством сурового испытания, выпавшего на ее долю, молодая мать расценила как божественный знак свыше. Но на что именно намекало божественное провидение, послав ей этого черненького ребеночка? Это оставалось загадкой.

Сама Катя, с ее здоровым практицизмом, в отношении религии хранила нейтралитет.

— Если бы я надумала уверовать, — говорила она, — то, пожалуй, выбрала бы буддизм. Из всех конфессий, эта, на мой взгляд, самая жизнеутверждающая.

Но своего мнения Ярославе она не навязывала, да и сама Ярослава была не из тех, кому можно что бы то ни было навязать. Зато Кате приходилось часами нарезать круги с колясочкой вокруг православного храма, покуда молодая мать истово и подолгу молилась и исповедовалась.

— Уж слишком твоя мамочка к себе строга! — приговаривала Катя, приплясывая возле колясочки, чтобы не замерзнуть. — В чем ей каяться, голубице? Святая, иначе не скажешь...

В день, когда Алешеньке исполнился год, по инициативе Саши, была устроена вечеринка. В подарок юбиляру Саша приволок аномальных размеров синюю велюровую лошадь. Кобыла была настолько огромной и с такой двусмысленной улыбкой на морде, что именинник при виде подарка разразился ревом, сделал неудачную попытку убежать, что только усугубило ситуацию. Успокоить его удалось только после того, как синюю лошадь демонстративно заперли в кладовке, а к мальчику подступил Степаныч с альтернативным подарком — маленьким медвежонком из нежного мохера.

Степаныч, Федор, доктор Ватсон и Виктор впервые с момента рождения мальчика были приглашены в полном составе, и неловко топтались вокруг детского манежа, отпуская замечания разной степени уместности. Почти все традиционные темы, которые обсуждаются на дне рождения малышей, в этом случае были табу. Ярослава за общим столом появилась буквально на пять минут, глаза у нее были заплаканы. Через силу улыбаясь, она подняла бокал шампанского.

— Не надо бы тебе спиртное, — зашептала ей на ухо Катя. — Ты же кормишь!

— Я? — молодая женщина будто вернулась из другого мира. — Нет, я уже не кормлю.

Через несколько минут Ярослава попрощалась и снова удалилась в свою комнату вместе с ребенком. А Катя подсела с разговором к доктору Вонсовскому. Она не привыкла к роли пассивного наблюдателя и стремилась действовать. А потому обсуждала с доктором, как бы половчее и поделикатнее заманить Ярославу к нему на прием. Ватсон за последнее время прославился на ниве нетрадиционного врачевания недугов, в особенности, душевных, и было бы непростительным грехом не воспользоваться этой дружбой и не помочь несчастной Ярославе.

Однако поработать с этой пациенткой доктору Вонсовскому так и не удалось. Наутро после Лешенькиного «юбилея» Ярослава вновь явилась на кухню с опухшими от слез глазами, и принялась готовить для малыша кашку из сухой смеси. Екатерина Николаевна отметила, что домашнее платье в области груди у нее намокло: видно, мамаша всерьез решила, что настала пора отучать сына от материнского молока.

Сама Катя была против такого решения. И профессиональный опыт, и чисто человеческие соображения подсказывали, что кормить дитя материнским молоком следует как можно дольше. Чем дольше кормишь, тем крепче у чада иммунитет к болезням. К тому же если этого молока у матери имеется в избытке!

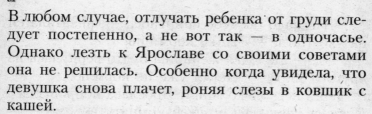

В любом случае, отлучать ребенка от груди следует постепенно, а не вот так — в одночасье. Однако лезть к Ярославе со своими советами она не решилась. Особенно когда увидела, что девушка снова плачет, роняя слезы в ковшик с кашей.

— У тебя все в порядке? — осторожно поинтересовалась Катя.

— Абсолютно, — ответила Ярослава. — Вот только простыла немножко, спала плохо. Погуляйте сегодня без меня, ладно?

— Да не вопрос! Отдыхай, конечно. Вон чаю с малиной попей...

А вернувшись с прогулки, Катя поняла, что девушка опять исчезла. В детской кроватке лежала залитая слезами записка. В своем прощальном послании Ярослава просила у всех прощения и объясняла свой поступок. Она разгадала знак, посланный свыше: ее долг — посвятить жизнь служению Богу.

VI

— Однажды в студеную зимнюю пору сижу за решеткой в темнице сырой! — громко продекламировал Саша.

Звук собственного голоса в закрытом гулком помещении одиночки показался странным. Но, по крайней мере, он еще не разучился говорить.

— Гляжу: поднимается медленно в гору вскормленный в неволе орел молодой.

Он говорил просто для того, чтобы что-то сказать. В противном случае мысли опять потекли бы по одному и тому же руслу. А именно: как же это глупо, как это чудовищно некстати и несправедливо! Именно теперь, когда разборки с самим собой и собственной совестью завершились, и жизнь открыла такие классные перспективы.

— И, шествуя важно, в спокойствии чинном, мой грустный товарищ, махая крылом, в больших сапогах, в полушубке овчинном кровавую пищу клюет под окном....

Впрочем, это пока еще не тюрьма — это следственный изолятор, и находятся здесь невиновные, по крайней мере формально, люди. В подобных заведениях Белову в его бурной жизни бывать уже доводилось. Но всякий раз «справедливость торжествовала» и, спустя несколько дней, он был уже на свободе.

«Оно и сейчас ненадолго, — подумал Белов — Еще день-два максимум...»

— Здесь у кого ни спроси, за что сидишь, никто не виноват, — раздался рядом знакомый голос.

Белов вздрогнул. Ему показалось, что он отчетливо услышал ехидную интонацию Пчелы. И даже будто бы увидел кривоватую усмешку. Рядом с Пчелой, на пустующей шконке сидели Фил и Космос, слабо видимые в полумраке. Пчела прикалывался, остальные двое молчали.

Вот блин! Кажется, это сон. Так и одуреть недолго, одуреть, оглохнуть и опухнуть ото сна. Всего-то двое суток провел в одиночестве, а уже такое начинается...

Александру Белову было известно, что помещать задержанного в одиночную камеру — будь то камера следственного изолятора или тюремная — строжайше запрещено инструкциями. В принципе, он мог бы пожаловаться, однако просить себе соседа казалось ему нелепым. Лучше уж беседовать со старыми, умершими друзьями, чем с каким-нибудь левым соседом. Белов вовсе не собирался прописываться здесь надолго. Оттого и не предпринимал никаких попыток хотя бы частично благоустроить свой быт. Еще день, возможно, два, а потом должна закончиться эта пытка неизвестностью!

Единственный имевший место допрос состоялся на следующий день после задержания. По сравнению с красочным театральным шоу с участием нарядных фээсбэшниов в черном прямо в университетской аудитории, которое могло бы сделать честь если и не столичному театру, то краевому — это факт, все последующее выглядело тусклым и формальным. Следователь прокуратуры с безликим именем Василий Петрович Петров обладал соответствующей внешностью: главной изюминкой на этом невыразительном лице, за неимением других, было практически полное отсутствие подбородка. Впрочем, остальные черты лица были так же, как будто частично, стерты ластиком.

Во время допроса Василий Петрович, казалось, отбывал нудную повинность и откровенно скучал. Беседа вертелась, в основном, вокруг дочерних фирм комбината. Следователю непременно хотелось услышать от Александра, что

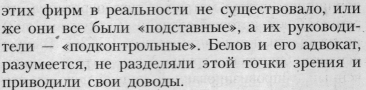

этих фирм в реальности не существовало, или же они все были «подставные», а их руководители — «подконтрольные». Белов и его адвокат, разумеется, не разделяли этой точки зрения и приводили свои доводы.

Адвокат после допроса отправился на комбинат — собирать необходимые документы и выстраивать линию защиты, а Белова спецмашина доставила в СИЗО. На этом цепочка событий неожиданно прервалась.

В течение двух суток Саша вставал с рассветом, делал зарядку, с грехом пополам мылся — насколько это вообще было возможно сделать в условиях неисправного крана — и ждал допроса. Но на допрос его почему-то не вызывали.

Попытка поговорить с контролерами весомого результата не принесла. Дежурные разговоров избегали, повторяли только, что свидания даже с родными категорически запрещены следователем. И вообще, на любой вопрос у них был один стандартный ответ: все ваши требования будут переданы администрации изолятора.

Поняв, что таким образом толку ему не добиться, Белов затребовал бумагу и авторучку и написал официальное письмо на имя следователя Петрова. Опыт подсказывал ему, что на официальный запрос положен официальный ответ. Вот пусть и ответят, как долго намерены держать его в одиночной камере, и собирается ли кто-нибудь вообще расследовать дело. Теперь предстояло снова ждать.

Саша упал на пол и принялся в который раз изнурять себя отжиманиями. Затем, не удовлетворившись, скатал матрац и туго перетянул его ремнем брюк, который случайно (а случайно ли?) не отобрали, когда привезли в СИЗО. Вышла неплохая боксерская груша. Удар «в грудь», полученный импровизированной грушей показал, что узник не в такой уж плохой форме.

Ломаться он пока еще не готов. А уж если представился отпуск поневоле — самое время заняться анализом. Раньше надо было, но, как говорится, лучше поздно, чем никогда. В конце концов, не он первый, не он последний. Люди в камерах статьи и романы писали. А ему, Белову, надо приготовиться защитить себя. Но чтобы защитить, сначала разобраться, откуда дует ветер.

Саша в сердцах стукнул кулаком по матрасу и задумался. Кому же он на этот раз наступил на хвост? Когда прокололся и подставил тыл?

Очередной сеанс размышлений только подтвердил данные предыдущих: желающих уничтожить его, Белова, более чем достаточно. На память пришли слова Игоря Леонидовича Введенского, сказанные много лет тому назад: «У вас врагов больше, чем вы думаете». Так было и так оставалось по сей день. Такова была, видно, его карма: или друг или враг, и никакой компромисс невозможен. И первым в этом виртуальном списке жаждущих Беловской крови был Виктор Петрович Зорин.

Судьба как будто нарочно не давала им возможности потерять друг друга из виду. И заставляла играть на одной площадке, причем как в переносном, так и в прямом смысле, то есть, на теннисном корте. Обстоятельства непреодолимой силы требовали, чтобы эти люди пожимали друг другу руки, сидели бок о бок на всевозможных управленческих тусовках, перезванивались и улыбались друг другу. В то время как каждый из них, по совести, готов был без колебаний дать другому в морду, а то и вовсе отказать в праве на жизнь.

В Красносибирске отношения Белова и Зорина застыли в положении неустойчивого равновесия. Эдакая видимость перемирия в многолетней, не на жизнь, а на смерть, войне. Они презирали друг друга, но не могли обойтись один без другого. Возможно, в такой ситуации был свой глубинный смысл: Белов — это бизнес, Зорин — это власть. Ну, и куда, скажите на милость, им деваться друг от друга?

Генеральный директор одного из крупнейших металлургических комбинатов и представитель президента по Красносибирскому краю — оба люди публичные. Они говорили на одном языке и приветствовали друг друга, как это принято в их среде, по отчеству и на «ты». И каждый при этом держал за пазухой солидный булыжник, карауля момент, когда партнер повернется спиной и подставит хоть на минуту свой незащищенный, ну скажем, затылок.

Белов был вынужден, сцепив зубы, время от времени обращаться к непотопляемому политику широкого профиля. Эта необходимость, как правило, была связана с получением бесчислен-

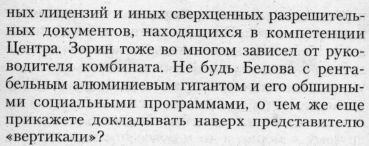

ных лицензий и иных сверхценных разрешительных документов, находящихся в компетенции Центра. Зорин тоже во многом зависел от руководителя комбината. Не будь Белова с рентабельным алюминиевым гигантом и его обширными социальными программами, о чем же еще прикажете докладывать наверх представителю «вертикали»?

А так получилось даже неплохо: назначение опытного управленца господина Зорина на ответственнейший пост полпреда совпало по времени с подъемом комбината, а следовательно, и всего края. Плавильные печи заработали в полную силу, рабочие оставили дурную манеру сидеть на рельсах, а их семьи — голодать. Жизнь в регионе выровнялась... Честь и хвала мудрому Зорину! И в действительности, не так уж и важно, что именно послужило причиной процветания...

Впрочем, у Зорина был к его давнему оппоненту еще один — личный интерес. Виктор Петрович еще с прежних времен владел некоторым количеством акций алюминиевого комбината. Сначала акции эти были чистой формальностью: металлургический гигант, потрясаемый властными разборками и прочими объективного характера трудностями, долгое время лежал замертво. Ни о каких дивидендах не приходилось мечтать в условиях, когда производство свернуто, народ по полгода не получает зарплаты, а кредиторская задолженность перед партнерами и государством перевалила за миллиард.

Теперь же, когда комбинат встал на ноги и не только выдает алюминий, но и позволяет себе расходовать огромные суммы на всякого рода социальные программы и прочие погремушки вроде сети интернет-кафе, можно, наверное, и об акционерах подумать. Если не обо всех, то хотя бы о таких штучных как представитель президента.

Чтобы обсудить эту волнующую тему, Виктор Петрович пару раз пытался встретиться с Беловым на нейтральной территории: приглашал посидеть в ресторане или погонять шары в недавно открывшемся боулинге. Однако Александр находил хорошие предлоги, чтобы уклониться от встречи: догадывался, что речь пойдет о чем-то сугубо шкурном.

Наконец, Виктор Петрович улучил момент для разговора. Это случилось во время гражданской панихиды по случаю кончины известного в крае человека — редактора газеты «Колокол» Леонида Безверхих.

— Я слышал, ты, Александр Николаевич, не слишком жаловал покойничка, — обратился Зорин к Белову, когда тот во время тягостной церемонии отошел покурить.

Белов поморщился: честно говоря, ему хотелось незаметно, не нарушая приличий, смыться на комбинат: дел по горло, чтобы топтаться здесь со скорбным лицом. Тем более, что он не считал Леонида хорошим журналистом. Скользкий тип с имперскими амбициями.

— Если я скажу, что мы были лучшими друзьями, вы же все равно не поверите, — сказал Саша.

— Боюсь, настоящих-то друзей у покойного и вовсе не было, царствие ему небесное. — поддержал его Зорин. — Даже я вынужден это признать, хотя и опекал его всемерно, мы же еще по Москве с ним знакомы были.

Белов не ответил. Для многих в городе не было секретом, что еженедельник «Колокол» с приездом Зорина в Красносибирск сделался рупором федерального центра. Новый главный редактор прилетел из царствующего града тем же рейсом, что и новый представитель президента.

Шумный, неопрятный здоровяк Леонид Безверхих со своим имиджем рубахи-парня легко вписался в творческий коллектив «Колокола», вернее, в ту его часть, которая осталась. Кресло руководителя газеты было предварительно зачищено для него местными властями под предлогом порочащих краевое издание связей прежнего редактора с олигархом Берестовским. Часть сотрудников поувольнялась в знак солидарности с бывшим боссом. «Лучшая» часть пересмотрела свои ошибочные взгляды и принялась с не меньшей творческой яростью кусать руку, щедро их кормившую в недавнем прошлом. Благо сам Берестовский интерес к «Колоколу» потерял, а значит, газету не прочтет и не обидится.

Но главным объектом острых перьев сделался руководитель «Красносибмета» Александр Белов. Фигура генерального директора алюминиевого комбината стала к тому моменту настолько популярной в народе, что сотрудники «Колокола» с удовольствием заняли уютную (в силу хорошей оплачиваемости) нишу оппозиции. И обеспечивали столь необходимый в демократическом обществе плюрализм мнений. Журналисты радостно подхватили входящие в моду общенациональные лозунги «о социальной ответственности бизнеса» и «политической всеядности олигархов». А кроме того, открыто и невзирая на личности, позволяли себе невнятные намеки на криминальное прошлое Белова и его запутанную личную жизнь.

Пару раз между Безверхих и Беловым возникали открытые публичные перепалки, и это давало хороший повод журналистам всласть порассуждать о зажиме критики. К счастью, руководителю комбината особо было некогда читать местный еженедельник и расстраиваться по поводу откровенной клеветы. Это обстоятельство спасало «Колокол» от судебных исков с его стороны. Друзья Белова настоятельно рекомендовали ему проучить зарвавшегося писуна. В частности, Витек требовал санкции «начистить морду». Лайза Донахью, вскормленная правовым государством, настаивала на судебных преследованиях Леонида Безверхих. Однако руки до этого у Белова так и не дошли:

— Да плевать на этого... безбашенного... — Примерно так он отшучивался, причем не единожды, и меткая кличка, прочно приросшая к руководителю «Колокола», разумеется, не добавила теплоты в их отношения.

— Короче, пусть земля ему будет пухом. Или прахом? Как там говорят в подобных случаях... — подытожил Зорин. — У меня к тебе, Александр Николаич, имеется вопрос.

— И какая же у вопроса цена? — усмехнулся Белов, который настолько досконально успел изучить своего партнера, что не сомневался: речь пойдет исключительно о том, как заточить денег.

— Ты, друг, вероятно, по молодости все время забегаешь вперед.

— Хорошо. Формулирую иначе: кто кому платит за вопрос?

— Разумеется ты мне! А как иначе?

Зорин вне всяких сомнений был достойным партнером и тоже умел отбивать хитрые мячи. Он улыбался, давая одновременно понять, что шутит, и какова доля правды в этой шутке.

— Завтра суббота. Не хочешь покататься на снегоходах? Там бы и поговорили.

— Не, Виктор Петрович. Я в отпуск улетаю, билет на руках. За два года отпуск не отгулял, бухгалтерия сердится, — у Белова снова нашелся хороший, правильный повод отказаться от встречи. — Давайте сейчас говорите, что за вопрос на повестке.

— Ну, как скажете, коллега...

И Виктор Петрович изложил нехитрые свои претензии, которые сводились к острому желанию акционера «Красносибмета» получать свои законные дивиденды.

— А что же вы этот вопрос не подняли на последнем собрании акционеров? — хитро прищурился Александр. — Задавайте тогда на следующем. Правление ответит.

— Знаю я твои ответы. Зальешься с трибуны соловьем, и, как дважды два, объяснишь доверчивым акционерам, что для дивидендов время еще не пришло. И куда как важнее запустить новую печь на новой площадке.

— Я вам и сейчас отвечу то же самое: плавильную печь запустить важнее.

— Вот поэтому я и не задал свой вопрос на собрании акционеров, а задаю его сейчас, в частном, так сказать, порядке, — Зорин начал раздражаться и закурил, хотя давно пытался завязать с этой неполезной привычкой. — Другие акционеры лично мне по барабану. Я хочу, чтобы работали мои денежки, вложенные в акции!

— Ой, Виктор Петрович, только не надо лукавить, — Саша весело расхохотался. — Уж мне-то известно, что своих-то кровных вы вложили в эти акции не до фига. Так что не надо передо мной невинность изображать... Что вы предлагаете?

— Ну, скажем, консультационные услуги. Комбинат нанимает меня... А лучше не меня, а супругу мою, Ларису Генриховну, в качестве эксперта по вопросам... Ну, допустим...

— Не смешите меня, Виктор Петрович. Мне что дивиденды, что консультационные услуги — один хрен из чистой прибыли выплачивать! А при нашей системе налогообложения — сами должны понимать — это чистая глупость.

— Стало быть, отказываешь? — прищурился Зорин.

— Уж простите великодушно...

— Бог тебя простит, Белов. Может быть, простит, а, может быть, и накажет, — поняв, что дело безнадежно, Зорин резко оборвал обсуждаемую тему. — Куда в отпуск-то собрался? В экзотические края?

— Ну... — кивнул Белов.—Здесь по весне погода паршивая, а там уже новый урожай апельсинов зреет.

Не рассказывать же, в самом деле, этому хитрому старому лису о том, что едет Белов в свой законный отпуск на Кипр вовсе не апельсины трескать, а заниматься проблемами одной из оффшорных «дочек» комбината. Потому что просто не может такой деликатный вопрос поручить никому из своей команды. Ничего противоправного с точки зрения ныне действующих законов он делать не собирался, но фиг его знает, как эта деятельность будет оцениваться в верхах уже завтра. И своих людей лучше без особой нужды не подставлять. Что же касается Зорина, чем меньше он знает, тем лучше. Меньше знаешь — крепче спишь, есть такой принцип. И нефига другим спать мешать...

— А насчет моей доли на комбинате ты уж сам что-нибудь придумай, — сказал напоследок Зорин. — Времени у тебя много будет!

VII

Федор еще раз надавил кнопку звонка — результата не последовало. Он снова вышел во двор, почесал бороду и посмотрел на темные окна. Светилась только вывеска над подъездом «ООО Гармония» и под нею белела табличка с указанием часов работы частной клиники.

Интересно, куда в такой поздний час мог подеваться Ватсон? Уж не сломался ли, неровен час, старый холостяк под напором предложения, многократно превышающего спрос? Модный практикующий доктор, старательно избегавший скомпрометированного толпой шарлатанов звания «экстрасенс», пользовался сумасшедшим успехом у своих пациентов и особенно пациенток. Последнее обстоятельство поначалу придавало его практике тонкий шарм, потом стало утомлять и мешать самой работе, и вот теперь превратилось просто в напасть. Ватсон шутил, что, будь в Красносибирске другой доктор его уровня и его профиля, то имело бы смысл сходить к нему на прием и поделиться личными проблемами.

Ну, не может быть, чтобы Ватсон спал. Уж не случилось ли чего худого? В последнее время, сразу после ареста Белова, фортуна, бывшая в течение двух последних лет подозрительно благосклонна к друзьям, начала потихоньку поворачиваться задом.

Федор поднял с земли камешек и осторожно, целясь в переплет рамы, послал его в направлении окна спальни.

— Стоять! — раздался позади него нехороший голос, и из темной подворотни показалась человеческая фигура.

— Витек? Вот напугал, черт! Прости, господи!

Федор начал торопливо креститься, а Виктор тем временем приблизился и тоже стал смотреть на окна спальни их общего друга. Вид у него был, как всегда — даже в самой невинной ситуации, такой мрачный и свирепый, что казалось, вот-вот случится что-то непоправимое. Через пару минут, окно бесшумно приоткрылось, и оттуда прошелестел сдавленный голос Ватсона:

— Федор? Витек? Заходите быстро! Мухой! Я дверь открыл.

— От кого хоронишься, человече?

— Да тише вы, говорю же! Не включайте свет в прихожей — с улицы видать. Пойдем к попугаям.

Друзья на ощупь двинулись в сторону двери, которая вела из крошечной квартирки доктора и хозяина «Гармонии» на другую половину — туда, где располагалась сама клиника.

— В комнату психологической разгрузки? — ехидно поинтересовался Витек.

— Для кого-то и в самом деле разгрузка, а лично меня здесь загружают по самое некуда... Глаза бы не глядели на этих попугаев. Но здесь единственное место, откуда свет не попадает на улицу.

Ватсон наконец без опаски повернул выключатель, и щадящие галогеновые лампы, медленно разгораясь, осветили небольшую комнату с тяжелой драпировкой на единственном окне, несколькими удобными диванчиками и банкетками и с клеткой-вольером во всю торцовую стену. Проснувшиеся птицы радостно загалдели.

— Так от кого ховаемся? — спросил Виктор. — Никак и к тебе тоже рэкет пожаловал?

— Хуже. Есть такие люди, которым невозможно объяснить, что свет в окне, это еще не повод

97

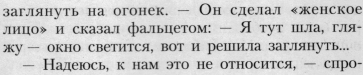

заглянуть на огонек. — Он сделал «женское лицо» и сказал фальцетом: — Я тут шла, гляжу — окно светится, вот и решила заглянуть...

— Надеюсь, к нам это не относится, — спросил деликатный Федор.

— К вам? Нет, к вам не относится.

— Веселая вдова одолела? — Федор испытующе уставился на друга.

— Не суть... — Ватсон отвел глаза и принялся шарить за креслом. — Где-то у меня тут зонтик был.

— На фига зонтик? От вдовы отбиваться? — спросил Витек и закурил.

— Попугаям показывать. Я этот зонт специально здесь держу: как только чертовы гарпии разорутся, стучу по клетке. Они этого жутко не любят. Теперь даже и стучать не надо, достаточно показать — и все, молчат, как сдохли. Условный рефлекс в действии.

Хозяин замечательного кабинета отыскал зонтик, показал его птицам, и те действительно разом вырубили звук и притворились спящими.

— Какие новости, братья? От Сани что-нибудь есть? — спросил Федор, пристраиваясь на банкетке, в то время как Виктор, игнорируя сидячие и лежачие места, обосновался прямо на полу — то есть, сел на ковер и подпер спиной стену.

Ватсон покачал головой:

— Нет. Сегодня я опять заходил в прокуратуру, следователь талдычит на своем: свидания с подследственным запрещены категорически. Видел Лайзу — ее тоже держат в неведении. Говорят, будет необходимость, вызовут повесткой для очной ставки. Из комбината налоговая проверка не вылезает.

— И что Лайза? Она же может включить свои связи.

— Лайза держится нормально. Говорит, что ничего криминального накопать невозможно. Ну, чтобы на срок потянуло. Никаких серьезных нарушений нет — так, все по мелочи... Но налоговики все равно сидят, не уходят. Похоже, что заказ поступил однозначный — с живого не слезать.

— Слушай, Док, а что если мы ему мобильник в тюрьму передадим? Хоть узнаем что к чему, — Федор всем своим видом показывал готовность немедленно действовать. — С деньгами мобильник в тюрьме сейчас не проблема. Мои странники сказывали про своего кореша из блатных. Тот тоже под следствием сидел, и из своей камеры по мобильному телефону слушал, как дочка специально для него дома на пианино исполняет «Полонез» Огинского...

— В том и прикол, Федя, что речь не о блатных. Наш Саня Белов — это не вор-рецидивист, не маньяк какой-нибудь банальный, передушивший полгорода голыми руками. Мы с Витьком пытались, но... Саню, похоже, пасут по-серьезному... Кому-то он опять дорогу перешел. Знать бы, кому...

— Знать бы кому в лоб настучать, давно бы настучал, — вставил Виктор и стряхнул пепел в кадку с кофейным деревом.

— Либо кто-то из друзей-олигархов на комбинат нацелился, — продолжал Ватсон. — Либо совсем дело дрянь...

— Либо почему дрянь? — Федя привстал с банкетки.

— Проснись, дурила. Ты хоть замечаешь, какие ветры в стране подули? Газеты читаешь? Телевизор смотришь?

— Нет, — честно признался Федор. — Газет не читаю. И к «ящику» ты мое отношение знаешь: это все от лукавого. Ничего там не могут сказать такого, что я и так не знаю. Это все сменные декорации, а суть жизни не меняется! Главное, жить по совести, чтобы людям в глаза не стыдно было смотреть...

— Ну, завел свою песню... — Витек оторвал кофейный листочек и принялся яростно растирать его между пальцами. — Вот погоди, придут к тебе серые дядьки, декорации попортят, котлы с кашей опечатают. Вот тогда ты им в глазки и посмотришь!

— Уже пришли, — тихо сказал Федор.

— К тебе пришли? В ночлежку? — Ватсон застыл от удивления с сигаретой в пальцах.

— В странноприимный дом, — с достоинством поправил Федор, он не любил слова «ночлежка». — Сначала поискали алюминиевые ложки — видать, на предмет возможных махинаций с цветными металлами. Но у нас алюминиевых нет — вы же знаете, все столовые приборы из дерева, это принципиально. А вот с простынями вышел прокол; придется заплатить штраф.

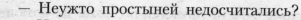

— Неужто простыней недосчитались?

— Не в том дело. По числу-то сошлось, да вот штампы у нас на простынях только в одном углу стояли. А их, как выяснилось, надо штамповать по каждому из четырех углов, и пятый — по центру... Жаль денег на штрафы платить, я второй деревообрабатывающий станок собирался прикупить. Теперь не хватит на станок. Слушай, Док, у тебя тут коньячку не найдется? — Федя затосковал и заерзал на банкетке.

С тех самых пор, как подвижнику Федору Лукину удалось создать Дом Нила Сорского и переключиться со своих проблем на чужие, с неуемным пьянством ему удалось покончить. Доктору Вонсовскому, с его недюжинной практикой и личным знакомством с проблемой наркозависимости этот случай представлялся уникальным. Чтобы вот так, без применения медикаментозных средств, без кодирования и, главное, без полного отказа, взять да и излечиться от алкоголизма? Это как-то не научно. Тем не менее, факт оставался фактом. Но сейчас ситуация требовала серьезного подхода: что делать, без бутылки не поймешь.

— Так как насчет коня? — продублировал вопрос друга Витек. — Неужто клиенты не подкидывают к дверям? Вон Федору какой-то аноним «домашний кинотеатр» подарил. А у тебя контингент побогаче будет.

— С подношениями я практически покончил, — заколебался Ватсон. — Мне эти бесконечные коньяки тоже не полезны. Зарабатываю не хило, захочу — сам себе куплю... Ну да чего не сделаешь для друзей.

На стол явилась бутылка с темной жидкостью и две рюмочки. Федор пригладил бороду, перекрестился и опрокинул в рот рюмочку... Но сразу глотать не стал, а задумчиво покатал напиток во рту.

— Чувствую черноплодную рябину, вишневый лист... Хороша наливочка. Домашняя? Кто автор?

— Неплохо давление понижает, — уклончиво сказал доктор. — Тут еще пирог где-то был с муксуном.

— Вдова?.. — не унимался Витек.

— Это неважно.

— Для друзей все важно.

— Отстань.

Что произошло у Ватсона с одной из пациенток — многократно упомянутой выше вдовой — история умалчивает. Известно только, что женщина явилась в новую клинику одной из первых и стала ярой поклонницей и пропагандисткой уникального метода московского доктора. Вполне научным фактом было также то печальное обстоятельство, что полное излечение от ее недуга, увы, невозможно. Главным образом потому, что и самого-то недуга по сути не было, было всего лишь естественное в ее возрасте недомогание, связанное с гормональной перестройкой организма. А вот имело ли место со стороны доктора нарушение врачебной этики, или не имело, этого друзья Ватсона доподлинно не знали, но интересовались живо.

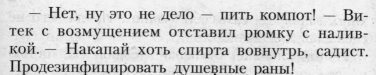

— Нет, ну это не дело — пить компот! — Витек с возмущением отставил рюмку с наливкой. — Накапай хоть спирта вовнутрь, садист. Продезинфицировать душевные раны!

В этот момент в дверь позвонили. Друзья замерли. Звонок надрывался не меньше двух минут. Трезвон, наконец, стих. Но через минуту раздался удар камнем в стекло. Причем этот удар был гораздо менее деликатным, чем тот, который позволил себе Федя: стекло едва не разлетелось вдребезги.

— Вдова... — обреченно выдохнул Ватсон и крадучись двинулся на звук.

Однако тот, кто стоял в этот момент под окном, меньше всего походил на вдову. Это был недоброй памяти знакомец еще по старой, еще московской жизни.

— Что это с ним? — пальцы Федора отпустили занавесочку, из-за которой они с Ватсоном выглядывали во двор, и машинально сотворил крестное знамение. — Витек, глянь-ка, никак Кабан!

Квадратная, практически лишенная как талии, так и шеи фигура отчетливо просматривалась в лучах полной луны. На богатой пыжиковой шапке и вороте дубленки серебрился снежок. Широкое лицо было обращено на окно спальни, однако можно было бы поручиться, что Кабан не видит ни самого окна, ни троих друзей, которые исподтишка наблюдали за ним сквозь проем между шторами: глаза его были широко раскрыты, но... как бы лишены зрачков. Оставалось только предполагать, что зрачки странного визитера были закачены под лоб. В сочетании с загадочной улыбкой человека, познавшего нирвану, это смотрелось жутковато. И была еще одна очень странная деталь. Крепкие икры спортсмена, были обтянуты нежно-голубым трикотажем кальсон...

Витек присвистнул и сказал:

— Похоже, клиент созрел.

VIII

Заросший грязью кран с оторванным вентилем был хронически болен. Кто-то, наверное, предыдущий пассажир, намотал на него старый носок. В результате вода не брызгала по сторонам, а просто текла непрерывно. Звук, с которым она исчезала в сливном отверстии облупленной раковины, навевал дремоту. Но Саша запретил себе спать. Ему пришло в голову, что у графа Монте-Кристо, должно быть, главная проблема была не отупеть, не опухнуть от спячки и не впасть в апатию.

Наступили четвертые сутки его пребывания в камере следственного изолятора. И снова никто не вызвал его для допроса. Все это очень походило на психологический прессинг: похоже, кто-то сознательно пытается выбить его из колеи, лишить воли и заставить мечтать о любой развязке. Только бы прекратить эту спячку, это бессмысленное хождение из конца в конец камеры и этот звук воды, утекающей в никуда...

Саша уже перестал тешить себя мыслью о досадном недоразумении. Хотя на самом деле, в эту версию он никогда и не верил. Белов уже не сомневался в том, что все, произошедшее с ним не только не случайность и не в горячке реализованное кем-то желание повозить олигарха мордой об стол, а тщательно спланированная акция на уничтожение.

И он мог предвидеть такой оборот событий. Мог, но не хотел об этом думать! Вытащив комбинат из разрухи, он слишком увлекся созидательным трудом, и слишком успокоился. Что греха таить, ему нравилась людская благодарность, нравилось, что его любят и выражают готовность идти за ним хоть на край света. Ему нравилось видеть свои фото на страницах газет, где говорилось о том, как он умен, креативен, нестандартен и какие потрясающие у него волевые качества... Отсюда первый вывод: огонь и воду ему удалось пройти вполне успешно, а вот с медными трубами вышла промашка. Убаюкали его медные трубы, усыпили бдительность!

Однако же, в чем он, собственно виноват? Ведь то, о чем писали в газетах — чистая правда. И комбинат вывел из кризиса, и шведский социализм почти построил в одном отдельно взятом крае. И слово умеет держать, отвечать, как говориться, за базар. Ну не в чем ему каяться на данном этапе...

Отсюда вывод первый и очень печальный. Война продолжается. Есть и второй вывод: как говорят французы — а-ля гер ком а-ля гер. На

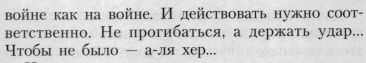

войне как на войне. И действовать нужно соответственно. Не прогибаться, а держать удар... Чтобы не было — а-ля хер...

Никого, как оказалось, не интересуют его честность и деловые качества. Наоборот, это попытка «стать прозрачным» привела его на эту шконку. Открытый бизнес опасен и нежелателен как для «грязных» бизнесменов, так и для «грязных» чиновников. В мутной воде легче свои делишки обтяпывать и баксы ловить...

Белов был абсолютно убежден только в одном. С точки зрения закона он чист. Бухгалтерия «Красносибмета» прозрачна, как стекло. Юридическая служба работает безупречно. Поэтому, даже если бы его понесло не в ту степь, его менеджеры непременно напомнили бы ему об опасности и помогли бы технично ее избежать. Короче говоря, вся его деятельность как руководителя комбината полностью попадала под действующие на тот момент законы. Правда, законы эти имеют свойство меняться, причем так быстро, как узоры в калейдоскопе.

Например, судя по пробным шарам, запущенным в средства массовой информации, не сегодня-завтра популярная «схема производства на давальческом сырье» будет признана тоже незаконной. Тот самый «толлинг», который руководитель «Красносибмета» применил в стране одним из первых, а сегодня применяют десятки тысяч перерабатывающих предприятий как у нас, так и за рубежом.

Как всегда, когда не хватает нормальных аргументов, кто-то наверху начинает сознательно тасовать колоду: сугубо экономические понятия подменяются этическими, моральными, эстетическими, какими угодно. Вместо строгого подсчета и анализа слагаются гимны, скандируются заклинания, придумываются сюрреалистические лозуги. Даже голосовать русским людям предлагают не руками и не при помощи мозговых извилин, а почему-то кроветворным органом. Главное, все запутать! Чтобы быстрое мелькание игральных карт из рукава и обратно было бы не таким заметным.

Консультант Белова по вопросам финансового и налогового права, забавная американка Лайза Донахью, однажды, едва осмотревшись в новых для себя условиях, провела замечательную аналогию:

— В России так быстро меняются правила игры, что игроки даже не успевают размяться!

Похоже, что она была права. И Белов со своей деятельностью попал на очередной стык старых и новых правил...

IX

Лайза появилась на комбинате в самый кошмарный момент. Это случилось через несколько месяцев после вступления Белова в должность генерального директора. После недолгой эйфории, связанной с появлением молодого, энергичного и толкового руководителя, вдруг выяснилось, что сам по себе этот факт не смог в одночасье снять всех проблем комбината, копившихся годами. И ни молочных рек, ни кисельных берегов по-прежнему не наблюдается.

Экономику страны лихорадило. Устоявшиеся производственные связи рушились на глазах. Поставщики мучительно задерживали поставки, покупатели мучительно задерживали оплату полученной продукции. Те и другие по уши увязли в хитросплетениях бартера, когда щебенка меняется на электричество, бегущий по проводам ток на ценные бумаги, векселя на сахарный песок, который, в свою очередь, идет на оплату аренды помещений... Но главный удар нанесло родное государство.

Один из крупнейших заказов на поставку алюминия был отгружен в адрес министерства обороны. Однако шли месяцы, а заказ все не был оплачен. Налоговики же, бодро потирая руки, взимали налоги «по факту отгрузки». Никого решительно не интересовало, что денежки за государственный заказ, с которых комбинат обязан платить налоги, на его счет еще не поступали. Правда, через семь месяцев государство вернуло свой долг. Но в условиях гиперинфляции эта сумма была уже совсем, совсем иной...

Белов, хронически недосыпавший уже несколько недель, вернулся с очередного митинга. В этот день ему удалось уговорить обозленных рабочих потерпеть еще немного. Но он прекрасно понимал: нужны кардинальные меры. Его оба-

яние и красноречие не всесильны. И если завтра
рабочие не явятся на смену, и печи встанут, то
комбинат попросту умрет. Это в свою очередь оз-
начает мощнейший социальный взрыв...

Он заскочил в свой кабинет, чтобы подписать
необходимые документы и подготовиться к очередной поездке в Москву: энергетиков во что бы
то ни стало надо уломать на отсрочку долгов.
В приемной сидели какие-то люди, и Белов
мельком отметил, что лица незнакомые и, как
будто вообще не здешние: из другого мира, где
рабочие бастуют культурно, нежно, и где нет угрозы, что за долги производственного комбината будут за компанию отключены от электропи-
тания жилой фонд, детский сад и школа...

— Люба, меня нет и не будет до четверга, —
сказал он скользнувшей вслед за ним в кабинет
секретарше.

— Но... Это аудиторы, американцы. Представители консалтинговой фирмы «Сириус».

— Какие, на хрен, аудиторы!..

Взглянув на Любочку — нежную маленькую
девушку, Белов осекся и замолчал. Кто-кто, а уж
секретарша абсолютно не виновата в том, что ее
босс чувствует себя в полной заднице за компанию с возглавляемым им комбинатом. К тому же
он вспомнил, что еще неделю назад Люба передала ему факс, полученный от американского
партнера, члена совета акционеров. В своем послании заокеанский коллега напоминал Белову,
что, согласно решению собрания акционеров,
подошло время плановой аудиторской проверки.

Ничего, как говорится, экстраординарного — нормальный рабочий момент.

Эти американские партнеры иной раз приводили Александра Белова в полное недоумение. Будь хоть апокалипсис на дворе, а они будут по-прежнему белозубо улыбаться и охарактеризуют ситуацию как «имеются определенные проблемы». Ну, какой может быть аудит, если комбинат не сегодня-завтра вообще может остановиться?! И его стоимость после того, как в домнах остынет алюминий, будет... Американцы, вложившие свои денежки в «Красносибмет» в конце девяностых, еще при прежнем руководителе Рыкове, не желают видеть того, что реально происходит в России с бизнесом. Они продолжают делать вид, что контролируют ситуацию и вносят свой посильный вклад в развитие общего дела...

В тот день Белов так и не познакомился с аудиторами. Он передал через Любу свои извинения и перепоручил иностранцев одному из своих заместителей, а потом улетел в Москву и начисто выбросил американских проверяющих из головы, искренне надеясь, что в ближайшем будущем их не увидит.

Однако на этот счет он ошибался. Первой, кого он увидел в абсолютно пустой приемной, вернувшись на комбинат, была руководитель группы аудиторов госпожа Донахью. Электронные часы показывали без малого семь утра. Белов, вообще-то, имел привычку приходить на комбинат раньше всех: это была единственная возможность сосредоточиться и раскидать первостепенные дела до того, как начнут разрываться телефоны, а у двери в его кабинет возникнет небольшая, но действующая модель сумасшедшего дома. А в этот день он явился на рабочее место и вовсе прямо с самолета, не заезжая домой.

Наличие американской дамочки неприятно удивило его: с вечера караулит, что ли? Он потрогал подбородок с отросшей щетиной и почувствовал себя неуютно в мятом костюме и несвежей рубашке. Дамочка же была свежа и подтянута, даже как-то чересчур подтянута, и выразила немедленную готовность отчитаться о работе, проделанной группой аудиторов.

Попытка сплавить госпожу своему заместителю на этот раз не увенчалась успехом: аудиторша, не дожидаясь приглашения, прошла в кабинет и грациозно обосновалась напротив Белова. Было очевидно, что уходить она не собирается, по крайней мере, до тех пор, пока не изложит всего, что наработала. Она раскрыла папку и приступила к докладу...

Саша слушал вполуха. Глаза слезились от очередной бессонной ночи, проведенной в дороге, а назойливые мысли о неотложных делах мешали сосредоточиться на предмете доклада. А главное, все, о чем говорила американка, он и сам прекрасно знал. Он смотрел на безукоризненно гладкий лоб и изящные кисти рук своей собеседницы и раздражался. Особенно почему-то его

111

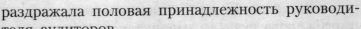

раздражала половая принадлежность руководителя аудиторов.

«Ну, спасибо, дорогой партнер, прислал еще и бабу... — думал он. — Барышне, позавчера окончившей Гарвард, здесь самое место»

Девушке с такими вот ухоженными, длинными пальцами и с таким чистым, открытым лбом не дело разбираться с неоплаченными госзаказами, сорванными поставками глинозема и ультиматумами, выдвинутыми энергетиками. Ей бы скрипкой заняться и наигрывать в гулких концертных залах бетховенские сонаты. Мысли его незаметно перескочили на бывшую жену Ольгу, и настроение совсем испортилось.

Во время последней поездки в Москву он видел Шмидта — своего бывшего соратника, потом врага, потом снова соратника, а по совместительству еще и гражданского мужа Ольги Беловой. Впрочем, сейчас уже и не мужа. Как выяснилось, Ольга со Шмидтом успели расстаться. Терзаемая неудовлетворенностью и чувством, что вынуждена проживать не свою, а чью-то чужую жизнь, Ольга оставила и нового супруга, и их общий бизнес, и сделала попытку вернуться в мир музыки. На Сашин вопрос, насколько ей это удалось, Шмидт лишь мрачно и выразительно пожал плечами...

Александр очнулся от своих мыслей, потому что в кабинете повисла тишина. Теперь уже не он наблюдал за своей посетительницей, а она с холодным любопытством глядела ему в глаза.

— Господин Белов, — тихо и внятно выговаривая слова сказала американка. — Вы отдаете себе отчет, насколько серьезная ситуация сложилась на возглавляемом вами предприятии?

Нет, блин, не отдает он никакого отчета! Ему даже и в голову не приходит, что комбинат на грани остановки! Он тут в бирюльки, видите ли, играет, пока группа американских коллег в поте лица анализирует ситуацию! Белов почувствовал, как красные шорки бешенства закрыли для него обзор таким образом, что видимым осталось только тонкое, ухоженное лицо сидящей напротив женщины. И по этому лицу очень хочется врезать, не взирая на половую принадлежность, от всей души.

Дама если и заметила, какую реакцию произвел ее вопрос, то виду не подала. Похоже, ее вполне удовлетворил тот факт, что собеседник очнулся и слышит, о чем ему толкуют.

— Итак, в настоящий момент на складе наличествует готовая продукция на сумму десять миллионов долларов, — невозмутимо продолжила докладчица. — В то же время, суммарная кредиторская задолженность комбината перед бюджетом, энергетиками и по заработной плате на текущий момент втрое больше. Запасы сырья заканчиваются. Каковы ваши дальнейшие действия?

— А вы славно поработали, — сказал Белов, откровенно разглядывая бизнес-вумен.

Эта Лайза, пожалуй, даже ничего, симпатичная. Хотя и не его тип. Слишком худая и состоит, как кузнечик, в основном из локтей и коленок. Возможно даже, что умненькая. Хотя какой от этого прок? Ей удалось на секунду вывести его из себя, и сейчас Саша Белов намерен был вернуть этот долг, то есть откровенно прикалывался.

Мнение американских партнеров в настоящий момент представляло собой наименьшую из проблем, обуревавших генерального директора, и потому волновало его меньше всего. Момент на комбинате, как правильно подметила эта леди, был таков, что требовалось сыграть ва-банк. Поставить на кон абсолютно все — и сам комбинат, и собственную деловую репутацию до кучи.

А что будет потом?.. Победителей, как известно, не судят. Если удастся прорваться, то с партнерами Белов уж как-нибудь сумеет объясниться. А сейчас ему не нужны их умные советы! В этой жизни самые серьезные решения он привык принимать в одиночку, и сам же отвечать за сделанное.

— Скажите, а вы случайно не родственница?

— Телекомментатора? Нет, не родственница.

— Почему вы улыбаетесь?

— Потому что отвечать на этот вопрос мне приходится не меньше десяти раз в день. На самом деле Донахью — довольно распространенная ирландская фамилия. Если посмотреть телефонный справочник, то в нем людей с такой фамилией будет не меньше, чем у вас Смирновых.

— А где вы так здорово научились говорить по-русски?

— Это мой родной язык. Моя мать родом из семьи эмигрантов, учительница русского языка.

Отец — ее бывший ученик. А, кроме того, сотрудникам, владеющим вторым языком, у нас положена прибавка к жалованию, — когда Лайза улыбалась, она была еще симпатичнее. — Но вы, Александр Николаевич, не ответили на мой вопрос.

— Уважаемая госпожа Донахью. Милая леди! Вы подготовили свой отчет, и видите ситуацию. Вы наверняка знакомы с технологией производства алюминия и знаете не хуже меня: если производственный процесс остановится хотя бы на несколько часов, то комбинату... — Белов замялся, подыскивая точное выражение. — «Трындец» — понятное для вас слово? Комбинату будет трындец. И в этом случае никому вообще не понадобится уже никакая аудиторская проверка! А потому давайте я подпишу ваши документы, и... как говорят у нас в России, в добрый путь!

— Хотите сказать «янки гоу хоум»?

Лайза покорно отдала Белову папку с результатами проверки и дождалась, пока он завизирует документы. А потом она протянула ему еще один листок:

— Взгляните на это. Боюсь, что вам не удастся отделаться от моего общества так быстро.

В письме, которое Саша пробежал глазами, американский партнер сообщал о решении акционеров нанять для оказания консультационных услуг руководству комбината представителя старейшей и очень солидной консалтинговой группы «Сириус». И этим представителем в России будет специалист в области финансового и налогового международного права госпожа Лайза Донахью. Чтобы у Белова не осталось уже никаких сомнений, дама показала ему собственный контракт с акционерами, подписанный одним из членов совета директоров. Спасибо уже и на том, что платить этой чертовой консультантке будут сами акционеры, а не «Красносибмет».

А вообще-то вся эта история крайне не кстати. Вот блин! Саша отвернулся к окну, чтобы не выругаться вслух. Самое досадное, что у него нет возможности отказаться. Согласно закону об акционерных обществах, у держателей акций есть полное право контролировать работу своих наемных менеджеров. С этим так же невозможно спорить, как и пытаться объяснить заокеанским коллегам реалии российской действительности.

— Отлично, — сказал он сквозь зубы. — С чего начнем?

— Мне хотелось бы сначала выслушать ваши соображения по выводу комбината из кризиса. Не сомневаюсь в том, что они у вас имеются. А потом, возможно, предложить свои варианты.

— Замечательно. Когда вам будет удобно?

— Можно прямо сейчас. Если вы не против...

— Я нисколько не против, — Белов откровенно издевался. — Одна проблема. — Он взглянул на часы. — Через сорок минут у меня вертолет. Меня ждут в поселке Усть-Харючи, на новом месторождении. Это не очень далеко: из Восточной Сибири слетать ненадолго в Западную. Чуть больше двух часов лету. Вы не возражаете побеседовать на борту... так сказать, воздушного лайнера?

Лайза достойно выдержала его взгляд, исполненный сарказма, и вместо ответа спросила:

— Я успею заехать в гостиницу, чтобы переодеться?

Пожелание одеться в дорогу как можно теплее Лайза Донахью выполнила добросовестно. Разумеется, в меру своих возможностей, что на практике означало: курам на смех. Саша, подъехавший за нею, как договаривались, к гостинице, быстро оглядел и оценил внешний вид своей партнерши. Легкий ярко-красный пуховичок в талию едва доходил до... короче, надежно прикрывал пупок. Вязаная шапочка задорно перекликалась своим узором с тонкими трикотажными перчатками. Стройные ноги невероятной длины были обтянуты «резиновыми» джинсами, заправленными в очаровательные яркие сапожки. За спиной — небольшой рюкзак в тон обувке. Блеск! Для зимнего пикника где-нибудь в Калифорнии, на лужайке возле таун-хауза сосиски жарить, может быть, и сойдет. Что же касается Приполярного Урала, куда им предстояло лететь, и где об эту пору морозы переваливают за пятьдесят, да если еще с с ветром...

Белов набрал на мобильнике номер шефа безопасности комбината Витька Злобина, которого им тоже предстояло захватить по дороге, и отдал распоряжение по поводу дополнительной экипировки, которую следует захватить с собой. После чего все они отправились на аэродром.

Вертолет МИ-6 способен произвести серьезное впечатление даже на видавшего виды мужика. Огромный серо-зеленый железный мешок с красными глазами-соплами, он напоминает раздутое доисторическое насекомое. А уж когда запущен двигатель, лопасти свистят таким жутким замогильным тембром, что фантаст Толкин со своими птицами смерти назгулами просто отдыхает. О том, что почувствовал при виде обещанного «лайнера» рафинированный американский аудитор женского пола, Белов особо не переживал.

Извините, прогулочных вертолетов для дам-с не держим. Вообще никаких вертолетов пока что не держим, а по поводу этого конкретного монстра пришлось договариваться с военными. Что же касается дамы — дама сама напросилась. В конце концов, американские партнеры вправе знать, что именно на практике означают слова «работать в России».

Он собрался проинструктировать Лайзу, чтобы не отходила ни на шаг и не зевала, а главное, держала равновесие. Потому что потоком воздуха от работающих лопастей может запросто уронить на землю и более массивного человека. Но отвлекся, увидев, что Витек о чем-то яростно спорит с пилотами, матерится и поминутно сплевывает с видом крайнего отчаяния.

— Что случилось? — Саша подошел к своему охраннику и экипажу из двух человек, с которыми им предстояло проделать небольшое путешествие из одной Сибири в другую.

Выяснилось, что вертолетчики мнутся, поскольку метеопрогноз никудышный — с океана идет циклон, и получить разрешение на вылет, скорее всего, не удастся.

Вертолет был военным и экипаж, разумеется, тоже: командовал экипажем капитан Ващенко, а обязанности бортинженера выполнял соответственно старший лейтенант Кащенко. Рейс на Приполярный Урал условно носил название «учебно-боевого вылета», на деле же это означало вылет чисто коммерческий. Грузовой МИ-6 использовался в хвост и в гриву на благо народного хозяйства, только и исключительно в этих целях. Благо спрос на подобные услуги был выше крыши. Горючее по традиции списывали на учебные полеты, а командование части получало спонсорскую помощь. Эта практика устраивала всех: как боевых командиров, закрывающих таким образом финансовые и иные прорехи, так и предпринимателей, которым всяко выгоднее было время от времени «арендовать» борт, чем самостоятельно содержать транспортный вертолет.

Меньше всех в подобных ситуациях был доволен экипаж. Лично пилотам, Ващенко и Кащенко, с полетов, зачастую в плохих погодных условиях, не было никакого навара. Развращенные такими вот эксклюзивными условиями службы, они просто-напросто придумывали благовидные предлоги, чтобы набить себе цену.

Белову пришлось вписаться, и минут через десять ситуация была разрулена. Пилоты получили необходимый личный стимул к полету. С погодой, как выяснилось, тоже вполне можно было договориться. Тем более, что на ясном небе издевательски светило солнце.

— Под вашу ответственность, шеф?

— О'кей, под мою ответственность.

— Под вашу ответственность?

— Ну, я же сказал, что под мою.

Фразу о личной ответственности повторили несколько раз на разные лады, как будто это был некий шаманский ритуал, способный заставить небо обеспечить летную погоду. Наконец, необходимые детали были утрясены, разрешение на вылет благополучно получено, и вертолет начал прогревать двигатель.

— Е-мое, а где баба-то? Тю-тю, улетела! — спохватился Витек. — Я гляжу, вроде, что-то красное мелькнуло... Саня, лови рюкзак!

Щегольской американский рюкзак в потоках воздуха вприпрыжку носился по вертолетной площадке, и в руки дался не сразу. А Злобин тем временем, прихрамывая, побежал в сторону кустов, где, метрах в тридцати от вертолета, алел яркий пуховичок, унесенной ветром Лайзы Донахью. Пару секунд спустя, Витек уже тащил ее назад к вертолету, перебросив через плечо, как охотник свой трофей.

Это первое приключение, судя по пунцовым щекам и гневному взгляду, Лайзе не слишком понравилось. А может, все дело было в том, что несветский парень Витек успел в ходе транспортировки отпустить пограничную шуточку, а то и вовсе, пользуясь ситуацией, слишком сильно хлопнуть ее по мягкому месту.

Обстановка внутри старого, изношенного вертолета, которому давно было пора на слом, меньше всего располагала к дискуссиям, на экономическую тему — в особенности. Хитрому Белову это было ясно с самого начала, а для его партнерши должно было оказаться неприятным сюрпризом. Гудение и вибрация были такими мощными, что возможно было лишь на предельной громкости перебрасываться короткими репликами.

Как и любая женщина, Лайза, в непривычной ситуации первым делом полезла в рюкзак за зеркальцем. Но, увы, и здесь ее ждало разочарование: не только само зеркальце, но и вся пластиковая пудреница, в которую оно было вмонтировано, просыпались на пол в виде мелких осколков. К тому же, у дамы багровела теперь только одна щека, а вторая была, наоборот, бледной. Видно, перед тем, как улететь в кусты, она хорошо приложилась фейсом к шершавому покрытию вертолетной площадки.

«Сейчас заплачет», — устало подумал Саша, многие женщины из числа его знакомых поступили бы именно так. Он снова почувствовал тоску и стыд за свою мальчишескую выходку: не сдержался и устроил весь этот цирк. На фига же стоило тащить этого магистра на Приполярный Урал! Там, на месторождении бокситов, разработкой которого руководил его старинный приятель Вова Мельник, предстоял серьезный разговор, от которого зависело ближайшее, а может, и дальнейшее будущее комбината. А тут эта леди путается под ногами...

Леди между тем достала и пристроила на коленях в качестве планшетки твердую кожаную папку, на нее положила стопочку чистых листов, и сейчас рисовала на них систему стрелок и условных обозначений. Вертолет сильно трясло, но девушка не сдавалась и продолжала начатое.

— Что это? — Белов наклонился. Кричать пришлось в самое ухо аудитору, и он почувствовал запах духов — каких-то очень легких, отдающих свежей травой.

— Одна интересная схема организации производства! Называется «толлинг»!

— Ну-ну.

— У вас на складе — последняя партия продукции, — вместо ответа прокричала Лайза Донахью. — Что вы с ней собираетесь делать?

— Продавать, конечно! Это не вопрос! Покупатель с руками отрывает.

Сидевший напротив Витек, который до сих пор развлекался тем, что с удовольствием разглядывал дамочку, посмотрел на орущих как на глупых детей. Он поднял повыше воротник меховой куртки и демонстративно уснул. У Витька еще со времен первой чеченской остался замечательный навык: засыпать мгновенно при любых условиях и просыпаться ровно в то время, на которое он «завел» свои биологические часы.

— Но ведь вы не сможете даже заплатить рабочим! — продолжала орать Лайза. — У вас счета арестованы!

Белов открыл было рот, но промолчал. Эта Донахью была абсолютно права: налоговая инспекция сумела просечь до единого все счета «Красносибмета» и поставить их «на картотеку». Теперь каждый рубль, полученный комбинатом, отправлялся прямиком в «черную дыру» — то есть, в счет задолженности перед бюджетом. Выплатить рабочим что бы то ни было просто не представлялось возможным.

— Сколько еще рабочие готовы ждать? — прокричала Лайза.

— Мне удалось договориться с профсоюзными лидерами до начала апреля. Это три недели. На столько же хватит сырья. А потом...

— Трансдец? — не слишком уверенно подсказала Лайза.

— Трындец, — поправил ее Белов. — Но дело не в терминологии.

— Ну что ж, — подвела итог железная леди. — Значит, у нас есть три недели. ... Смотрите, смотрите! — она прильнула к иллюминатору, призывая Сашу разделить ее восторг.

Тайга, поначалу казавшаяся бесконечной, сменилась внизу ровной, как свежепобеленный потолок, тундрой. Вернее, это было похоже на стиральную доску — такую рифленую штуку, которая до сих пор валяется в московской квартире где-то под ванной, только белого цвета. Однако, американская женщина вряд ли способна понять такое сравнение. Источником восторга госпожи Донахью было оленье стадо: на бескрайнем белом фоне животные походили на горстку насекомых.

— А где же люди, где жилье? — удивилась Лайза.

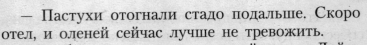
— Пастухи отогнали стадо подальше. Скоро отел, и оленей сейчас лучше не тревожить.

Полюбовавшись с минуту пейзажем, Лайза снова сосредоточилась на своей схеме и добавила еще одну стрелочку.

— Что вы намерены делать? — продолжила она свое интервью.

— Кредит брать, что ж еще... — буркнул в ответ Саша Белов.

— С таким-то балансом? — усомнилась ушлая партнерша. — На Западе ни один банк не дал бы кредита в такой ситуации.

— Россия — не Запад.

Белов замолчал. Трудно было в двух словах объяснить американке, что значит в России «человеческий фактор» и «личная заинтересованность». И уж совсем невозможно было рассказать, какой ценой предстоит ему, генеральному директору, выбивать этот кредит. Придется подключать свои московские связи, идти на поклон к господину Зорину, пить вместе с ним и давать обещания, которые заведомо не сможет выполнить. Чем больше он думал об этом кредите, тем меньше эта идея лично ему нравилась, но выбора не было. Если рабочие не получат в апреле хотя бы часть заработанных денег и объявят забастовку, на комбинате можно будет ставить крест.

— Нужную сумму вам сможет дать только государственный банк. Но условия будут кабальными, — Лайза как будто читала его мысли. — В залог банк заберет все ваши активы. И в случае, если вы не успеете в срок вернуть долг... Что будет?

— Что?.. — Саша с любопытством смотрел на собеседницу: интересно, как далеко простираются у этого магистра знания российских реалий?

Теперь Лайза сделала паузу. Она не решалась выговорить трудное слово и написала его на листе бумаги: национализация. А вслух добавила:

— Вы очень рискуете!

— А у вас есть идеи получше? — насмешливо спросил Белов.

— Думаю, что да, — Лайза долгим серьезным взглядом посмотрела в лицо собеседнику. Но вдруг отвлеклась. — Упс! По-моему, мы садимся.

— Быть не может. Рано еще!

Саша глянул в иллюминатор. Вертолет действительно готовился совершить посадку: чуть сбоку стремительно приближались серые домики со столбиками дыма над крышами, уже можно было на улицах разглядеть людей и даже собак. Но этот населенный пункт определенно не был конечным пунктом следования — это был не поселок Усть-Харючи.

— Слышь, Витек, по-моему у нас проблемы! — крикнул Саша другу, пристроившемуся возле самой кабины пилотов.

И судя по тому, что он мирно спал, будильнику на биологических часах звонить было еще не время. Витек мигом проснулся и сунулся на полкорпуса в кабину пилотов. Послышались звуки перебранки. Вертолет продолжал снижаться. Белову пришлось дождаться, пока посадка состоится, и уже потом принимать участие в разборках.

— Надо дозаправиться! — бодро пояснил старший лейтенант Кащенко, из принципа глядя только на Сашу, а не на непрерывно матерящегося Витька.

— Что за хрень! — возмутился Белов. — Ваш начальник утверждал, что топлива хватит на шесть часов лету!

— Ну, начальству всегда виднее... — парень забегал глазами.

— Не в этом дело, — капитан Ващенко оттеснил плечом подчиненного и мрачно сказал. — Двигатель барахлит. Нельзя лететь, пока не разберемся, в чем тут дело.

— Не слишком ли много уважительных причин, камрад? — Саша говорил тихо и ласково, но только дурак мог не почувствовать в его голосе едва сдерживаемого бешенства. — Как долго намерены разбираться?

— До утра точно не полетим.

— Короче, так, братья. Если завтра в девять ноль ноль борт не будет готов к вылету, я вам гарантирую большие проблемы. Сорвете мне сделку, разжалую в рядовые!

— Все лучше, чем стать покойником, — не преминул-таки заметить вслед капитан Ващенко.

X

Группа, состоящая из Саши, Лайзы и Витька, двинулась к зданию аэровокзала. Рубленая избушка носила это гордое имя исключительно за неимением в русском языке другого, более подходящего слова. А о том, что это именно аэровокзал, говорила сложная композиция из антенн, венчающая крышу, развевающийся над избушкой российский флаг и косенько висящая табличка с названием населенного пункта: Скалистый Мыс. В одной из двух смежных комнат располагалась диспетчерская, откуда диспетчер (он же кассир) вел непрерывные разговоры с «воздухом». Другая комната, соединенная с первой полуоткрытой дверью, судя по наличию крепко ломаных кресел, выполняла функцию зала ожидания.

Дожидаясь, пока диспетчер завершит свои пререкания с кем-то в воздушном пространстве, путешественники оглядывались по сторонам и грелись: через полуоткрытую дверь из диспетчерской веяло теплом и доносилось потрескивание поленьев в печке.

— Косят наши «двое из ларца». Зуб даю, косят! — убежденно рассуждал между тем Витек, имея в виду авиаторов Кащенко и Ващенко. — И керосин у них, типа, закончился, и двигатель барахлит... Фигня это все! Прогноз погоды действительно плохой, вот они и обосра... Прошу прощения, перепугались до смерти.

Из диспетчерской тем временем вышел чудной паренек с волосами, забранными в хвостик, одетый в летную форму старого образца и национальные сапожки из оленьего меха.

— Задолбали! «Посади, да посади»! — снимая наушники, диспетчер продолжал начатый в эфи-

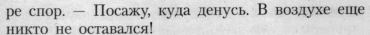

ре спор. — Посажу, куда денусь. В воздухе еще никто не оставался!

— Куда лететь собрались, господа? — изысканно осведомился он, таращась во все глаза на нарядную Лайзу и обращаясь преимущественно к ней.

Узнав, что пассажирам нужно попасть в поселок Усть-Харючи, юноша радостно сообщил, что попасть туда им ни за что не удастся, по крайней мере, в течение ближайшей недели. И подробно объяснил почему: во-первых, отвратительный метеопрогноз, который должен был сбыться еще сегодняшним утром, но почему-то до сих пор не сбылся. Далее шел подробный рассказ о состоянии самолетов, летающих на местных авиалиниях, о проблемах с допуском пилотов к ночным вылетам и так далее. С особым чувством было подчеркнуто, что борт из Салехарда, которого ждали сегодня в полдень, как выяснилось, ушел совсем в другую сторону: вместо Скалистого Мыса в поселок Тарко-Сале, где, по слухам, продают сегодня свежие яйца...

— А где здесь у вас гостиница? —Белов попытался прервать бесконечный поток ненужной информации.

Однако парня сбить с мысли было не так-то просто. Сперва он, обращаясь по-прежнему к Лайзе, подытожил сказанное:

— В общем, полярная гражданская авиация — это что-то нечто!

И только после этого сообщил, что гостиница в населенном пункте имеется, причем «входит в комплекс зданий аэровокзала». Иначе говоря, расположена в той же избушке, только вход с другого крыльца. После этого диспетчер протянул гостям связку ключей, пояснив, который из них является ключом именно от гостиницы.

— Выходит, ты там и за портье тоже? — ехидно поинтересовался Витек.

— Не-а. Портье — моя теща, но сегодня ее скрутил радикулит... Точно будет циклон, да. Так что располагайтесь, как дома. Дрова за дверью, на кухне есть печка. Вообще-то отопление паровое, но мой вам совет: спите одевшись. Чистое белье найдете в тумбочке.

Гостиница, входящая в «комплекс зданий», являла собой типичный образец архитектурного стиля «доперестроечный северный модерн». То есть, это был барак, кое-как пристроенный к избе «аэровокзала», о четырех комнатах, о четырех железных кроватях в каждой комнате, с неким подобием кухни и удобствами во дворе. Ангажированным оказалось лишь одно койко-место, его занимала командированная учительница из Ханты-Мансийска, планомерно облетающая стойбища оленеводов с целью выявления детей школьного возраста.

— Пожалуй, вам подойдут вот эти апартаменты, — сказал Саша Белов Лайзе Донахью, пропуская ее в пустую комнату.

Комната не была угловой, располагалась вплотную к кухне с печкой. Значит, в ней будет немного теплее, чем в остальных. И к тому же панцирная сетка на одной из кроватей оказалась более или менее упругой. А значит, американка, не име-

129

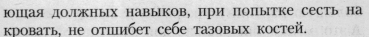

ющая должных навыков, при попытке сесть на кровать, не отшибет себе тазовых костей.

Мужчины побросали свои рюкзаки в соседних апартаментах и занялись растопкой печи. Через минуту в кухне нарисовалась задумчивая Лайза и покрутила водопроводный кран над отсутствующей раковиной. Кран пропел короткие позывные и плюнул ржавчиной на яркий Лайзин сапог.

— Здесь имеется вода? — поинтересовалась девушка.

— Воды здесь до фига! — весело отозвался Витек. — Северный Ледовитый океан буквально в двух шагах. Это на случай искупаться. А для чая рекомендую отрезать кусок сугроба и растопить на плите. Здесь все так делают.

Лайза удалилась в свою комнату, но через минуту вернулась с еще более дурацким вопросом:

— Как вы думаете, здесь возможно купить бумажные салфетки?

— Маловероятно, — буркнул Витек, после чего застегнул куртку, накинул на голову капюшон и, не говоря никому не слова, покинул гостиницу.

Саша тоже вышел, вырубил из сугроба солидных размеров куб, и к моменту возвращения Злобина они с Лайзой действительно успели натопить полную казенную кастрюлю кипятка.

— Система «бэд энд брекфест» здесь пока не действует. И если кровати еще как-то сгодятся по прямому назначению, то на тосты с джемом и кофе утром рассчитывать бесполезно, — с этими словами Витек хряпнул на пол возле печки большую картонную коробку с продуктами. — А это, мадам, специально для вас, — и он галантно протянул Лайзе рулончик туалетной бумаги серого цвета. — В качестве, так сказать, бумажных салфеток.

Американка с горячей благодарностью приняла подарок и сразу же начала при помощи бумажных комочков пытаться оттереть от многолетней грязи дверные ручки, поверхности прикроватных тумбочек и кусок клеенки на кухонном столе. На сто процентов ей это не удалось, однако, после процедуры стало уже возможно без омерзения разложить на столе принесенные Витьком продукты.

Меню получилось очень специфическим, но от Витька это не зависело: он купил все, что было в сельмаге. А именно: размером с полено колбасу, чей темно-багровый оттенок свидетельствовал о том, что в предыдущей жизни колбаса была оленем; несколько банок ананасового компота, несколько банок тушенки, пачку чая, три буханки абсолютно непропеченного хлеба и две литровые бутылки «Мартини Россо».

Едва надкусив по первому бутерброду, Лайза и Александр заговорили о работе, но Витек это дело пресек.

— Во-первых, надо выпить... Этот, как его?... аперитив, — заявил он. — А во-вторых, перейти «на ты». Честное слово, это смешно — есть одного оленя на всех и при этом «выкать».

Выпивка на брудершафт повлекла за собой ритуальные поцелуи, и перестроиться вновь на деловую волну оказалось уже проблематичным.

— А ты славная девчонка! — сказал Белов, любуясь Лайзой.

— В кассу базар, Саша, только прическу надо бы... того. Взбодрить, — закивал Витек с набитым колбасой ртом.

Лайза Донахью и в самом деле выглядела прелестно. Длинный, норвежской вязки, узорчатый свитер скрывал обилие слишком острых локтей и коленей. Щеки от выпитого мартини и от близости печки разрумянились, в глазах плясали веселые огоньки. Если рассматривать черты по отдельности, лицо ее было явно неправильным: слишком широко расставленные глаза, брови «домиком» и длинноватый вздернутый нос. Но благодаря блестящим, темно-русым волосам, распущенными по плечам согласно пожеланию зрителей, в целом она производила сногсшибательное впечатление. Как сказал Витек: «Впечатляить!»

— Ты славная девушка, Лайза Донахью, — повторил Белов. — Но что касается бизнеса... Извини. Боюсь, что твои гарвардские познания абсолютно не годятся на нашей российской почве. У нас тут...

— Простота нравов— подсказал Витек. — Азиопа!

Словно подтверждая выдвинутый тезис, в дверном проеме нарисовался старший лейтенант Кащенко. С усов и из-под носа бортинженера свисали сосульки, а общий вид был сильно нетрезвым.

132

— Салют честной компании, — сказал авиатор, глотая согласные звуки, и его голодный взгляд остановился на колбасе.

Лайза немедленно приготовила и подала ему бутерброд.

— Ну что там наш двигатель? — спросил Саша.

— Тридцать восемь! — был радостный ответ.

— Что «тридцать восемь»?

— А что «двигатель»? — нетрезвые глаза Кащенки искрились лукавством.

Белов почувствовал, что в нем закипает ярость и сжал кулаки.

— Все нормально, Саня, не кипятись, — сказал Витек и железной хваткой сжал локоть авиатора. — Мы сейчас с товарищем пойдем, потолкуем. И он мне пообещает... Правда, ведь, пообещает? Он меня клятвенно заверит, что к утру и двигатель, и экипаж будут в полном порядке. И керосина будет — хоть залейся! Как бы не захлебнуться.

Витек так приобнял старшего лейтенанта, что тот ойкнул, и ненавязчиво повел его в сторону последней незанятой комнаты.

— Надеюсь, Виктор не станет его бить, — сказала Лайза.

— Ну, разве что самую капельку, — постарался успокоить ее Саша.

— So... Так вот, — Лайза с упорством парового катка продолжала двигаться в заданном направлении. — Работать, как раньше, невозможно. Продав остатки алюминия по обычной схеме, мы зайдем в тупик. Выручку заберет бюджет. Ни заплатить рабочим, ни купить новую партию сырья будет не на что.

— Блин! Если бы эти умники из налоговой думали о завтрашнем дне! Ну, скажите мне, какой смысл топить предприятие? Ведь с мертвого комбината они вообще не получат ни копейки!

— У немцев есть такая пословица: умный стрижет баранов, глупый — баранов режет, — сказала Лайза. — В России, к сожалению, предпочитают резать.

— Я сам кого хочешь зарежу! — подключился к дискуссии вернувшийся Витек, у которого в руках почему-то был большой нож, похожий на мачете. — Или, еще лучше швырнуть гранату. Только скажи мне точно, Саня, в какое место ее швырнуть: в налоговую инспекцию или в налоговую полицию?

— Индивидуальный террор — не есть разумный выход, — мягко остановила его Лайза. — Вы, русские, вместо того, чтобы хорошо подумать, почему-то предпочитаете эмоциональные решения. А нужно подключить разум.

— И что же ты предлагаешь делать с остатками алюминия? Вообще не продавать? — спросил Саша, которому стало интересно, что может предложить эта больно умная консультантка. Ведь до сих пор ее рассуждения казались логичными.

— Продать, только совсем другому покупателю. Самому себе...

Предложение было настолько неожиданным, что даже скорый на выводы Витек замешкался с дежурной ехидной репликой, а Саня и вовсе промолчал.

— Представь себе, что иностранный заказчик, не собирается покупать у тебя алюминий, а всего лишь заключает с комбинатом договор на переработку своего собственного сырья. Он сам покупает глинозем, сам поставляет его на комбинат и сам же забирает готовую продукцию.

— Может, он мне и за электричество заплатит? — попытался пошутить Белов.

— Конечно, заплатит! Потому что нормальная работа комбината — в его интересах.

Чтобы слушателям было понятнее, Лайза пододвинула к себе коробку с кусковым сахаром и достала из своего рюкзака баночку с аспирином. Рафинад, по ее задумке, изображал сырье, а таблетки символизировали собою готовый алюминий.

— Поймите главное. На всем протяжении производственного цикла абсолютно все — и сырье, и металл — комбинату не принадлежат. Они принадлежат заказчику. Что это значит?

— Это значит, — Саша вскочил и накрыл ладонью белые кубики вместе с белыми шариками, — это значит, что ни налоговая полиция, ни судебные приставы не смогут наложить на все это добро свои загребистые ручонки! Гениально!

Он походил взад-вперед по кухне, потом достал сигареты и подсел поближе к открытой печке — чтобы вытягивало дым.

— Что же получается? — рассуждал он вслух. — Раньше я платил налоги со всей готовой продукции. А по твоей схеме с меня причитается только налоги со стоимости услуг. Лайза! Витек! Это же миллионы баксов экономии! Е-мое...

Возбужденные открывшимися перспективами, участники разговора не сразу заметили, что кухня наполнилась едким дымом. Девушка мучительно терла слезившиеся глаза.

Саша приоткрыл заслонку, а Витек сказал:

— Похоже, ветер усилился. Весь дым обратно в трубу задувает. Давай-ка подбросим полешек.

XI

Пока мужчины занимались печкой, Лайза незаметно выскользнула из кухни. Прошло никак не меньше тридцати минут, прежде чем ее отсутствие стало их беспокоить. Безрезультатно поискав девушку в помещении гостиницы, Саша вышел на улицу. Дверь с силой рванулась из его рук и распахнулась настежь. Полярная ночь обрушила в лицо Белову снежный шквал, так что на секунду даже перехватило дыхание. Начинался буран.

— Вот черт... Лайза! — закричал Саша, но вьюга затолкала крик назад в его же горло. — Лайза!

Наклонившись вперед, чтобы пересилить ветер, Александр двинулся в сторону сараев. Там, в небольшом зазоре между стеной хозяйственной постройки и будкой туалета в сугробе смутно темнела скрюченная фигура девушки.

— Господи! — Саша сгреб Лайзу в охапку. — Так ведь и замерзнуть пара пустяков!

Ее губы совершенно побелели, на длинных ресницах лежало по сугробу снега. Лайза отчаянно замотала головой и стала вырываться из Сашиных объятий.

— Мне туда надо! — смогла выговорить она и мотнула головой в сторону сортира.

— Е-мое...

Саша наконец догадался, что произошло. Система заполярных сортиров — это особая статья в жизни каждого северянина. «Это что-то нечто», как сказал бы их новый знакомый, авиадиспетчер. Ветер забавлялся и хлобыстал деревянной дверкой, как хотел. Привязанный изнутри к ручке, плясал в воздухе обрывок веревки: эта нехитрая конструкция заменяет в подобных строениях задвижку. Но то, что находилось внутри «скворечника» просто не поддавалось описанию. Традиционное «очко» буквально обросло глыбой зловонного льда, на которую всякому страждущему, прежде, чем справить нужду, приходилось взбираться и там удерживаться.

Немудрено, что развращенная евро-комфортом иностранка не знала, как ей поступить в этой ситуации. И за отсутствие необходимых навыков едва не заплатила жизнью.

— Пойдем в тепло! — крикнул ей Саша. — Что-нибудь придумаем.

«Что-нибудь придумаем» означало в данном случае ведро из-под угля, установленное в тамбуре барака специально для слабого пола. Когда несчастная Лайза вновь присоединилась к компании на кухне, ее лицо выражало крайнюю степень стыда и страдания.

— Теперь поняла, что значит «мочить в сортире»? — спросил девушку Витек. — Наши нужники — мощное оружие против глобализма. А тех, кто учит подрыву нашей экономики, будем не мочить, а морозить!

— Лайза, мне одно непонятно... — серьезно сказал Саша, решительно закрывая в буквальном смысле скользкую тему. — Комбинату отпущено три недели жизни. Где же мы найдем такого партнера, который согласится работать на таких условиях?

— А не надо нигде его искать, — ответила девушка, пытаясь унять сотрясающую ее дрожь. — Комбинат в состоянии сам себе родить посредника. Дочернюю фирму в оффшорной зоне. Вот смотри...

Лайза снова начала передвигать по столу таблетки и кусочки сахара. Но при этом ее так трясло, что виртуальные вагоны с глиноземом равно как и вагоны с готовым алюминием выскальзывали из посиневших пальцев и вообще скатывались со стола.

Саша сдернул с гвоздя свою куртку и накинул ее на вздрагивающие плечи «консультанта».

— Оффшорную фирму открыть сейчас не сложно, — продолжала Лайза. — Если постараться, то и за неделю можно уложиться. А я за это время, если будет позволено, поработаю с юридической группой и помогу подготовить правовое обоснование.

Саша неожиданно для себя потерял нить разговора. Когда он набрасывал куртку на плечи девушки, ему в голову залетела шальная мысль. Он подумал, что, несмотря на кажущуюся худобу, под свитером у консультанта кое-что имеется... И притом в достаточном объеме!

— Насколько можно быть уверенными в том, что завтра удастся договориться о поставке сырья?

— Да-да, конечно, — сказал он совершенно невпопад, поскольку страшно заинтересовался строением Лайзиного уха, и положил ей руку на плечо.

Девушка, против ожидания, не отодвинулась, а даже наоборот. Саша в свою очередь не убрал руки. Так они и сидели, с деловым видом продолжая таращиться на рассыпанные по столу таблетки и куски сахара.

Злобин, несмотря на полное отсутствие деликатности, каким-то образом уловил изменения в их настроении. Не похоже, что они по-прежнему намерены обсуждать свои алюминиевые проблемы. Он поднялся с насиженного табурета, хмуро попрощался и сказал, что пошел спать... «Кажется, шеф втюрился, как оглобля в чужую телегу, — думал он с одобрением, идя по коридору. — Американочка ничего, только тоща, как святая мощи. У Саши будет тяжелая ночь...».

Буран бушевал трое суток. В гостинице-бараке было холодно, душно и влажно одновременно. А главное, совершенно не понятно, когда закончится этот природный катаклизм. С головами, полными четких планов, Белов и Лайза вынуждены были сидеть сложа руки и ждать у меря погоды. Всякая связь с внешним миром, включая даже возможность пешей прогулки до соседнего крыльца «аэровокзала», была утрачена полностью.

Подавленное настроение усугублялось однообразной, надоевшей до чертиков пищей, запас которой, как и запас дров, подходил к концу. Приходилось во всем экономить, чему сильно препятствовало наличие в гостинице старшего лейтенанта Кащенко, который в свое время не озаботился покупкой продуктов. Бортинженер, опухший от пьянки, регулярно являлся на кухню в момент трапезы. На вопрос, где нынче находится его друг и командир, Кащенко коротко ответил:

— У своей бабы.

На второй день Витек, случайно заглянувший в комнату соседа, обнаружил там трехлитровую канистру авиационного спирта, уже прилично початую. Кащенко получил по ушам, а канистра была изъята.

— Мало того, что сучонок пьет в одну харю, а закусывать к нам приходит. Мало того, что в таком виде он лететь не сможет, — возмущался Витек. — Так ведь этот спирт им выдают, чтобы детали вертушки не обмерзали. Чем лопасти протирать станешь, урод?!

Мрачнеющую день ото дня компанию несколько скрашивало общество учительницы из окружного центра. Ульяна была манси по национальности и очень юморной тетенькой. Ее неистощимые запасы вяленого муксуна разнообразили общий скудный рацион. А неистощимые рассказы о командировочных приключениях, связанных с облетом тундры, порождали громовой хохот.

— Прилетаю в бригаду и спрашиваю, мол, сколько лет сыночку? А мамаша задирает глаза к небу и начинает считать: мальчик родился в тот год, когда белый олень впервые потерял рога... — с хохотом повествовала учительница. — Представьте: про сыночка не помнит, а про каждого оленя помнит! Хотя детишек всего двое, а этих оленей в стаде больше тысячи!

Лайза изнуряла себя заботами о быте. Она проявляла чудеса эквилибристики, пытаясь помыть голову. А в кухне над плитой за неимением другого подходящего места все время сушилось что-нибудь из ее эфемерного белья. С той ночи, когда они с Беловым, почувствовали, но не реализовали, мощное взаимное влечение, Лайза Сашу как будто избегала. По крайней мере, старалась не оставаться с ним наедине. Александр, в свою очередь, тоже всеми силами старался убедить себя в том, что служебный роман, да еще и от нечего делать, — самый гиблый вариант.

Буран прекратился ровно через трое суток и так же внезапно, как и начался. В шесть утра спящих постояльцев разбудил радостный клич

Витька. Ему удалось не только выбраться наружу, предварительно расчистив минимальный проход, но и частично освободить от снега одно из окон. Из этого окна в промозглую комнату безудержно лился солнечный свет.

Дружно растолкали Кащенко, который, кстати, накануне уверял, что с двигателем они успели разобраться и поладить в первый же вечер. Идти на поиски командира экипажа решили все вместе, поскольку всем не терпелось поскорее покинуть стены осточертевшего убежища.

Ясное, яркое утро настроило Сашу Белова на волну великодушия. Он даже решил, что не станет, по крайней мере, сегодня, бить морду командиру экипажа. Хотя сейчас он уже не сомневался в том, что вся история с якобы неисправным двигателем была придумана этими ушлым капитаном. Во-первых, из страха перед бураном, а во-вторых, из желания повидаться со своей местной зазнобой. Может быть, причины шли в обратной последовательности, но факт оставался фактом: у Белова украли трое суток, причем в тот самый момент, когда каждый час был на вес золота.

Калитку откапывали сообща. Судя по нетронутой целине, из дома никто не выходил, и буран заточил Ващенко за компанию с возлюбленной в более комфортных условиях, чем всю остальную компанию. Дверь, ведущая в дом, по неписаным северным правилам, была незапертой. В холодной прихожей Витек с размаху споткнулся о пустую пятилитровую канистру, которая при ближайшем рассмотрении была увели-

142

ченной копией той емкости, которую изъяли у Кащенко.

Саша с Лайзой внутрь не пошли и остались на крыльце подышать хрустящим чистым воздухом, что первым в этих краях предвещает весну. Саша с удовольствием зачерпнул в рукавицы пригоршню снега и растер лицо. В этот момент из дома раздался нечеловеческий вопль. Орал Витек.

Командир экипажа Ващенко был обнаружен пришедшими не просто пьяным. Он был пьян настолько, что это казалось несовместимым с самой жизнью, а не то что с полетами куда бы и на чем бы то ни было.

XII

Старенький «Буран», из первого поколения снегоходов, который отыскался в сарае у перепуганной зазнобы скандально пьяного командира экипажа, был не самым подходящим средством передвижения. Но это было все же лучше, чем ничего. Времени, чтобы ждать, когда капитан придет в чувство или когда в Скалистый мыс залетит подходящий борт, у Белова не было.

Витьку решено было оставить при экипаже. Он поклялся, что завтра же утром МИ-6 вместе с экипажем, живым или мертвым, но способным управлять вертолетом, будет в поселке Усть-Хрючи. Белову же вместе с Лайзой предстояло на снегоходе преодолеть чуть меньше ста километров по льду Обской Губы: это был самый короткий путь.

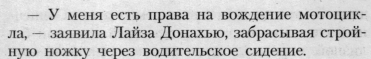

— У меня есть права на вождение мотоцикла, — заявила Лайза Донахью, забрасывая стройную ножку через водительское сидение.

— Не смеши народ, — мрачно ответил ей Белов. — Я сам поведу «Буран». К тому же тебе нужно одеться по-нормальному.

— Но я одета тепло!

— Не спорь со взрослыми. Я видел твои колготки, когда они сушились над печкой. Отморозишь коленки, и они останутся навеки синими. Тебя не поймут в Америке. Сгоришь еще со стыда на пляжах Флориды... Ступай в дом, Витек даст тебе ватные штаны.

Существо, которое явилось взорам присутствующих десятью минутами позже, уже не вызывало ассоциации ни со Швейцарскими Альпами, ни с пикником возле таун-хауза, а напоминало гигантский кочан капусты. Лайза с трудом переставляла ноги, обутые в валенки и задрапированные ватными чехлами брюк. Венчал композицию огромный бушлат той же веселенькой коричнево-зеленой расцветки, что и штаны. Саша с удовлетворением оглядел девушку, затем взял из рук хозяйки дома пуховый платок и лично замотал в него Лайзину голову.

— Вот теперь можно ехать.

Спустя несколько месяцев, в камере следственного изолятора он будет вспоминать это путешествие на снегоходе как мгновение острого, пронзительного счастья. Несмотря на то, что длилась эта поездка около семи часов. Солнечный свет, многократно усиленный снежной белизной, порождал перед глазами огненные круги. Бесконечная белая пустыня не давала возможности зацепиться взглядом ни за единую вещь. Только горизонт, будто очерченный по кругу циркулем, и полусфера неба над головой. Лайза Донахью, обнявшая водителя сзади, казалось, была невесомой, и всю тяжесть пассажира составляла ее ватная экипировка...

Они остановились только раз. Белову необходимо было сверить направление по компасу, да и не мешало размять затекшие от долгого сидения ноги. Девушка сделала по плотному насту два шага, после чего ноги ее подкосились.

— Что случилось? — встревожился Саша. — Тебе плохо?

— Немного болит вот здесь, — Лайза с виноватым видом указала на внутреннюю поверхность бедер.

В этом не было ничего удивительного: несколько часов верхом на снегоходе с непривычки способны травмировать кого угодно. Саша подумал, что, скорее всего, девушка завтра совсем не сможет встать на ноги, но с этим обстоятельством придется смириться. А вот со щеками надо немедленно что-то делать: справа и слева на алых полях расцвели белые пятнышки. Он подхватил пригоршню жесткого, слежавшегося снега и принялся яростно тереть Лайзе щеки. Это было больно, но... по всей вероятности, приятно, потому что девушка прикрыла глаза и подалась ему навстречу.

Такого с ним еще не было. Трудно представить себе занятие более нелепое и более восхитительное, чем целоваться в мороз, на заснеженном льду Обской Губы. Однако же бескрайняя сверкающая белизна вокруг и полная, абсолютная оторванность от мира придавали этому занятию фантастическую прелесть. Для того, чтобы оторваться друг от друга и продолжить путь, руководителю и консультанту пришлось собрать все запасы воли и здравого смысла.

Встреча с Вовой Мельником, приятелем Белова по заочному институту, была бурной и теплой. Вова в свое время был в числе записных отличников, и типаж имел соответственный: субтильный, очкастый, голодный и в вечно измятой рубахе. Он четко знал, чего хочет добиться в жизни, и действительно вкалывал, пренебрегая такими радостями студенческой жизни, как выпивка и разговоры заполночь о смысле жизни. Даже с девочкой ни разу не был замечен рука об руку. Поэтому ничего удивительного не было в том, что к тридцати годам он был кандидатом наук, начальником месторождения и отцом четверых детей. Везти семью на Приполярный Урал было нельзя категорически. Поэтому дети рождались с интервалом в год, спустя должный срок после свидания с женой в отпуске.

— Я для вас бочку приготовил! — сообщил Вова. — У меня дома полный холостяцкий бардак, поэтому в гости с дамой не зову. Пойдемте

к вам, в гостевую, там Тарасовна борща навари-
ла. Выпьем за встречу, и отдохнете с дороги —
шутка ли, полста километров по льду на этом
драндулете отмахать!

— Погоди, Вован, с выпивкой да с отдыхом.
Давай сначала о деле.

— Ишь, деловой какой стал. А посидеть-пого-
ворить?

— Да мы с Лайзой, понимаешь, насиделись в
дороге до такой степени, что стоять гораздо приятнее. И потом: ситуация подступает к горлу.

— Уж могу догадаться, что ты тут не проездом оказался, с девушкой, на мотоцикле... —
вздохнул Вован и приготовился слушать.

Пока Белов вкратце излагал ситуацию, Лайза,
стараясь не пропустить ничего важного из разговора, с любопытством разглядывала российское северное жилище, именуемое балком и по-
хожее на бочку. Самое удивительное, что это и
в самом деле была бочка, правда, специально
оборудованная под жилье. Довольно большая
цилиндрическая конструкция лежала на боку, и
в своем торце имела дверь с крылечком. Полом
внутри служил дощатый настил, имелась крошечная прихожая, она же столовая и кухня.
А дальняя и большая часть представляла собой
миниатюрную спаленку с двумя откидными, как
в купе поезда, кроватями, застланными к приез-
ду гостей свежим хрустящим бельем. В торце
балка на табурете стоял открытый ноутбук, а на
полу портативный принтер — приметы цивили-
зации.

— Белов, ты меня в гроб вгонишь!. — воскликнул начальник месторождения, выслушав просьбу товарища. — Вот песка или песчано-гравийной смеси я могу тебе отгрузить сколько угодно. А то, о чем ты меня просишь в принципе невозможно. Такого не может быть!

— Обоснуй.

— Потому что этого не может быть никогда, — Мельник достал из кармана и продул беломорину. — Пойми, у меня даже лицензии нет на разработку этого месторождения. А ты мне шепчешь про «две недели»!

— Но ты карьер раскрыл, и ты его разрабатываешь...

— Белов, ты что, тупой? У меня есть разрешение на вскрышные работы. И только! А ты говоришь о сырье. Ты что, правда, не видишь разницы? Ты знаешь, сколько времени понадобиться, чтобы получить эту гребаную лицензию?

Спорящие отошли в сторонку, чтобы до дамских ушей не долетала канонада мата, и продолжили дискуссию.

— И потом, Михалыч ни за что не даст втравить себя в этот блуд, — несчастный Вован под напором Саши начал потихоньку сдавать позиции.

— Ху из Михалыч?

— Ху в пальто! Михалыч — директор горнообогатительного комбината. Член партии с девятьсот пятого года.

— Тащи сюда Михалыча! И вообще, где обещанный борщ с водкой?

— Белов, ты псих, причем буйный... Таких не берут в олигархи. Не должны брать — по профнепригодности.

Увлекательный производственный спор имел продолжение уже внутри бочки. В кукольной столовой-предбаннике помимо Мельника, Белова и Лайзы Донахью каким-то чудом поместился еще и Михалыч — квадратный мужик директорского вида. В этот момент директор гороно-обогатительного комбината еще не знал, что ему предстоит стать третьим участником фантастического проекта.

Покуда ели борщ и опорожняли первую бутылку «Абсолюта», Михалыч слушал и сохранял молчание. Когда же явилась вездесущая канистра с авиационным спиртом, он раскрыл рот и подвел итог услышанному. Фраза была довольно длинной, замысловатой и не содержала ни единого литературного слова. Коротко говоря, это был категорический отказ от участия в безумной затее. Мельник виновато оглянулся на Лайзу и тихонько посоветовал старшему товарищу подбирать выражения. После этого Михалыч снова, насупившись, замолчал, и казалось, никакая сила не заставит его принять дальнейшее участие в бессмысленном разговоре.

— Скажи им, что я почти не понимаю по-русски! — прошептала Лайза, наклонившись к Белову. — Пусть не стесняются...

После этого существенного уточнения Михалыч вновь обрел дар речи и во второй раз, еще более цветисто, обосновал свою принципиаль-

149

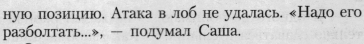

ную позицию. Атака в лоб не удалась. «Надо его разболтать...», — подумал Саша.

Он словно потерял на время интерес к актуальной лично для него теме и перевел разговор в русло «расскажите, как это бывало раньше». Михалыч, крутой руководитель старого, советского покроя, оживился, стащил с себя через голову свитер, разлил спирт по стаканам и ударился в воспоминания. Разговорчивый оказался мужик...

— Быть того не может! — подначивал его Саша. — Ни за что не поверю, что такое было возможно при социализме!

— Слушай сюда, — Михалыч, попирая стаканы, навалился грудью на стол. — Есть люди, для который ничего невозможного нету. Я как раз такой! Да и ты, похоже, тоже...

Деморализованный таким поворотом дела, третий участник дискуссии, Вова Мельник, вынужден был признать, что он «тоже такой же». После чего быстро убежал и вернулся со здоровенным хариусом, которого «только что выловили из ручья». Рыбину съели в сыром виде, обмакивая кусочки в специальный жгучий соус.

После этого беседа приняла совсем уж плодотворный характер, и дерзкая схема обрела более или менее законченный вид. Незаконно добытое в карьере сырье незаконно перерабатывается на горно-обогатительном комбинате и незаконно движется в Красносибирск, не давая тем самым остановиться и умереть алюминиевому комбинату.

— Я одного не понимаю, — не желал окончательно сдаваться Мельник. — Как ты объяснишь наличие в вагонах глинозема, если по документам в этих вагонах едет «гравийно-песчаная смесь»?

Это был хороший вопрос, и Белов знал на него ответ, поскольку имел большой опыт по части того, что и куда может ездить в вагонах, и какими документами при этом сопровождаться.

— А ты много видел на железной дороге специалистов, способных отличить глинозем от любого другого «зема»? Им-то кой хрен разница!

— А договор? — вдруг спохватился Михалыч. — Как же мы договор сможем подписать, если вся эта затея — сплошное беззаконие?

— Зачем тебе договор? — отозвался порядком захмелевший Белов. — Я же тебе все равно не смогу заплатить официально. Только по «боковой схеме».

— Нет, это несерьезно, — упирался Михалыч, рискуя разрушить с таким трудом достигнутую договоренность. — Хоть какой-то договор должен быть! Кто, кому, сколько, чего и когда... Как хотите, парни, а бумага быть должна.

— О'кей, — согласился Белов. — Бумага для внутреннего пользования.

— Для интимного пользования, — хихикнул Мельник. — Потому что показывать ее никому нельзя.

На том и порешили. Через десять минут здесь же, между стаканами, был составлен и подписан трехсторонний договор — красивый и грамотный, для интимного пользования. Мельник распечатал его на принтере. Внезапно ему пришла в нетрезвую голову совершенно здравая мысль.

— А что делать, если налоговая явится? — спросил он.

— Лично я свой экземпляр съем, — пожал плечами Саша. — Или вон юристу отдам, она съест.

Лайза кивнула и сказала:

— В том случае, если документ не будет съеден, я увезу его в Америку и использую, когда буду писать книгу о бизнесе в России.

После этих слов девушка аккуратно положила листок в свою папку и наклонилась, чтобы спрятать папку в рюкзак. Однако сделать этого не сумела, потому что упала. Виноваты ли были в ее падении связки, травмированные верховой ездой на снегоходе, или коктейль из «Абсолюта» со спиртом был немного крепковат, но уносить международного юриста из «комнаты переговоров» Белову пришлось на руках.

Укладывая девушку в кровать, Саша не удержался и вновь начал ее целовать.

— Пойду провожу партнеров, — сказал он. — А потом... ты позволишь мне прийти и пожелать тебе спокойной ночи?

— Да, — серьезно сказала Лайза, прямо глядя ему в глаза.

Из «комнаты переговоров» уже доносилась песня «Едут новоселы по земле целинной». Потом Михалыч начал рассказывать о том, как нефтяники готовят барбекю.

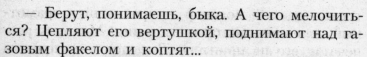

— Берут, понимаешь, быка. А чего мелочиться? Цепляют его вертушкой, поднимают над газовым факелом и коптят...

Жаль, что Лайза не слышит этой истории, подумал Саша, была бы неплохая деталь для ее будущей книги. А впрочем, она еще не раз услышит и про быка над факелом, и про столичного чиновника, удирающего от медведя...

Проводив, наконец, друзей и партнеров, он еще какое-то время постоял на улице, любуясь северным сиянием. Свисающие с темного купола переливающиеся «орденские ленты» на минуту приняли, как ему показалось, форму глаза. Глаз подмигнул и трансформировался во что-то неприличное, но близкое по форме. Добрый знак! Саша засмеялся. При мысли о ждущей его женщине чувствовал давно забытое волнение...

Наутро их забрал Ми-6, и они уже без всяких приключений вернулся в Красносибирск.

XIII

Виктор Петрович Зорин покинул здание следственного изолятора в хорошем расположении духа. Крепкий морозный воздух приятно контрастировал с атмосферой тюрьмы: у несвободы, как известно, имеется свой специфический запах.

Кроме того, приятно иметь дело с умными деловыми людьми. С теми, которым нет нужды разжевывать детали и без нужды формулировать рекомендации щекотливого свойства. Господин

Зорин был абсолютно уверен, что руководитель учреждения, чей кабинет он только что покинул, поймет его правильно и отнесется к поставленной задаче творчески и с огоньком. Иными словами, инспекция, с которой приезжал в следственный изолятор представитель президента по Красносибирскому округу, господин Зорин, поработала плодотворно.

В ходе небольшой экскурсии чиновники проследили весь цикл, который неизбежно проходит заключенный, начиная от прибытия в учреждение и заканчивая этапированием в места еще более отдаленные. Представитель тюремной администрации с гордостью продемонстрировал роскошную душевую, отделанную под «евростандарт» — построена на спонсорские средства! А также плод новых веяний — нарядную молельную комнату, которая сияла в мрачном тюремном интерьере, как пасхальное яйцо Фаберже в кучке козьего помета.

Все остальные реалии следственного изолятора, кроме двух упомянутых комнат, выглядели куда суровее. Особо сильное впечатление на господина Зорина произвели так называемые «стаканы». Так на тюремном сленге называлась жутковатая конструкция, представляющая собой ящик высотою в рост человека, сваренный из железных прутьев. У этой штуки, рождающей явные ассоциации не то с застенками инквизиции, не то с веселым фильмом «Кин-дза-дза!», было и иное, официальное название: камера временного содержания.

— Вот, допустим, привели заключенного для беседы с оперативником, либо с адвокатом, либо на прием к врачу. А нужный кабинет оказывается занят, и требуется подождать, — охотно пояснял членам комиссии провожатый. — Куда деть человека? Не в коридоре же ему болтаться! Помещают вот в этот самый «стакан».

Будучи человеком, наделенным живым воображением, Виктор Петрович будто бы воочию представил себя любимого, упакованного в такой вот решетчатый «стакан», и поежился. В этом ящике, наверное, даже невозможно присесть на корточки, а можно только стоять по струнке.

Следом в его фантазиях возникла другая картина: молодой человек, стройный, плечистый, с красивым лицом затравленно смотрит сквозь прутья решетки. Все-таки поразительно, с какой легкостью внешние обстоятельства способны менять людей! Самоуверенного красавца превратить в дрожащий кусок мяса, гордеца трансформировать в подхалима и труса... Картинка получилась такой выпуклой и зримой, что захотелось сохранить ее в памяти и спокойно еще раз рассмотреть в деталях перед сном.

— От этих «стаканов» в скором времени придется отказаться. Правозащитники недовольны, добиваются запрета.

— Все это популистские выходки, — поморщился представитель президента. — Знаем мы этих правозащитников. Существуют на средства иностранных грантов. Можно сказать, едят с руки у западных воротил. Позор!

— Отрадно то, что человек вашего уровня понимает это, — осторожно согласился его собеседник.

Поскольку начальник тюрьмы сам начал этот разговор, Виктор Петрович счел уместным подхватить и развить тему гуманности и суровости в самом широком, философском ее аспекте. Разговор между двумя чиновниками не содержал ничего личного, а затрагивал такие, можно сказать, общечеловеческие категории как «порядок и дисциплина», которые, как известно, превыше всего в любом учреждении, а уж в следственном изоляторе особенно.

— Перед законом все равны. И мелкий жулик, и зарвавшийся олигарх, не так ли? — весомо и со знанием дела сказал Зорин и искоса взглянул на своего собеседника, проверяя реакцию.

На лице начальника следственного изолятора проступило явное облегчение. Он-то опасался, что комиссия под руководством представителя президента, подобно нервным правозащитникам, начнет ужасаться и сетовать на бесчеловечные условия содержания людей, чья вина пока еще не доказана. А этот мужик, Зорин, похоже, понимает ситуацию правильно.

— Здесь ведь не санаторий-профилакторий, — продолжил свою мысль высокий чиновник. — Путевку этим господам сюда не профсоюз предоставил — сами заработали!

При этом Зорин хохотнул и по-мальчишески подмигнул начальнику учреждения, тоже, кстати, повеселевшему. Нет, нормальный все-таки мужик, этот Зорин, хоть и важная птица...

Мужской разговор еще какое-то время касался «равенства перед законом», причем всеобщего, не взирая на личности и былые заслуги. Еще раз подтвердили мысль о том, насколько неуместными в подобных учреждениях могли бы быть ложно понятая гуманность и интеллигентская мягкотелость — ведь речь идет прежде всего о безопасности общества, а не о личных симпатиях.

— По слухам, здесь у вас все-таки достаточно мягкие порядки. Телевизоры, холодильники, мобильники... — сказал Зорин.

Его собеседник вспыхнул. Он расценил последнее замечание как критику и мгновенно принялся оправдываться.

— Холодильник, телевизор — да. Это теперь разрешается. За счет «клиента», разумеется. Но вот мобильные телефоны — это ни в коем случае! Людей для того и помещают в изолятор, чтобы изолировать. Вы только представляете себе, что начнется, если подследственный получит возможность общаться с кем хочет, и таким образом влиять на ход следствия!

— Я-то представляю. А вот как на деле получается?

— В нашем учреждении регулярно проводятся плановые проверки камер и личные досмотры... — начальник торопливо полез в стол, вероятно, за отчетом. Потом прервал свои поиски и решительно заявил. — Согласно графика... На завтра запланирован очередной профилактичес-

кий осмотр с целью... э-э-э... обнаружения и выявления!

«Врет. Вот только сию же минуту и заплани-
ровал» — подумал Зорин, а вслух сказал:

— Ну, добро. Не стану больше вам мешать.

Едва за членами высокой комиссии закрылась
дверь, начальник следственного изолятора, схватил трубку внутреннего телефона:

— Капитана Балко ко мне в кабинет! Срочно!

Ну, а Виктор Петрович Зорин, покидая здание
изолятора, снова вспомнил решетчатый «стакан»
и прямо на крыльце с наслаждением потянулся.
Задача выполнена... Впрочем, не вполне — надо
еще отчитаться. Он уселся в служебную, с мигалкой, «Волгу», дал знак водителю и охраннику
«пойти покурить» и достал мобильный телефон.

Это была самая неприятная лично для него
часть работы — отчитываться перед человеком,
которого не любил, не уважал и, положа руку на
сердце, немного побаивался. Но Виктор Петрович умел примиряться с обстоятельствами, переменить которые был не в силах. Что поделаешь,
время летит: вот, вроде бы только входишь во
вкус власти, ан глядь — уже в затылок дышит
смена. Уже успели подрасти молодые политики,
да еще какие борзые! Специально их, что ли,
там, в Питере, обучают борзости и беспринцип-
ности. Себя Зорин относил к другому поколе-
нию политиков — людей более мягких, совест-
ливых и все-таки с некоторыми принципами.

Отчитавшись о проделанной работе и получив
короткое, скупое одобрение, Виктор Петрович

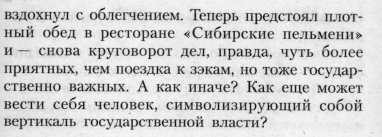

вздохнул с облегчением. Теперь предстоял плотный обед в ресторане «Сибирские пельмени» и — снова круговорот дел, правда, чуть более приятных, чем поездка к зэкам, но тоже государственно важных. А как иначе? Как еще может вести себя человек, символизирующий собой вертикаль государственной власти?

XIV

Когда доктор сказал выздоравливающему Кабану, что на завтра намечен рентген «турецкого седла», пациент не поленился и попросил нянечку купить кое-что из нижнего белья. Лечился он долго, почти полгода провалялся на больничной койке и заметно поизносился. Братва его навещала — таскала фруктовые соки, апельсины и йогурты. Но просить мужиков купить новые трусы Кабан отчего-то стеснялся.

Правда, наутро, в рентгенкабинете выяснилось, что можно было ничего не покупать: турецкое седло оказалось вовсе не там, где положено быть седлам, а находилось где-то в голове. Кабан удивился. А доктор еще больше удивился, рассматривая полученный снимок. Он даже позвал завотделением и двух медсестер — хирургическую и постовую — посмотреть на этот снимок. Те дружно цокали языками и качали головами, приговаривая: «Бывает же такое!»

Что уж там они такое углядели, Кабан не понял: на просвет муть какая-то черная по серому.

Но доктор ему объяснил, что, судя по полученным повреждениям, Ромео вообще-то не должен быть вменяемым человеком, и весь резон ему был сделаться идиотом. Видать, пуля, выпущенная сгоряча бывшим другом и учеником Кабана по имени Боб, пройдя навылет что-то там такое важное задела. Однако на уровне интеллекта это чудесным образом не сказалось.

— Пациент жив и здоров, несмотря на усилия врачей, — пошутил доктор свою профессиональную шутку. И посоветовал в дальнейшем стараться избегать не только пуль, но и любых травм головы. — Даже по комару, который, не ровен час, сядет на лоб, ладонью ни в коем случае не бейте. Просто смахните его аккуратно, а то и вовсе перетерпите, пока он поест.

Кабан пообещал именно так и поступать. Доктор не сказал вслух, но со свойственным большинству медиков циничным юморком наверняка подумал: «Знать, не много и было того интеллекта, если даже пуля ему не повредила» Положа руку на сердце, можно с уверенностью сказать: это чистая правда.

Криминальный авторитет по кличке Кабан интеллектуалом никогда не был. Даже потенциально. Не был он также и дурачком. И уж точно, ни при каких обстоятельствах, про него нельзя было сказать «порядочный человек». Кабан относился к той удивительной породе людей, у которых все разновидности ума и морали заменяет практическая сметка. Это самое подходящее слово: Кабан был на редкость сметлив. Сметливым же он остался и после ранения.

Первым делом после выздоровления Кабан полетел в Красносибирск. Его конфетный бизнес — дело, которым он занимался до болезни, — вполне уцелел, и приносил неплохой доход. В конфетные поставки он в свое время ввязался сдуру, но потом как-то освоился и решил: занятие ничуть не хуже любого другого. Даже, пожалуй, приятнее многих других. Согласитесь, гораздо труднее ненавидеть того, кто пришел к тебе не с мечом, но с конфетами...

И вот здесь стали проявляться некоторые необратимые изменения в психике Кабана, не отмеченные докторами при тестировании. Во-первых, ему стало нравиться, когда... его хвалят. Чувство это, незнакомое прежде, расцвело, когда он сделался героем, и его лицо дважды мелькнуло в новостных передачах по центральным каналам. Это было связано с эпизодом, когда Кабан поймал и обезвредил убийцу бывшего директора комбината Рыкова. Кабана хвалили, пожимали руку и брали у него интервью. Тот факт, что героем он сделался в результате собственной подлости (сначала позволил киллеру сделать черное дело и только после этого поймал и обезвредил) как-то отошел на задний план. А после сквозного ранения в голову и вовсе забылся. Но приятное ощущение от собственного благородства осталось.

Говорят, что человек, поглядевший в глаза собственной смерти, многое начинает воспринимать иначе. Так случилось и с нашим героем. Он многое напрочь забыл, а кое-что, наоборот, вспомнил, чего вовсе никогда не было. Но самое поразительное в том, что он стал гораздо менее агрессивным. Вот наглядный пример. После возвращения из московской клиники он практически охладел к рэкету. Ну, то есть два-три раза наехал на мелких торговцев — так, по привычке, чтобы, как говорится, не терять формы. Да и то не в самом Красносибирске, а на периферии. А потом и вовсе утратил интерес к этому делу.

Другие же картины из прошлого, наоборот, стали более выпуклыми и возвращались регулярно. И, в частности, тема любви зазвучала особенно пронзительно.

Кабан (хотя в данном случае уместнее было бы называть его родным именем Ромео) знавал в своей жизни большое чувство. Любовь эта была в прошлом и носила характер скоротечного брака с драматической и крайне неприятной концовкой. В прошлом судьба нечаянно свела его с Надеждой Холмогоровой — женщиной иного круга. Наденька была аспиранткой, женой профессора и воспитана так... Одним словом, принцесса Диана! Иначе не скажешь.

Финал этого странного союза был внезапным и совсем не интеллигентным. Попросту выражаясь, Наденька кинула своего друга на большие деньги и под ритмы восточной музыки растворилась в пряных ароматах Арабских Эмиратов. Для Кабана в том мире места не нашлось. А про его коварную и прекрасную подругу до него долетали разные слухи. По одной из версий, Надежда нашла себе богатого покровителя. Согласно другому источнику, оказалась и вовсе в гареме...

Во всей этой истории присутствовала некая загадка, элемент арабской сказки. И, положа руку на сердце, Кабан так до конца и не поверил, что когда-то взаправду мог держать этакое чудо в своих трепетных объятиях...

Регулярно, примерно один раз в месяц, на него нападало странное чувство сосущей тоски. И тогда он шел в кабак, мрачно напивался, изучал на предмет возможного интимного общения весь женский контингент заведения и приходил к неутешительному выводу: ни одна из посетительниц и близко не могла сравниться с его единственной Надеждой... Тогда Кабан напивался еще сильнее, и просаживал немалые деньги, вновь и вновь требуя поставить или исполнить замечательную песню, в которой есть такие слова: «Ах, какая женщина! Мне б такую...»

Возвращался в свою холостяцкую квартиру после таких вот наплывов он, как правило, в одиночестве. Но во сне к нему обязательно приходила Надежда. Немыслимо красивая, с голым животом и в синих, либо красных искрящихся штанах. И тут начиналось такое... Будь Кабан чуть менее легкомысленным человеком, он бы давно испугался за свой рассудок. Он собственно и испугался, но к этому времени дело зашло уже слишком далеко.

XV

— В натуре, Док, «Камасутра» отдыхает! — возбужденно рассказывал новый пациент модному доктору-психоаналитику.

— И как часто вас посещают подобные видения? — стараясь скрыть зевоту, спрашивал его Станислав Маркович Вонсовский, которого в три часа ночи удерживала на посту исключительно клятва Гиппократа и интерес к необычному клиническому случаю.

— Когда полная луна! Раз в месяц, — с готовностью отвечал Кабан. Потом вдруг осекся и спросил. — Док, а может я того... мутант? Может, я в бабу мутирую? У них тоже раз в месяц бывают заморочки...

Доктор оставил без внимания столь дилетантское предположение и глубоко задумался. Со слов пациента выходила странная и захватывающая картина. Строго ежемесячно к парню является бывшая супруга в образе Шахразады. Налицо удивительный архетип, поскольку можно было бы поклясться, что жемчужины арабского эпоса под названием «Тысяча и одна ночь» пациент никогда не читал. Фантом жены не только не отказывается от интимной близости, как это нередко делают живые жены, уверенные в прочности отношений, но даже наоборот инициирует затейливые любовные игры.

— Ваша супруга была разговорчивой?

— Да, в общем... Не закрывала рта.

— А видение, вы говорите, молчит?

— Ну, то есть почти что молчит... — Кабан неожиданно смутился. — То есть охи там всякие, вздохи... Иной раз назовет меня этим, как его? Вепрем... В общем, вы меня понимаете.

— А... вам не кажется, что это замечательно?

— Не понял, Док. Что «замечательно»?

— Женщина. Любящая, страстная, да к тому же молчит, ни в чем не упрекает...

— В общем, в сравнении с живой бабой, пожалуй, и неплохо, — согласился, подумав, Кабан. Он мучительно пытался понять, куда клонит этот доктор.

Доктор тоже размышлял, рисуя в блокноте силуэты женских фигур. Странный случай, даже, можно сказать, уникальный в его практике. Подавляющее большинство его пациентов выглядят совсем иначе: это страждущие люди, агрессивные или подавленные, и в любом случае несчастные, погруженные в пучину разлада с самими собою. Собственно, вся авторская методика доктора Вонсовского, если изложить ее в двух словах, сводилась к приведению в норму «системы удовлетворения».

Эта система, «встроенная» в головной мозг каждого человека, по тем или иным причинам часто оказывается зашлакованной, замусоренной, либо разбалансированной внешними обстоятельствами. В каждом отдельном случае Станислав Маркович применял свой комплекс лечения, включающий по обстоятельствам элементы психоанализа, различные методики массажа и даже лекарственное средство под условным названи-

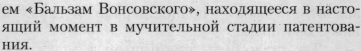

ем «Бальзам Вонсовского», находящееся в настоящий момент в мучительной стадии патентования.

Но этот случай был просто, что называется, из ряда вон. Пациент выглядел просто счастливым, гармоничным человеком. Кстати сказать, доктор вспомнил этого парня, им доводилось встречаться в прошлой жизни. Этот Ромео — бандюган и скотина, каких поискать. В своем теперешнем обличье, после травмы, он выглядит гораздо лучше прежнего. Да и для общества такой член куда предпочтительней...

— Я могу сделать так, что подобные видения перестанут вас беспокоить, — сказал наконец доктор с упором на слове «могу». — Небольшой курс рефлексотерапии, успокоительный сбор плюс некоторые рекомендации касательно вашего образа жизни.

— Не понял?... — Кабан привстал с кушетки, не зная, куда девать босые ступни, трогательно выглядывающие из-под нежно-голубого трикотажа кальсон.

Доктор подал ему плед и продолжил:

— Во-первых, учитывая характер вашей травмы, полный отказ от алкоголя. Щадящая диета. Прохладный душ перед сном. А главное, необходимо упорядочить личную жизнь. Завести постоянную подругу, а еще лучше, жениться.

— Не, доктор. Не проходит, — решительно замотал головой Кабан. — Надька не позволит. Клянусь вам, как только я с бабой, она из-под кровати, шельма, выглядывает и говорит, что, значит, эта баба — полное дерьмо. Я гляжу и вижу: она права...

— Так, стало быть, ваш фантом все-таки разговаривает? — заинтересовался доктор.

— Нет, молчит, — пациент наморщил лоб, пытаясь выразить то, что выражению в принципе не поддается. — Но как бы внушает.

— Ну что ж, решение за вами. Будем избавляться от образа жены, или...?

Кабан потупился, ответ давался ему нелегко:

— Да нет. Пусть приходит. Только пусть перестанет мною командовать...

Пациент оглянулся на клетку с притихшими попугаями и, понизив голос, изложил главную причину своего беспокойства:

— Она меня, доктор, подбивает на всякую ерунду.

— Вы имеете в виду эротические игры?

— Да нет. Это как раз нормально. Только каждый раз после того, как... Ну, вы понимаете. Она говорит... Блин! Не говорит, а внушает, что я должен...

— Что? — заинтригованный доктор обратился в слух.

— Короче, что я должен делиться с бедными.

— В каком смысле «делиться»?

— А в прямом. Сначала, на фиг, деньги — все, что были в кошельке! — типа нищим возле церкви раздать. Ну, пошел, раздал. Это в прошлом месяце было, — Кабан глубоко вздохнул. — Вчера вот, блин, домашний кинотеатр отвез в ночлежку... Вот я и думаю, что-то будет? А ну как заставит джип отдать. Я ведь не мальчик — пешком ходить.

Доктор наклонил голову, чтобы не выдать раздирающего его хохота, и начал выписывать рецепт. Он назначил пациенту самое банальное и надежное средство: бром. Старый бром борозды не испортит, и уж точно не повредит ни больному, ни тем, кому этот больной поневоле помогает...

ЧАСТЬ ВТОРАЯ

ТЕНЬ ПРАВОСУДИЯ

XVI

Обладание властью, как и обладание собственностью, еще никого не сделало ни свободней, ни счастливей. Вечная иллюзия, обманка вроде философского камня, химера, которая манила человечество мечтой, неисполнимой по определению... За все надо платить.

Рабочий, дослужившийся до мастера, казалось бы, получил желаемое: прибавку к зарплате и обращение «на вы» со стороны кладовщицы. Но тут же автоматически терял несравнимо большее: право раздавить в обеденный перерыв с такими же работягами, как он, бутылку молдавского портвейна. А главное, терял навсегда возможность порассуждать в курилке о том, какой все-таки козел их директор.

Другой пример. Самый богатый в мире человек, правитель одной из нефтяных арабских стран, разъелся до двух центнеров веса и заработал тяжелейший сахарный диабет. В результате, обладая миллиардами, он не мог самостоятельно покинуть борт самолета, который пришлось оборудовать специальным лифтом и медицинскими приборами. И был вынужден возить с собой команду врачей. Ну, разве это счастье?

Человеку свойственна зависть. «Я не олигарх и не президент, чтобы покупать тебе игровые приставки!» — заявляет отец ребенку, изнемогая от чувства собственного достоинства и очевидной правоты. И не ведает, что в этот самый момент и олигарх, и президент тоже испытывают те же муки, каждый по своему поводу. Олигарх — оттого, что оказался за решеткой следственного изолятора. А президент — оттого, что... у него болит зуб.

Зубная боль — понятие вневременное и внеклассовое. Так, ну, или примерно так, думал Всеволод Всеволодович Батин, яростно прополаскивая ротовую полость специальным раствором. Что же с того, что президенту полагаются отличные врачи и отличные лекарства! Пульпит — он, извините, для всех пульпит, будь ты английская королева или дворник. Врач вчера сказал, что канал слишком глубокий и надо поставить временную пломбу, прежде чем решить, можно ли сохранить в живых зубной нерв, или же его придется удалять.

Всеволод Всеволодович приступил ко второй за утро чашке кофе и пододвинул к себе «альтернативную подборку» — так он называл газетные публикации, отбираемые для беглого утреннего просмотра не кем-нибудь, а лично женой Мариной. Каких только легенд и мифов не сотворили за годы его президентства те, кто называет себя «рупорами общественного мнения»!

Честное слово, смешно читать и слушать рассуждения на тему «тенденциозно подобранной информации», которую, якобы, подсовывает первому лицу страны его «ближайшее окружение».

О том, что «нужные» папки оказываются в приготовленной к ознакомлению стопке сверху, а силовики, дескать, и вовсе «нашептывают» свою информацию прямо в «президентское ухо». Всю это дичь пишут лохи, и президента судят по себе!

Они похожи на нерадивых учеников, которые убеждены, что учитель не видит, как они списывают. Еще как видит со стороны-то! Просто не считает нужным всякий раз показывать, что именно он видит. Так же и президент сечет влет, что там лежит у него сверху, а что снизу... И где торчит «лоббистский хвост». И где, будто сорная трава, произрастает тошнотворная, неприкрытая лесть. А где видны уши явной «подставы».

Никто, кроме жены, даже не догадывается, что предрассветный час президент посвящает именно ознакомлению с «альтернативной подборкой», куда попадают вырезки из самых разных, порой, абсолютно «непрезидентских» изданий. Вот, к примеру, это. Что это? «Стяжатель» — приложение к солидному экономическому изданию. Статья аккуратно помечена розовым текстовыделителем. Интересно, почему Марину заинтересовала именно эта публикация? Ага, карикатура. Что ж, забавно получилось: тело Шварценеггера, а от него, от Батина, голова. И уши. Дались им эти уши! Всеволод Всеволодович схватил себя за мочки и тщательно их промассировал. Так учил его делать знакомый по прежней жизни доктор — чтобы сосредоточиться.

Видно, журналистам не о чем больше писать, кроме как смаковать внешние данные президента. А вот заметка дуры Троегудовой. Всеволод Всеволодович, изучив досконально людскую природу, мог бы поклясться, что эта закомплексованная идиотка попросту изливает на страницах журнала свое неудовлетворенное либидо.

«Серьезных парней, живущих в районе Рублевки, раздражают постоянные и непредсказуемые пробки, связанные с проездом президентского кортежа по Рублевскому шоссе, — читал Батин отчеркнутые маркером строчки. — Они поговаривают о том, чтобы скинуться и подарить соседу вертолет... А еще лучше было бы, если бы президент и на метро поездил на работу в Кремль. Стал бы ближе к народу!»

Батин снова почувствовал, как задергался в глубине десны воспаленный зубной нерв, но усилием воли заставил себя дочитать идиотскую заметку до конца.

«Лично мне симпатичен другой тип мужчин, — самодовольно рассуждала эта газетная обезьяна. — Я оборачиваюсь вслед голубоглазым, плечистым особям мужского пола, способным защитить меня и мое потомство от саблезубого тигра...»

В качестве примера симпатичного ей плечистого, богатого и удачливого самца Троегудова приводила руководителя Красносибирского алюминиевого комбината Александра Белова.

Опять этот Белов! По иронии судьбы, красавчик удивительно напоминал Батину дворового хулигана, который мучил его, подростка, тридцать лет тому назад. Из-за которого Сева и пошел заниматься боксом. А Белов, похожий как две капли воды на того обидчика из детства, как недавно передали президенту, будто бы отзывался о нем как о серой посредственности.

«Вот трепло! Обезьяна с пером. И место тебе в зоопарке. Рядом с твоим самцом в клетке...» — подумал Всеволод Всеволодович, скомкал газетную вырезку и поднялся.

Из-за больного зуба и необходимых дурацких полосканий сегодня он не успел прочесть целую пачку «альтернативных» заметок в защиту Белова, сделанную по его же просьбе женой. Да и черт бы с ними! Что он может прочесть для себя нового?

Всеволод Всеволодович аккуратно переложил непрочитанные публикации в корзину для растопки камина и пошел руководить страной.

XVII

— Здравствуй, Демократий! — по-отечески поздоровался Виктор Петрович Зорин со швейцаром ресторана «Сибирские пельмени» и позволил снять с себя дубленку. — Как жизнь, здоровье?

Швейцар со смешным именем Демократий Павлович привык отвечать на вопрос «как жизнь». Причем делать это надо было таким

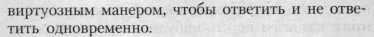

виртуозным манером, чтобы ответить и не ответить одновременно.

— Похоже, завтра будет мороз, — сообщил швейцар, ухитряясь одновременно помассировать себе плечевой сустав — в качестве косвенного ответа на вопрос о здоровье, и стряхнуть выхваченной из воздуха щеткой несуществующие пылинки с дубленки гостя.

Швейцар элитного по масштабам Красносибирска ресторана, а в прошлом начальник краевого отдела народного образования, Демократий Павлович делал это вполне бескорыстно и не надеялся на чаевые. Умный и опытный работник знал, что есть такая категория посетителей, с которых отряхивать пылинки можно и нужно абсолютно безвозмездно.

Виктор Петрович Зорин принадлежал к числу людей... Да чего там людей — явлений — которые не тонут по определению. Ему самому нравилось сравнивать себя с кораблем, умело направляемым рукой капитана между бесчисленными рифами в бурном политическом море. У его недоброжелателей были на этот счет другие сравнения.

Даже первое лицо в стране, президент Батин, позволил себе как-то, на одном из полуофициальных приемов, довольно двусмысленно пошутить по поводу Зоринской непотопляемости. Впрочем, президент недаром слывет острословом, и было бы глупо на него обижаться. Да хоть горшком назови, как говорится, только в печку не ставь! К тому же полпредом этого самого

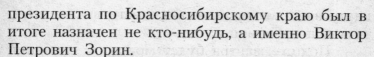

президента по Красносибирскому краю был в итоге назначен не кто-нибудь, а именно Виктор Петрович Зорин.

Виктор Павлович осмотрелся в полутемном баре, где под потолком поблескивал зеркальный шар, и за стойкой сидело не больше трех посетителей, и прошел прямиком в отдельный кабинет, где был накрыт специальный стол на двоих. Остальные члены комиссии, с которыми Зорин провел первую половину дня, заранее предупрежденные через помощника, что у представителя президента намечается конфиденциальная беседа, послушно, хотя и без особой радости, протопали в общий зал.

В прежние времена сибирским пельменям господин Зорин наверняка предпочел бы суши. Но здесь, в Красносибирске, единственное заведение, претендующее на японскую кухню, называлось почему-то «Восемь самураев» и имело явный крен в сторону Кореи. Коронным блюдом в нем были морковный острый салат и манты. Последние очень походили на общепитовские пельмени, только размером побольше, из-за чего мясная начинка была сыроватой.

Так что представителю президента весь резон был не выпендриваться и проявлять здоровый патриотизм: в «Сибирских пельменях», по крайней мере, уж пельмени-то готовить умели. К тому же специально для господина Зорина здесь всегда держали наготове бутылочку «Абсолюта» в морозильной камере. Это, знаете ли, для того, чтобы водка была густой и тянулась, когда ее наливаешь в специально охлажденную рюмочку. Плюс, понятное дело, икра. Плюс малосольный муксун (как же, в Сибири жить, да хорошей рыбки не покушать!), капуста «с морозцем», крошечные огурчики из личных запасов шеф-повара, моченая брусника. Иными словами, нехитрые радости национальной кухни. Красносибирск, хоть и столица края, а все же вам, батенька, не Москва и, тем более, не Париж, так что приходится мириться с издержками провинциальной жизни.

Кстати, краевой центр в Восточной Сибири, как полагал господин Зорин, не был его конечным пунктом следования по жизни. Это был всего лишь временный или, как принято говорить, переходный период, в ходе которого предстояло собраться с силами. Ну, и порешать, понятное дело, кое-какие задачи из области как государственной, так и сугубо личной.

Карьера Виктора Петровича Зорина складывалась непросто. Успех и неограниченное доверие к нему со стороны самых высоких руководителей могли внезапно смениться опалой. И в такие минуты оставалось только надеяться, что общее направление было выбрано все-таки правильное. Кремлевский старожил и член Совета безопасности при старом президенте, при Батине вдруг был подвергнут опале и пару лет вынужден был отлеживаться на дне.

Имя Виктора Петровича Зорина долго склоняли в связи с убийством бывшего директора Красносибирского алюминиевого комбината Рыкова. Момент был крайне неприятный, и наиболее рьяные противники даже впрямую указывали на Зорина как на заказчика этого убийства. Но доказать ничего не смогли!

Исполнитель убийства Литвиненко, бывший помощник господина Зорина, в ходе следствия скончался от инсульта, и вопрос о заказчике как-то сам собой перестал быть актуальным. Этот Литвиненко — тот еще фрукт: казалось бы, молодой мужик, спортсмен и все такое, а вот поди ж ты — умер! Все, как говорится, под Богом ходим. А Виктор Петрович, пережив не самый веселый период в своей жизни, вновь оказался востребованным.

Новый генеральный директор Красносибирского алюминиевого комбината Александр Белов в чем-то напоминал своего предшественника и тоже не нравился Виктору Петровичу. Их знакомство насчитывало уже больше десятка лет и носило странный характер. Белов и Зорин, бизнесмен и политик, были настолько же необходимы друг другу, насколько не любили друг друга. Даже, пожалуй, презирали.

Александр Белов для Виктора Петровича был чем-то вроде соринки в глазу: раздражает, саднит, мешает сосредоточиться на главном. Слишком молод и куда как крут, а главное, все время норовит сыграть не по правилам! Вот, допустим, собрались достойные люди, равные друг другу по статусу, и затеяли сыграть в шашки. И тут появляется этот хрен с горы, делает два хода, и — в дамках! И так не один и не два раза, а всегда.

Согласитесь, это несправедливо. Господин Зорин уж на что стар, мудр и осторожен, а... вынужден, как все смертные, платить судьбе по счетам. И каждый свой жизненный успех оплачивать звонкой монетой собственного достоинства и даже здоровья. Даже в психиатрической лечебнице довелось полежать — вот она, долюшка профессионального политика! А этот мачо — Белов — из любых, самых безнадежных ситуаций выходит краше прежнего. Бьют его, взрывают, жгут, уничтожают морально, а ему все нипочем: красив, удачлив, беспредельно нагл...

Впрочем, Белов уже тоже отлетал свое, сокол. Сидит в следственном изоляторе, видит небо в клеточку и соседей в полосочку... Сегодня, навещая с инспекцией учреждение, Виктор Петрович испытал в отношении давнего оппонента едва ли не сочувствие. Никто за жизнь Белова нынче гроша ломаного не даст. Неровен час, парень может со шконки рухнуть и убиться насмерть. Или, как Литвиненко, помереть от лопнувшего в мозгу сосуда...

Ну, а Виктор Петрович — тот снова при деле. Люди с таким, как у него, опытом и с таким мощным политическим чутьем бывают нужны при любой власти, необходимы любому руководителю, будь он тиран единовластный или, наоборот, трижды демократ.

Господин Зорин взглянул на часы: до назначенной встречи оставалось шесть минут. Но женщины, как известно, любят опаздывать. Виктор Петрович еще раз, без всякой нужды, вынул расческу, несколько раз провел ею по волосам и постарался поймать в зеркальной панели свой собственный горделивый, умный профиль с заметно увеличившимся за последние годы лбом. Он с удивлением обнаружил, что волнуется. Вот это новость!

— Послушай-ка, любезный! — окликнул он официанта и жестом подозвал парня к себе.

— Что-нибудь не так? — молодой человек тоже волновался, что вполне объяснимо.

— Тебе случалось обслуживать иностранцев? Ну, скажем американцев?

— Я недавно работаю, — парень еще пуще заволновался и забегал глазами. — Китайцы как бы приезжали, да. Приезжали по культурной линии...

— А вот, скажем, «Дайкири» в вашем заведении смогут смешать?

— Как вы сказали?

— Любимый коктейль Хемингуэя... Да ладно, расслабься. А «Маргариту»?

Молодой человек услышал знакомое название и воспрял духом:

— Я закажу для вас в баре. Один? Два? Только имейте в виду...

— Что «только»?

— Без лайма как бы не тот шарм. Я имею в виду мексиканский лимон. У нас вам обычный выдавят — желтый и большой. А мексиканский, тот зеленый и такой... как бы поменьше.

В этот момент Виктор Петрович увидел в проеме двери свою визави и жестом велел официанту исчезнуть. Тот не сразу понял, что от него требуется, и, как отличник, пытался досказать все, что знает о мексиканских лимонах.

— Забудь о лаймах, — сквозь зубы процедил Зорин. — Занимайся своим делом.

Направляясь навстречу даме, Виктор Петрович, уже широко улыбался.

— Зорин, — представился он, задерживая узкую ладонь в руках. — Виктор Зорин.

Вот так — без отчества. У них ведь там, на Западе, не принято по батюшке. Да к тому же если сам Батин — просто Всеволод, то Зорин может запросто быть просто Виктором, сам бог велел. До этого он видел эту женщину всего лишь раз, на одном из официальных приемов, и они были едва представлены друг другу.

— Очень приятно, — ответила женщина, коротко пожала руку и тут же высвободила ладонь, не дожидаясь, пока Виктор Петрович изготовится с поцелуем, что как раз он и собирался сделать.

Женщина уселась за стол и протянула свою визитку. Визитка, кстати, ничего особенного, никаких золотых тиснений и голограмм, только крошечный логотипчик и название: консалтинговая группа «Сириус», ученая степень — магистр, должность — консультант, нью-йоркский адрес конторы и телефон. Такая вот обманчивая скромность, хотя Зорин, будучи человеком осведомленным, знал, что фирма — из числа серьезных, старейших и уважаемых в деловом мире. Внизу от руки вписан телефонный номер Красносибирского алюминиевого комбината, где и было на сегодняшний день ее рабочее место.

— И я рад встрече, уважаемая Лайза Донахью, — сказал он, искрясь самой подкупающей из своих улыбок. — А кстати, вы случайно не родственница того Донахью, который...

— Нет.

— Я имел в виду телеведущего...

— Я поняла. Нет, не родственница.

Зорин не мог определить для себя окончательно, нравится ли ему эта мадам или нет. Зато он мог бы поклясться, что девяносто девять... ну ладно, девяносто восемь процентов мужчин сказали бы по поводу этой Лайзы, что она «не их тип» — слишком худая. Его помощник, хамоватый отставник, любил повторять:

— Такой бабой надо сперва об стол постучать, как воблой. Перед тем как, ха-ха, употребить...

Виктор Петрович считал себя более тонким ценителем женщин и потому допускал мысль о том, что в этой Лайзе что-то есть. Что-то такое в поведении — какая-то изюминка. Кроме того, у Зорина была маленькая слабость: ему нравились умные партнерши. А с возрастом эта особенность только усилилась. Жопастенькие и глазастенькие куколки, из числа тех, про кого говорят «прелесть какая дурочка», практически перестали волновать его как мужчину. Их было слишком много, переел наверное.

— Лайза... Красивое имя. А вы не обидитесь, если я буду называть вас по-нашему, по-русски — Лизою, — Виктор Петрович считал себя подлинным мастером ведения беседы, а хорошая беседа, как известно, не может начаться без преамбулы. — Как в русской классике — Лиза, Лизанька, как раньше говорили... ...

Преамбула, однако, не сработала: Нотки интимности его голосе вызвала незапланированное напряжение.

— Как вам будет удобнее, — сухо ответила Лайза, явно давая понять, что не собирается подбрасывать дровишек в костер флирта.

«А она с норовом», — разочарованно отметил про себя Зорин.

Совсем другое дело его Лариса, гражданская жена. Тоже умная, хорошо образованная и утонченная женщина. Но в отличие от этой американской воблы, умеет точно попадать в нужный регистр. Рядом с женщинами, подобными Ларисе, мужчина чувствует себя уверенно и комфортно, потому что они умеют ненавязчиво сглаживать шероховатости и, наоборот, ставить акценты на несомненных достоинствах собеседника. А эта даже и не пытается, она словно нарочно взялась ставить его в самую невыгодную позицию. Но вот насчет позиций мы сейчас и посмотрим...

— Аперитив? Или, может быть, немного водки? — Виктор Петрович отказался от затеи с коктейлями, но разговаривать «на сухую» было тоже не с руки.

— Боюсь, что нет, — Лайза вежливо улыбнулась. — Мне предстоят еще деловые встречи.

— Понимаю, работы невпроворот. У комбината не лучшие времена, не так ли? — Зорин налил из запотевшего штофа в свою рюмку. — Понимаю и сочувствую.

Девушка промолчала.

— А я позволю себе — в виде исключения. Иной раз как вышибет что-то из колеи... Лучшего средства снять стресс, чем рюмка хорошей водки, русский человек не знает. Я только что, знаете ли, вернулся из следственного изолятора. С проверкой был, по долгу службы. И так тошно на душе, не приведи господи! В скотских условиях люди живут. Камеры практически не отапливаются. Глянул я в пищеблоке, какой хлеб подают — так это даже и хлебом назвать нельзя...

Зорин чувствовал, что монолог затягивается, между тем, как ожидаемая реакция все не наступает. Девушка невозмутимо управлялась с пельменями и, казалось, внимательно его слушала. Однако при этом даже не пыталась вставить хоть какую-нибудь реплику, чтобы облегчить собеседнику задачу.

— Причем отметьте себе: не преступники, а те, чью вину еще предстоит доказать! Пришлось, как говорят у нас в России, сделать разнос тюремной администрации. Честное слово, за державу обидно, когда видишь подобную дикость.

Виктор Петрович исподлобья наблюдал за девушкой. Лоб гладкий, волосы — прямые, забранные в пучок на затылке, и даже бровью не повела, когда он живописал тюремные ужасы. Надо же, а говорят, у них с Беловым любовь...

— Вы хотели поговорить со мной о деле, — вежливо напомнила Лайза.

— А? Ну, разумеется. Я, собственно уже начал — о деле.

Молоденький официант, подходя к столику, всякий раз с удовольствием разглядывал американку. Ему уже приходилось видеть эту женщину пару раз на фуршетах. Ничего себе дамочка. Ей бы прическу сделать как-нибудь поживее, и была бы совсем ничего. Говорят, она любовница директора комбината. Надо же, а говорит без акцента! Белова-то загребли, а его баба уже с другим!

Парень не сомневался в том, что ходить в ресторан, да еще и в отдельный закрытый для остальных посетителей зал, женщина может исключительно с амурными целями. Ну вот, и началось. Этот начальственный дед уже поглаживает ее ручку!

— Ваш контракт на комбинате, если не ошибаюсь, заканчивается через две недели, — Зорин продолжал свои маневры. — Да, строго говоря, делать вам здесь уже сегодня особо нечего. Миссия, как говорится, выполнена. Работодатель не при делах... Что скажете?

— Пока ничего не скажу, — Лайза аккуратно вытянула руку из-под накрывшей ее Зоринской ладони — как бы для того, чтобы промокнуть салфеткой рот. — Я вас внимательно слушаю.

— Видите ли, дорогая Лиза. Россия — необычная страна. Умом ее, если вы читали русскую классику, не понять. Аршином вашим, западным, не измерить. Это у вас, как что не так, люди сразу в суд бегут. Нам до правового государства еще далеко. Вы успели заметить, что самые сложные вопросы легче и эффективнее решаются вот как сейчас, например, в частной дружеской беседе?

— Я успела заметить, что русские очень любят поругать свою страну. Причем именно те русские, от которых как раз и зависит, какой это страна будет.

— Вы умная женщина, Лиза. В беседе с умной женщиной есть особый шарм.

— Если вы не против, перейдем все-таки к делу.

— Как прикажете. Вы ведь, Лизанька, гражданка Соединенных Штатов. Так? И срок вашей визы скоро заканчивается — вместе с истечением срока контракта. Внутренний голос мне подсказывает, что уезжать из России вы не торопитесь...

— Вы правы. У меня остались определенные обязательства перед комбинатам, и перед его руководителем. Я как консультант в значительной мере несу ответственность за те решения, которые сегодня инкриминируются господину Белову в качестве нарушения закона, и мне бы не хотелось покидать вашу страну в такой момент.

— А вы уверены, что ваша виза будет продлена? Ну вот, слава тебе господи, дело сдвинулась с места. Проняло голубушку! Лайза молчала, и это молчание длилось гораздо дольше, чем допускает формат светской беседы. Ну, говори же, голуба, не молчи! Скажи, как ты любишь своего Белова. Скажи, что он пропадет, сгниет в тюрьме без твоего хрупкого плечика, без твоих бесценных консультаций! Ну, поплачь, родная, попробуй пустить в ход свои женские чары. Закури хотя бы, черт тебя задери! Ты ведь прекрасно понимаешь, что решение консула о продлении или не продлении визы практически напрямую зависит от того, какое решение приму я — представитель вертикали власти, Виктор Зорин.

Прошла, казалось, целая вечность, прежде чем девушка, наконец, подала голос. Единственным признаком охватившего ее отчаяния, а в том, что отчаяние ее охватило, Зорин лично не сомневался, был тембр этого самого голоса — тембр стал ниже.

— По-моему, Виктор Петрович, вы предлагаете мне сделку. В чем она заключается?

— Не стану лукавить: правильно полагаете, душа моя. Хотя мне было бы приятнее, чтобы вы восприняли мое предложение как чисто дружескую просьбу. Уверяю, она не слишком вас напряжет.

«Кадрит!» — догадался молодой официант, наблюдая сцену беседы из-за шторки, ведущей в кухню.

Старик был раздражён, и парень догадался, что с дамой у него, похоже, ничего не выходит.

Десерт с примесью экзотических фруктов Зорин съел в гордом одиночестве: Лайза не притронулась ни к мороженому, ни к кофе.

— Я могу подумать над вашим предложением? — спросила она перед тем, как покинуть ресторан.

— Разумеется, можете. Только времени, сами понимаете, у вас в обрез.

Ему показалось, что Лайза, пряча слезы, полезла в сумочку за носовым платком. Хотя возможно, она всего лишь доставала перчатки. В любом случае Виктор Петрович наконец получил возможность пронаблюдать глубокое, неизбывное горе в глазах этой американской штучки!

Однако он так устал от этого разговора — будто целину вспахивал. Даже не почувствовал никакого удовольствия. Не зря он любит в компании повторять прочитанный в газете афоризм: «Порядочный человек — тот, кто делает гадости без удовольствия».

— И еще попрошу об одном одолжении... — он попытался сочувственно коснуться ее руки, но девушка резко отступила на шаг назад. — Не рассматривайте нашу потенциальную договоренность, как предательство по отношению к вашему... э-э... работодателю. Я обещаю вам — слово джентльмена! — что не стану использовать полученные от вас материалы во вред Белову.

XVIII

Официальное обращение, написанное арестованным Александром Беловым в адрес следователя, дало результат только через два дня. К тому же, это был не вполне тот результат, на который рассчитывал Саша. Открывая дверь его камеры, немолодая женщина-контролер, сообщила, что Белова вызывают не к следователю, а в оперативную часть для беседы...

Тюремный опер, представившийся капитаном Балко, вышел из-за стола и пожал вошедшему руку.

— Прошу садиться, Александр Николаевич, — он явно задавал предстоящей беседе уважительный и доброжелательный тон. — Закурите?

Саша вежливо отказался. Несмотря на то, что сигареты, переданные теткой, закончились еще вчера, он не чувствовал «ломки», и мог курить или не курить по собственному усмотрению.

— Что ж, похвально, — усмехнулся опер. — У меня был случай, когда один мужик взял на себя чужое убийство только потому, что не мог бросить курить на воле... Хотя это точно не ваш случай.

— Да уж, я здесь по приглашению... — с иронией ответил Белов.

Как человек, достаточно сведущий в тюремных традициях, Саша знал: для беседы в оперчасть время от времени вызывают практически всех пассажиров. Хотя бы для того, чтобы скрыть, кто действительно позарез нужен операм, иными словами, кто стукач, а кто нет. Ну, и понятное дело, у них есть свой план раскрываемости преступлений. И когда люди в газетах читают, что «раскрыты преступления прошлых лет», то на практике за этим раскрытием, как правило, стоит информация, полученная оперативной службой исправительного учреждения. Кто-то расслабился и сболтнул лишнее во время таких вот задушевных бесед с оперативником или же в «разговорах за жизнь» с неблагонадежными сокамерниками.

— Давайте говорить начистоту, — речь капитана Балко была безупречной, а взгляд сочувственный и внимательный, как у лечащего доктора. — Мы оба понимаем, что вы у нас надолго не задержитесь, и пассажир вы нетипичный... э-э-э... для здешнего контингента. И все-таки я обязан выслушать ваши жалобы, и услышать пожелания, если таковые имеются.

— Если у меня и есть жалобы-пожелания, то они не в ваш адрес... — сказал Белов.

— Понимаю, вас угнетает бездействие следствия. Но должен вам заметить, что по закону, у следователя есть десять дней с момента доставки вас в учреждение. Так что в том, что вас до сих пор не вызвали для допроса, нет никакого нарушения, — оперативник, немного помявшись, все-таки закурил без компании. — И опять же, вы правы: этот вопрос действительно не в компетенции администрации изолятора... А что скажете насчет бытовых условий?

Саша понял, что разговор неуклонно катится в сторону «оказания спонсорской помощи». Но ему не хотелось брать инициативу на себя. Пусть опер сначала выговорится и четко даст понять, что именно администрация СИЗО хочет поиметь с «богатого постояльца».

— Был тут у нас один пассажир. Проездом через Чехию, Германию и Швецию в Красносибирск. Делился опытом отсидки в Шведской тюрьме. Там, говорит, задержанному на выбор предлагают цветное постельное белье или белое, одиночную камеру или общую. Причем, заметьте, национальность сокамерников — русские, украинцы, там немцы — тоже на выбор! Сиди, дескать, с кем тебе комфортнее. А кроме того, пятиразовый «шведский стол», Интернет, тренажерный зал и даже, извините, дамы определенного сорта — тоже за счет заведения. Чтобы не возникало ненужного психологического напряжения, — капитан Балко с удовольствием и, очевидно, не в первый раз рассказывал полюбившуюся историю. — Мы вам, понятное дело, такого сервиса предложить не сможем. Но имейте в виду: сегодня следственный изолятор — совсем не тот, что бы лет пять-десять тому назад. Человек, у кого есть средства, многое может себе позволить. Телевизор? Пожалуйста. Холодильник? Да ради бога. Евроремонт в камере? С дорогой душой. Вы вот лично как оцениваете уровень комфорта в своей камере?

— Да можно немного подшаманить, — осторожно согласился Белов. — И кран хорошо бы заменить.

— Подшаманить можно, — в тон ему согласился Балко. — Разумеется, насколько позволяют инструкции. Коврового покрытия и обоев с розами не обещаю. А вот свежую кафельную плитку и побелку-покраску запросто можно устроить.

Когда был обозначен примерный круг притязаний, разговор пошел легче. Буквально после нескольких, мягко отклоненных Беловым «пробных шаров», они с капитаном выбрели на тему, которая устаивала обоих. Взамен устаревшей и никуда не годной пекарни решено было установвить новую, канадскую, наподобие той, какая уже имеется на «Красносибмете».

Так Белов попал в почетные спонсоры, и в качестве невиданного поощрения лично капитан Балко в сопровождении дежурного провели для него небольшую экскурсию по изолятору.

Во-первых, была показана отделанная по последнему слову душевая комната. Испанская кафельная плитка нежнейшего розового цвета и сверкающие хромом душевые краны самой навороченной конструкции могли бы сделать честь любому модному оздоровительному комплексу в столице. Факт, могли бы! Если бы не маленькое аккуратное смотровое окошечко в кафельной стенке. В душевой было подозрительно чисто и душисто. Скорее всего, эту комнату используют не по прямому назначению, а исключительно для проведения экскурсий. По крайней мере, Белов, впервые прибывший в изолятор, был подвергнут «санобработке» в совсем другой «баньке»: старой, с потеками ржавчины на стенах и обросшей многолетней слизью.

Вторым ценным экспонатом в ходе осмотра была комната, в которой тоже очищались, но не телом, а душой. Чтобы попасть в нее им пришлось даже пересечь тюремный двор и войти в отдельно стоящий блок, еще более мрачный, чем тот, в котором находилась Сашина камера. Молельная комната, она же часовня, буквально сверкала чистотой и позолотой и до такой степени не вписывалась в общий интерьер изолятора, что производила впечатление топорно сделанного телевизионного монтажа.

Мельком Саша отметил две-три старые и, вероятно, ценные иконы, но по большей части
изображения святых были новыми и лаково посверкивали нежными пастельными оттенками.
Внезапно на память пришел образ блаженного
друга Федора Лукина. Причем этот образ не исчезал, а прочно засел в сознании, настойчиво
требуя связи с этой чудной обителью духа и детального обдумывания на досуге.

— Один наш очень известный и богатый
«клиент» — не буду называть его имени, вы и
так догадаетесь — вложил сюда кучу денег и
собственного труда, — с гордостью поведал экскурсовод. — Очень набожный оказался человек.
И до сих пор, хотя сам давно на свободе, не забывает нашего учреждения. На каждый церковный праздник присылает подарки и всякие еще
«приблуды». В смысле, иконы.

— И что же, сам отец Игорь приходит сюда
службы служить? — поинтересовался Саша, назвав имя настоятеля местного собора.

— Нет, ну что вы, не тот уровень. Два отца
Василия приходят по очереди: то один, то другой.

В свою камеру Белов вернулся в странном расположении духа. Интересно, почему ему так настойчиво вспоминается Федя Лукин?.. До обеда было
еще далеко, время прогулки было потрачено на беседу и экскурсию с опером. На сером казенном
одеяле стопочкой лежали газеты — единственная
бесплатная привилегия, которой на данный момент

194

ему удалось добиться. Но ознакомиться с прессой в этот день ему было не суждено. В следующий момент Саша почувствовал, что за ним наблюдают, а еще через секунду в замке завозился ключ.

Вид у пожилой контролерши был какой-то смущенный. Саша уже дважды заставал дни ее дежурства, и по взглядам, которые дама кидала на него, мог предположить, что новый подопечный ей скорее симпатичен, нежели наоборот. Любопытный феномен: часть работников тюрьмы ненавидели Белова только за то, что он был богат, вторая часть — горячо любила именно по той же самой причине. Впрочем, эта женщина, как и другие ее коллеги без крайней необходимости рта не раскрывала: видимо получила соответствующий инструктаж.

— Вас переводят в другую камеру, — сказала контролер. — На время ремонта...

Белову показалось, что женщина хочет что-то добавить к сказанному, но не решается...

— Наденьте бушлат, — посоветовала она после того, как Саша сложил в рюкзак свои немногочисленные вещи. — Это через улицу, в девятом корпусе.

И снова Белову почудились в ее голосе какая-то недосказанность и даже тревога. С чего бы это? И вообще, странно: как быстро принято решение о начале ремонта. Ведь для того, чтобы списать деньги с его, Беловского счета, не говоря уже о покупке необходимых материалов, требуется какое-то время. А тут не успели поговорить, а ребята стартанули!

Возле одной из многочисленных промежуточных решетчатых дверей маячил хмурый мужик, также одетый в камуфляжную форму контролера. Видимо, представитель того самого девятого корпуса, явившийся сопровождать узника.

— Вы там, Александр Николаевич, это... — услышал Саша позади себя голос женщины, наконец-таки решившейся заговорить, — вы поаккуратнее...

Народное название следственного изолятора Воронье гнездо имело давнюю, еще дореволюционную традицию. А непосредственным толчком к рождению этого образа послужило его географическое расположение — на высокой скале, над рекой, разделяющей на две части город Красносибирск. С другой стороны к тюрьме вплотную подступали жилые застройки и улица, прямая, как стрела, упирающаяся в здание следственного изолятора как в тупик, носила название, разумеется, улицы Свободы.

Здание Красносибирского следственного изолятора, сработанное на славу в конце теперь уже позапрошлого века, как и сотни других зданий подобного назначения по всей необъятной стране, было построено в форме креста. Такой вот крест или, реже, кольцо — два самых распространенных типа построек, способные обеспечить максимальный контроль за многочисленными, требующими постоянного пригляда обитателями.

Они шли по тюремному двору, аккуратно расчищенному от снега. Саша подумал, что у местных дворников, как пишут в умных книгах по бизнесу, самая высокая мотивация к труду. Ведь здесь на хозяйственных работах задействован отряд зэков, осужденных по «легким» статьям и прошедших самый тщательный отбор. Хотя, с другой стороны, текучесть кадров, присутствует и в этом заведении тоже. Слава богу, что присутствует.

Они миновали здание хозяйственного блока. Зэки из числа обслуги, перекуривающие на крылечке, вероятно, узнали Белова. Не решаясь приветствовать его вслух, парни заулыбались и выбросили руки в приветственных жестах, означавших «победу», «держись!» и «все будет пучком!»

Девятый корпус, куда вел в настоящий момент Белова угрюмый контролер, старательно прикидывающийся глухим, к кресту непосредственного отношения не имел. Это было отдельно стоящее трехэтажное здание, вплотную примыкающее к забору. Раньше эта постройка выполняла, скорее всего, какую-то другую хозяйственную функцию, возможно, функцию тюремной больницы. И только в связи с проблемой перенаселенности изолятора, вставшей в полный рост в конце девяностых, была переоборудована в режимный корпус.

Контролер, его сопровождавший, выглядел глубоким стариком. Хотя Саша и понимал, что совсем уж стариком тот быть просто не может: от силы пятьдесят лет, даже с учетом многочисленных рапортов о продлении срока службы.

Интересно, какой стимул можно придумать, чтобы побудить человека служить в этом заведении, да еще сверх срока? Наверное, какие-нибудь надбавки или модная тема — «жилищные сертификаты».

Миновав, как водится, сумасшедшее число промежуточных дверей, Белов и сопровождающий его работник изолятора вошли в мрачный, депрессивного цвета коридор, единственным украшением которого был пугающий плакат «Туберкулез — излечим!» По обеим сторонам стен через равные промежутки висели намертво приваренные куски металлических труб с прорезями. Из своего небольшого тюремного опыта, Саша знал, что эти конструкции называются «ключеуловителями» и созданы на случай бунта либо побега. Сотрудник учреждения, захваченный злоумышленниками, должен непременно дотянуться до ближайшей такой вот сварной капсулы и бросить ключи туда, откуда их достать попросту невозможно.

Неожиданно Саша увидел справа от себя красивую дверь «молельной комнаты». Да ведь именно в этом, девятом, отдельно стоящем корпусе, они и были с капитаном Балко, когда совершали экскурсию по изолятору. Чуть позже он узнал, что часовня была не случайно оборудована именно в том блоке, где содержались наиболее «серьезные» подследственные, которым светили большие сроки.

Конвоир остановился напротив двери с номером 345, отпер ее ключом и так же, не проронив ни звука, закрыл ее вслед за вошедшим внутрь Беловым.

На приветствие вновь прибывшего никто из обитателей камеры не ответил. С трудом привыкая к тусклому освещению, которое обеспечивала, как умела, затянутая под потолком металлической сеткой лампочка, Саша огляделся. Камера была небольшая, рассчитанная на четырех человек. По обеим сторонам от прохода располагались шконки в два яруса. Примета новых веяний — двухкассетный магнитофон — наполнял замкнутое пространство совершенно не соответствующей обстановке песенкой: «Ах, вот какая ты! А я дарил цветы...»

Верхний ярус был полностью обитаем. В тусклом свете лампочки виднелись шишковатые бритые головы, а чтобы почувствовать исходящую справа и слева вонь от несвежих носков, освещение и вовсе не было нужно. Из нижних коек занята была только одна — с нее на вошедшего пристально и с явной антипатией поглядывал худощавый блондин. Вторая из нижних коек была свободна, если не считать доски с самодельными нардами, в которые в данный момент никто не играл.

Саша аккуратно сложил доску и за неимением другого подходящего для нее места положил на пол. После этого начал невозмутимо стелить принесенное с собою белье.

— Положь на место! — соизволил наконец начать разговор худощавый сосед.

Сверху, как по команде, свесились две любопытные башки. Лица были молодыми, то есть совсем молодыми: одно — широкая и мясистая рожа здоровяка, другое, наоборот, цветом напоминало серое тюремное одеяло. Да и худощавый блондин, судя по всему, был немногим старше двадцати. А старше он казался, как чуть позже понял Белов, по причине отсутствия нескольких зубов.

«Вот спасибо тебе, дорогой капитан Балко. Отселил в маневровый фонд к малолеткам!» Малолетки, разумеется, были вполне совершеннолетними, в противном случае их вовсе не было бы в «Вороньем гнезде». Однако же так именовали в тюрьме свежую поросль, имеющую за плечами сроки отсидки в колониях для малолетних преступников. Саша знал, что коренное население тюрьмы не любит молодняк за безбашенность, за позорную склонность сотрудничать с тюремной администрацией, за несоблюдение необходимых ритуалов и вообще полное пренебрежение к неписаным тюремным законам.

Саша демонстративно пинком ноги загнал коробку с нардами глубже под кровать и с улыбкой посмотрел на негостеприимного соседа:

— Неправильно начинаешь, парень.

— Здесь я решаю, что правильно, а что неправильно, — худощавый явно продолжал взятый курс на конфликт. — Во-первых, ты, дядя, поднимешь нарды. Спать стели себе на полу. А потом поговорим, что нужно подогнать с воли.

Александр, стараясь боковым зрением отслеживать каждый жест говоруна — а он, безусловно, был лидер — спокойно надел наволочку и застелил постель.

— Ты, дядя, на воле делиться не хотел, оттого и переехал к нам сюда. А здесь делиться придется...

То ли худощавый сделал-таки незамеченный
Беловым жест, то ли просто прозвучало какое-
то ключевое слово, но с верхней шконки, как по
сигналу зеленой ракеты, раздался оглушительный визг с потоками мата.

— Сука! Богатый, тварь... — надрывался тот,
которого Белов мысленно окрестил «землис-
тым». — У меня мать всю жизнь за три копейки пашет. Отец на химии загнулся. Тварь! Я сам
первый срок по малолетке мотал, что ларек грабанул — жрать хотел! Ненавижу! Все из-за таких, как ты! Порву гада...

Орущий дал себе передышку в долю секунды,
рванул на груди фальшивый «Адидас» и начал по
второму кругу. Белов внимательно наблюдал за
ним. С одной стороны, парень явно нездоров.
С другой стороны, истерика столь же явно не была
натуральной, она была частью представления, задуманного специально в честь вновь прибывшего.

— Что это с ним? — с равнодушным видом
спросил Белов, когда «классовый» монолог с
незначительными вариациями был прокручен
четырежды, и орущий, устав, замолчал. — Ты,
случайно, не знаешь? — он обращался к худоща-
вому, который получал от спектакля очевидное
удовольствие.

— А хрен его знает, — лениво процедил блондин. — Наверно, ты ему не понравился. Ты нам
всем не понравился.

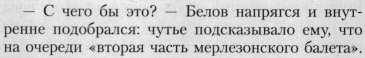
— С чего бы это? — Белов напрягся и внутренне подобрался: чутье подсказывало ему, что на очереди «вторая часть мерлезонского балета».

Так оно и случилось.

— А вот с чего!

Третий парень — круглолицый здоровяк, который до сих пор не принимал участия в «процедуре знакомства» — свесился с верхней шконки, не торопясь прицелился и смачно, со знанием дела, плюнул на беловскую подушку. Обитатели камеры единодушно заржали.

— Придется тебе снять это и застирать, — сказал Белов, обращаясь к автору плевка.

— Сверху слезать влом, — ответ сопровождался красноречивым жестом.

— Ну, что ж... — медленно проговорил Саша, уже обдумавший для себя план дальнейших действий. — Тогда товарищ тебе поможет!

С этими словами он, мгновенно выбросив руку вперед, схватил совершенно не готового к такому повороту событий блондина за неровно отросшие на затылке патлы, мощным рывком сдернул его со шконки и, опрокинув в проходе на колени, плотно прижал носом к плевку. Белов подержал главаря в таком положении несколько секунд и отпустил хватку. Потом брезгливо сбросил с ладони прилипшие грязные волоски и быстро отошел, встав спиною к двери так, чтобы держать в поле зрения всю мизансцену.

Ожидаемый эффект был достигнут. Хотя в ту минуту даже Белов еще не мог знать всю глубину нанесенной главарю обиды. Сухощавый гаденыш с побелевшими от бешенства глазами, едва поднявшись с колен, ринулся на Белова. А уверенность в себе ему обеспечивала сверкнувшая в руке заточка. Одновременно изготовились спрыгнуть сверху и обе шестерки.

Предельная теснота камеры сыграла Белову на руку. Напасть на него разом всем троим не было никакой возможности. Поэтому операция была поэтапной. Сначала он перехватил и вывернул руку с заточкой, почти одновременно нанося нападающему простенький «расслабляющий» удар по голени. Острие заточки по касательной чирикнуло о сварное основание шконки, зато вывернутое ребро ладони, зажимающей оружие, с размаху рубануло по металлическому краю тюремной кровати. Парень завыл от острой боли в ноге и в кисти и выпустил заточку.

Поднимая с полу трофей, Белов за долю секунды успел подумать, что, оказывается, не утратил в новой жизни старых полезных навыков. Тело двигалось на полном автомате и прекрасно помнило все необходимое. Это, как езда на велосипеде — если умеешь ездить, то уже никогда не разучишься.

Мощное тело следующего бойца, спрыгивающего сверху, еще не достигло пола, когда Белов, технично зависнув между шконками, нанес нападающему короткий удар обеими ногами в грудь. Луноликий тяжело опрокинулся навзничь. Во время падения он своей тяжестью увлек на пол и третьего пацана — с опозданием слезающего с верхнего яруса тщедушного истерика. Впрочем, тому не много было и надо.

Сухощавый лидер, вместе с утратой холодного оружия заметно поутратил и бойцовский дух. И Саша отчетливо увидел мучительную борьбу на его лице: что делать дальше — непонятно...

В наступившей тишине продолжал петь магнитофон: «...А я дарил цветы. А я с ума сходил от этой красоты!» Получалось, что вся процедура знакомства, включая активную фазу, заняла не больше трех-четырех минут, пока звучал дурацкий шлягер. Или шлягер попался такой длинный?

В этот момент отворилось смотровое окошко, и надтреснутый старческий голос прошамкал:

— Что у вас происходит?

Саша мгновенно и «чисто по-дружески» ухватил сухощавого за руку (чуть выше локтя) и слегка надавил на нужную точку, отчего у парня враз подогнулись колени.

— Сейчас ты подойдешь и скажешь дедушке, что все в порядке, — тихо, но настойчиво посоветовал он сокамернику. — Скажи, мол, мы с ребятами отрабатываем... прыжки в ширину. Для открытого чемпионата по СИЗО.

И повел деморализованного противника к двери, сам при этом стараясь оставаться вне поля обзора.

— Все в порядке, дядя Костя. Виталя со шконки свалился... — только и мог пролепетать «заложник».

Но этого оказалось достаточно: «кормушка» немедленно снова захлопнулась. Подтвердив тем самым, что «глухой» контролер-пенсионер дядя

Костя, если надо, все прекрасно слышит. Впрочем, всем и так было ясно, что человек с подобного рода физическим недостатком не смог бы работать в такой должности.

Белов оценил обстановку. «Король истерики», до которого так и не дошла очередь во всеобщей битве, скорчившись, сидел между шконками. Злобного лидера Саша на всякий случай продолжал заботливо придерживать в районе болевой точки над локтем. Оставался луноликий мастер плеваться по чужим подушкам, который, хотя и не выказывал в настоящий момент признаков агрессии, тем не менее, был значительно выше и фактурнее самого Белова и теоретически представлял собой угрозу рецидива. Саша, из чистой перестраховки защемил его нос между согнутыми пальцами левой руки, слегка, для контроля, повернул против часовой стрелки и сказал:

— А теперь, парни, небольшой инструктаж.

Здоровяк задергался и замычал, мешая началу инструктажа.

— Не брыкайся, красавчик. Девушки не любят которые с кривым носом.

В ответ на эту невинную, казалось бы, реплику, худощавый фыркнул:

— А *ему* девки не нужны!

Смысл этой фразы дошел до Белова далеко не сразу, но, по крайней мере, стало ясно: общение приняло устойчивый мирный характер, и необходимость в силовых решениях отпала.

— Итак, эпизод знакомства. Дубль два, — Белов разом отпустил оба захвата, и его собеседники блаженно размякли. — Первый дубль был неудачный. Но я вам прощаю ошибку на первый раз. В силу вашей молодости и свойственного этому нежному возрасту невежества. Если кто интересуется, пусть наведет обо мне справки: рекомендации должны быть хорошими. А для вас я буду просто Александр Николаевич.

Амбал, спрятавшийся, насколько это было возможно, за поджарого товарища, сзади тоненько пискнул:

— А кто-то говорил «богатый лох»!..

В качестве ответа он получил от подельника короткий и безмолвный тычок в зубы. Белобрысого лидера звали Бруно, у здоровяка имени под рукой не оказалось.

— Теперь разминка, — продолжил Белов. — Упражнение называется «Прощай, оружие!» Заточки и что там еще имеется из средств необходимой самообороны кладем на тумбочку. Я теперь буду у вас и Белов, и главный оружейник. Ну?

Здоровяк потупился, всем своим видом показывая, что безоружен.

— У него ничего нет, — авторитетно подтвердил блондин. — У Витали есть. Слышь, Виталя, отдай заточку!

Хлипкий парень, у которого оказалось на удивление человеческое имя, продолжал сидеть в проходе и к интересному разговору оставался безучастным. Белова это встревожило. А что если амбал, обрушившись в ходе драки всей своей тушей на малахольного Виталия, попросту зашиб его? Да и край специфического камерного стола — приваренного к шконке острым металлическим «уголком», находился от обоих падающих в опасной близости.

Однако, дело, как выяснилось, было вовсе не в неудачном падении. Дело было еще хуже. Когда худощавый Бруно подошел и потряс сидящего за плечо, тот неловко перекатился на спину и затрясся уже всем телом. Потом невероятно выгнулся в пояснице и продолжал трястись, упираясь затылком в пол.

— Быстро оттаскиваем его к двери! — закричал не своим голосом Белов, когда увидел закатившиеся под лоб белки и проступившую на губах несчастного пену. Первое, что ему пришло в голову: парень в припадке рискует убиться в тесном пространстве между шконками. — Бруно, кричи дежурного, нужен врач!

Во время армейской службы в Афганистане ему приходилось сталкиваться с припадком эпилепсии, и Саша в считанные секунды сделал все, что от него зависело. А именно: с помощью трофейной заточки разжал зубы больного и с осторожностью извлек наружу посиневший язык. А растерявшегося амбала заставил подложить под голову эпилептика подушку и потом навалиться на ноги, чтобы парень, раздираемый нечеловеческой силы корчами, не изувечил себя об острые выступающие части тюремной мебели.

— Зови дежурного, мать твою..! — повторил он свое требование совсем деморализованному «лидеру».

— Да он из принципа не услышит! У него кликуха Слепоглухонемой! — едва ли не рыдая сообщил Бруно, но требование выполнил: заколотил ногами в дверь и закричал, что было сил.

К сожалению, парень оказался прав. В коридоре послышались стуки и выкрики из соседних камер, однако, никакой реакции от дежурного не последовало.

XIX

Минут через десять, Саша почувствовал, что приступ как будто ослабевает. Похоже, опасность того, что больной откусит себе язык либо, того хуже, задохнется от того же языка, запавшего в гортань, миновала. Велев здоровяку по-прежнему держать товарища изо всех сил, он сам отправился к двери и приник к ней.

— Слышь, командир, у парня приступ эпилепсии, — вроде бы и не слишком громко начал он, но возня и выкрики в соседних камерах мгновенно стихли, и его голос отчетливо разнесся по коридору. — Если сию же минуту к тебе не вернется слух, и ты не вызовешь врача, то парнишка двинет здесь кони. И я тебе обещаю... Я обещаю, а братва не даст соврать... Что ты проживешь немногим дольше!

То ли особенности беловского тембра расшевелили и заставили заработать слуховой нерв дежурного контролера, то ли имелись какие-то иные неведомые причины, но буквально через пять минут в камере уже находился врач и двое санитаров, грузивших больного на носилки.

Некоторое время, сокамерники, потрясенные и подавленные жутким зрелищем «одержимого бесами» и счастливым завершением, казалось бы, безысходной ситуации, сохраняли полное молчание. Здоровяк стирал в раковине оскверненную сдуру наволочку. Бруно закурил «Приму» и вроде бы машинально протянул пачку Белову. Тот взял сигарету и тоже закурил.

Грохот соседних «кормушек» в компании с тошнотворным запахом сначала перекисшей, сгнившей и только после этого сваренной капусты, известил о наступившем времени обеда. В отверстие вместе с первой наполненной отвратительным варевом миской всунулась худая, покрытая цыпками рука парнишки из хозобслуги. От глаз Белова не смог укрыться почти незаметный, хорошо тренированный жест. Саша точно был уверен, что Бруно получил записку. И, похоже, успел отправить ответ, но в последнем стопроцентной уверенности не было.

Интересно, заметил ли процедуру обмена посланиями контролер дядя Костя, призванный наблюдать за раздачей пищи? Может быть и заметил — по крайней мере, его камуфляж маячил позади парня из хозобслуги. А, возможно, и не заметил, ведь он «Слепоглухонемой». Третий вариант: не захотел заметить до поры до времени. Подобная тактика тоже широко практикуется в оперативной работе исправительных учреждений: сначала дать возможность контингенту

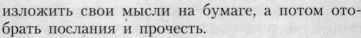

изложить свои мысли на бумаге, а потом отобрать послания и прочесть.

От капустного запаха подкатила тошнота, и все, кроме амбала, доевшего обед до последней капли, слили свои порции в отхожее место. Внезапно Бруно, словно что-то вспомнив, сорвался с места и кинулся к двери. Он несколько раз пнул дверь ботинком, а потом закричал ничуть не хуже, чем давеча это делал Виталик:

— Все! Не могу больше, на хрен, так жить! Лучше, б..., получить пулю от охранника, чем жрать эту вонючую говенную замазку!

Никакой реакции, как этого и следовало ожидать, со стороны охранника не последовало. Да в планы Бруно, как заподозрил Белов, это и не входило. А что если молодой хитрец нарочно провоцирует нового соседа на разговоры о побеге? Не случайно в местах лишения свободы бытует стойкое мнение, что юные отморозки, мотавшие первый срок по малолетке, все сплошь сотрудничают с оперслужбой? Сегодня разведет новичка на левые разговоры, а завтра сам же его и сдаст тюремной администрации в обмен на какие-нибудь поблажки.

— Отставить спектакль! — осадил парня Белов. — Устроил тут, понимаешь, уголовно-исправительную систему Станиславского. Чего ты добиваешься?

Бруно, насупившись, замолчал. Объективности ради, надо заметить, что выданный к обеду хлеб, который он метко назвал «говенной замазкой», именно этим и являлся. Эту странную субстанцию назвать хлебом нельзя было уже по первому формальному признаку: он в принципе не мог крошиться. Черная угольная рамочка заключала в себе... собственно, дырку — исключительно воздушную полость, которая «крепилась» к вышеупомянутой «рамке» тоненьким слоем липкого серого вещества. В это отверстие мог бы свободно пройти кулачок трехлетнего ребенка...

Саша открыл свой рюкзак и выложил на стол пачку чая и несколько вяленых рыбин, оставшихся от тетушкиной «дачки». Оживившийся Бруно в считанные секунды сотворил волшебный напиток и припал своим неполным комплектов зубов к рыбе.

— А ты чего не садишься? — обратился Саша к здоровому парню, который, вылизав свою миску до состояния «под лак», делал теперь вид, что нисколько не интересуется деликатесами. — Не кокетничай, давай к нам. Возьми себе стакан...

На лице парня отразилась непередаваемая гамма чувств, главным среди которых была растерянность. Саша продул от засохших на дне чаинок первый подвернувшийся под руку пластиковый стакан (иных здесь не было), налил в него темную, почти не прозрачную жидкость и протянул амбалу. Тот ухватился за стакан обеими ладонями, быстро отпил гигантский глоток, обжегся и поставил емкость на тумбочку. Все это время здоровяк не спускал вопрошающего взгляда с Бруно. Белов начал с опозданием понимать в чем дело, но поверить в свою догадку не мог: это было непостижимо!

211

Тем временем Бруно с выражением крайней степени гадливости на лице, сдернул с гвоздя засаленное полотенце, обхватил им стакан здоровяка и, отставив руку на максимальное от лица расстояние, как если бы его ноша разила страшной вонью, направился в сторону раковины и выплеснул в нее содержимое.

— Ты что собираешься делать?

— Выбросить стакан!

— Отставить!

Бруно повернулся и со снисходительной жалостью посмотрел на Белова:

— Он же «петух» у нас. Вы, что, не поняли? Он — «опущенный». Из этого стакана больше пить нельзя!

— Отставить! — снова рявкнул Белов и почувствовал, как разом заломило в висках и в затылке. — Отдай мне этот дурацкий стакан! — Он обернулся к несчастному амбалу. — Тебя как зовут?

Выяснить, как зовут «опущенного» удалось не вдруг. Казалось, у этого существа и вовсе нет имени. Парень молчал, а Бруно ответа, вроде бы, и не знал. В конце концов, выяснилось, что родители в свое время назвали его Григорием, а кличка, присвоенная в колонии, вовсе непечатная.

— Вот возьми, Гриха, мою кружку. Это подарок, — сказал Саша. — Я уже выпил, а ты сполосни и налей себе заново. И вот что, парни, я вам скажу...

Боль сделалась почти невыносимой, и он замолчал, обхватив виски ладонями.

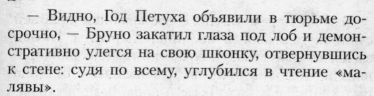

— Видно, Год Петуха объявили в тюрьме досрочно, — Бруно закатил глаза под лоб и демонстративно улегся на свою шконку, отвернувшись к стене: судя по всему, углубился в чтение «малявы».

Белов, разумеется, миллион раз слышал рассказы об «опущенных», и в тюремной иерархии разбирался, как ему казалось, неплохо. Разбирался он и в человеческой природе. И именно поэтому не мог взять в толк, каким образом здоровенный Григорий, кровь с молоком и косая, как говориться, сажень, оказался в самой униженной, самой растоптанной из тюремных каст. «Петухами», по его представлениям, становились люди физически слабые, абсолютно не способные постоять за себя. Но этот Гриха... да он одним своим кулачищем способен уложить рядком с десяток таких малахольных как эти Бруно с Виталиком!

Впрочем, на жизненном пути этого деревенского дурня, очевидно, попадалось зверье пострашнее. И еще. Собственный жизненный опыт не единожды подтверждал Белову известную истину: в штатном расписании небесной канцелярии всегда имеются вакансии палачей и вакансии жертв. Степень физического совершенства играет при зачислении на эти должности, несомненно, важную, но не решающую роль.

Сколько их бывает, крепеньких с виду мальчиков, которых лупят почем зря в детском саду. Потом их бьют во дворе и подставляют в школе, устраивают «темные» в пионерских лагерях.

Эти ребята самим фактом своего присутствия удобряют почву для расцвета «дедовщины» в армии. И открывают шлюзы прежде дремавшим садистским наклонностям в любом ближнем, стоящем хотя бы на полступеньки выше по общественной лестнице. Любой партнер по бизнесу безо всякого предварительного умысла, на каком-то этапе чувствует острую необходимость «кинуть» *такого* партнера. Их бьют даже собственные жены, их предают даже лучшие друзья...

Что это — клеймо жертвы, припечатанное злым роком, или же конструктивный недостаток в строении определенного процента человеческих особей? Ответа на этот вопрос Саша не знал. На душе было скверно.

— Александр Иваныч... Это самое, Саша... — Белов не сразу почувствовал, что Бруно осторожно трясет его за плечо. — Можно я буду звать вас Белов?

В пустом спичечном коробке парень аккуратно приладил крошечную, почти невесомую полоску бумаги и поднес к ней зажженную спичку. По всей вероятности, в огне сейчас исчезла та самая малява, полученная вместе с обедом и содержавшая беловские «правильные рекомендации», только малость запоздавшая.

— Ты, это самое, пойми правильно... — Бруно никак не мог попасть в нужный тон и подобрать подходящие слова. — Нас того... Подставили...

Кто именно подставил обитателей камеры номер 345, Белов выяснять не стал. Хотя по этому поводу у него уже зародились некоторые догадки.

— Ты бы так сразу и сказал. Мол, я Саша Белый, который... — Бруно нервно сглотнул, будто бы подавившись собственными словами. — А это правда?

— Что?

— Что ты... вы... то есть в одиночку замочили гэбэшного стукача и двадцать его охранников? Мне про это еще в колонии кореша рассказывали. А мужика, который был не при делах — отпустили?

— Вранье, — Белова откровенно развеселила эта версия. Никому верить нельзя, что бы не говорили. Ну кто знает, как было на самом деле? — Понимаешь, брат, — сказал он очень серьезно — Это был и не стукач вовсе, а этот, как его, — маршал КГБ. И охрана при нем была в триста рыл! Причем все в бронежилетах и с базуками. И убил я их не сразу: живьем на куски порезал, и родне в посылочках переслал.

— Шутите... — догадался Бруно. — А насчет Грихи вы зря переживаете. Ему у нас — вы же видите! — совсем даже неплохо. Мы с Виталей, хоть и скинхеды, но зато убежденные натуралы!

— Насчет натуралов — верю, сам такой. А с чего вдруг скинхеды?

Дневной свет, и без того представленный в камере по минимуму, начал за окном меркнуть. Одновременно наступило самое сладкое время — поговорить за жизнь и рассказать свою историю.

История двух друзей-недоумков, Виталика и Стасика, получившего благодаря немецкой фамилии Миллер и особым заслугам на ниве неформального молодежного движения, почетную кликуху Бруно, была банальна до тошноты. Стремная пора полового созревания совпала у ребят с периодом поздней перестройки, признанным, по мнению большинства окружающих, эпохой полного бардака и беспредела. Пацанов тянуло к сильным людям, а слово «порядок», вызывающее глубокое отвращение у зашуганного этим самым порядком поколения их родителей, для мальчиков, наоборот, обладало магическим и запретным смыслом. На беду на их пути подвернулась вожделенная «сильная личность». Она явилась в образе тридцатидвухлетнего тренера по самбо, отсидевшего срок «на дурке» за убийство собственной жены.

Тренер, организовавший из подростков зондер-команду, надо отдать ему должное, быстро охладел к этим игрушкам и нашел себе другие. Он возглавил секту сатанистов, а потом и вовсе куда-то исчез. Но дело его не пропало даром. Бывшие подопечные уже «подсели» на привычку носить черные шмотки, брить виски и безнаказанно задирать прохожих, хоть в чем-то отличавшихся от их представлений о чистоте нации. Бруно оказался более ловким и сообразительным, чем его товарищ, и продвинулся в «табели о рангах» до серьезных должностей. Зато у Виталика очень здорово получалось «впадать в транс», валиться на пол и выкрикивать лозунги, поднимая тем самым всеобщий боевой дух.

О том, что замечательное искусство падать и орать на самом деле не искусство, а диагноз, и называется «эпилепсия», друзья узнали уже позже — в исправительно-трудовой колонии, куда попали за массовую драку с нанесением тяжких телесных повреждений гражданину Вьетнама. Вьетамец, получил серьезную черепно-мозговую травму, но, по счастью, остался жив. Благодаря этому обстоятельству к моменту наступления совершеннолетия Виталик и Бруно уже оказались на воле.

Свобода для двух приятелей, правда, длилась недолго. Первый же рейд, в котором они приняли участие, оказался необъяснимо провальным. Скинхеды всегда отличались своей организованностью: на образцово-показательную «зачистку» городского рынка планировалось затратить не более двадцати минут. Но кто-то, вероятно, из своих же, стуканул, и менты проявили ничуть не меньшую оперативность и организованность. Милицейская операция закончилась еще быстрее и не в пример успешнее.

На этот раз в приговорах Виталика и Бруно помимо «нанесения тяжких телесных повреждений» значилось еще и «разжигание национальной розни». Идеологический «довесок» чувствительно повлиял на длительность предстоящего заключения и возмущал Бруно до крайности. Именно разжигание розни осужденные и оспаривали в своих кассационных жалобах, и в настоящий момент в изоляторе ожидали повторного рассмотрения дела.

— А теперь я расскажу тебе, как было дело. Хочешь послушать?

— Вы что — экстрасенс?

— Нет. Просто давно живу. И мне лично понятно, что вас развели как последних лохов.

Бруно напрягся: мол, рассказывать рассказывай, а обзываться-то зачем?

— Сам ты и твои доблестные партайгеноссе сыграли в этой операции почетную роль бакланов.

Бруно подскочил, как ужаленный.

— Да успокойся ты! — Белов махнул на него рукой. — Я же в хорошем смысле сказал.

— В хорошем смысле назвал меня «бакланом»?! — бедный парень не знал, как реагировать на такой базар.

— Ты вообще-то знаешь, кто такой баклан?

— В хорошем смысле? Не знаю!

— Так слушай. Это птица такая, навроде чайки или пеликана, живет возле моря и питается рыбой. Нормальная, в общем, птица, не хуже других. Довольно крупная, оттого и рыбку себе на обед ловит тоже ничего себе.

Бруно угомонился и слушал, Григорий, свесившись с верхней шконки, тоже слушал так внимательно, что даже рот приоткрыл.

— И что же придумали наши с вами предки — рыбаки? Снасти-то у них в ту пору были так себе, из какой-то херни сделанные, вроде костей животных, ненадежные снасти. Вот умные ребята и придумали приручить бакланов. То есть, чтобы птички рыбу ловили и в клюве бы ее

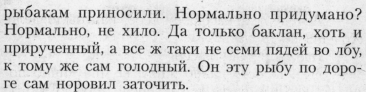

рыбакам приносили. Нормально придумано? Нормально, не хило. Да только баклан, хоть и прирученный, а все ж таки не семи пядей во лбу, к тому же сам голодный. Он эту рыбу по дороге сам норовил заточить.

— В одну харю! — удовлетворенно вставил Бруно.

— Так вот чтобы этого не случалось, рыбаки придумали что? На шею баклану надевали специальное кольцо. Открыть свой клюв (вот как Гриха, например) птица может, и рыбину схватить может, не может только проглотить. Потому как мешает кольцо.

Саша на минуту прервал свой рассказ, давая возможность своему собеседнику обдумать услышанное. Сам он тоже задумался. Собственный поучительный рассказ вывел его на неожиданную аналогию, причем не только с историей этих недоумков, но... и с собственной историей тоже. Ведь и он, выходит, для кого-то таскал рыбку из пруда. Орнитологические выкладки применительно к той трагической ситуации, в которой оказался успешный топ-менеджер Александр Белов, требовали детального обдумывания на досуге.

— Один умный, хотя и не популярный ныне человек, сказал умную вещь: «Политика есть концентрированное выражение экономики»

— В смысле? — Бруно не ожидал столь быстрого перехода от «рассказов о животных» в другую непонятную сферу.

— В том смысле, что за всеми идейными знаменами, в том числе и вашими с Виталей, обязательно стоит кто-то незаметный и больно умный, спец по коммерческой части. Серьезные парни ждут свою рыбу, а вперед, как правило, выпускают идейных психов со знаменами. То есть бакланов.

Потрясенный Бруно молчал. С верхнего яруса свешивалась голова Грихи, в разговоре участия не принимавшего, но не пропускавшего ни единого слова.

— Так что, думай своей головой, Стасик! — подвел итог Белов и вдруг припомнил, что уже когда-то произносил эту фразу — в адрес погибшего друга Пчелы. — Думай своей головой. А про бакланов и других пернатых мы с тобой еще поговорим.

Саша лег на свою шконку, закинув руки за голову. Следствием политико-воспитательной беседы лично для него явилась какая-то особенно неприятная тоскливая усталость. Перед глазами вновь замелькали лица погибших друзей.

В этот момент Белов не знал, что не только о бакланах, но и вообще о чем бы то ни было, с этими ребятами он уже не поговорит. Потому что следующий день и еще несколько дней проведет в карцере. Да и впоследствии его уже никогда не поместят в дружественную 345 камеру.

XX

У доктора Вонсовского выдалась особенно тяжелая неделя, и в тепле его сразу же разморило. Был субботний день. С восьми утра и до полудня они в полном составе трудились в оргкомитете и сами непосредственно участвовали в демонстрации под девизом: «Свободу Александру Белову!» И вот теперь команда ввалилась с мороза прямым ходом в «комнату психологической разгрузки», приняла на грудь по сто граммов «Бальзама Вонсовского» (точнее, специальной его модификации — антистрессовой), и всем вообще расхотелось не то чтобы подводить итоги, а и вообще разговаривать. Тем более что голоса абсолютно у всех были безнадежно сорваны...

К объявленному часу в небольшом сквере напротив здания краевой прокуратуры и прилегающих к нему улицах собралось никак не меньше пяти тысяч народу. После хорошо организованной колонны работников комбината, а также студенчества, которое в любую эпоху традиционно является большей и лучшей составной частью массовых акций за правое дело, следующей в смысле активности и организованности следовало бы по праву признать «фракцию» доктора Вонсовского.

Его постоянный контингент обеспечил стопроцентную явку, а верховодила «фракцией», причем со знанием дела, та самая вдова, которая в узком кругу друзей доктора проходила под именем Не-к-ночи-будь-помянута. Глядя, как статная и фактурная, разрумянившаяся от мороза женщина, взобравшись на перевернутую садовую скамейку, выступает со страстной обличительной речью, Станислав Маркович подумал, что неплохая могла бы выйти диссертация на тему «О влиянии менопаузы на социальную активность». Однако же он был ей от всей души благодарен за поддержку, и даже с удивлением поймал себя на мысли... Впрочем, это не имеет ни малейшего отношения к делу.

Паства Федора Лукина тоже была представлена практически в полном составе, но держалась более интеллигентно и сдержанно. Принарядившиеся по ответственному случаю бомжи несли большой транспарант, красиво выполненный славянской вязью: «Да здравствуют нищие духом!» Замыкал шествие завхоз Шамиль, шедший в сопровождении не только своих четырех детей, но и, что самое удивительное, угрюмой и нелюдимой жены.

Короче говоря, поддержать томящегося за решеткой достойного человека Александра Белова собрались даже те, от кого меньше всего можно было этого ожидать. Ватсон видел, как в стайке скромно одетых женщин мелькнуло бледное лицо Ярославы — Сашиной сестры. Доктору было известно, что Слава уже больше года живет при монастыре под Красносибирском, но монашеский постриг, как будто, до сих пор не приняла, и состоит в послушницах. Подойти к этой странной, погруженной глубоко в себя, девушке он не успел — потерял из виду.

Демонстрация, особенно если учесть, что это было первое столь массовое мероприятие в защиту Белова, прошла на диво организованно. Оргкомитет сделал все возможное, чтобы акция не дала ни малейшего повода для конфликта с

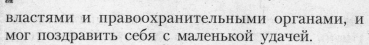

властями и правоохранительными органами, и мог поздравить себя с маленькой удачей.

Степаныч задремал в глубоком кресле. Витек молча курил, поигрывая любимым ножом. А Федя, расположившись на давно облюбованной кушетке, делал то, что еще недавно сам клеймил, как богомерзкое занятие. А именно: листал и комментировал вслух местный «Вестник».

— Лайза интервью дает! Вот голова! Прямо ликбез устроила — все по полочкам раскладывает.

— Голова то голова, — хмуро вставил Витек. — Только на комбинате поговаривают, будто ее визу могут не сегодня-завтра аннулировать. За чрезмерную активность. И придется умнице лететь в свою гуд-бай Америку вместо того, чтобы защищать Саню на суде.

Не успели друзья обсудить возможные неприятные последствия такого поворота событий, как Федор подпрыгнул прямо из положения «лежа» и начал бешено креститься. Небольшая заметка, которая так его потрясла, называлась «В деле журналиста Безверхих рано ставить точку» и содержала действительно невероятную информацию.

Как явствовало из газетного материала, расследование обстоятельств трагической гибели редактора еженедельника «Колокол», имевшей место несколько месяцев назад, было на днях возобновлено. В настоящий момент следствие располагает новыми сведениями, ставящими под сомнение первоначальную версию несчастного случая. Более того, медицинская экспертиза, проведенная уже после эксгумации тела, не отрицает возможности насильственных действий, явившихся настоящей причиной смерти...

— Не хрена же себе! — воскликнул Витек. — Это же какие должны быть серьезные «новые сведения», чтобы бедолагу по зиме из-подо льда выковыривать!

— А вот об этом, мужики, я хотел бы поговорить с вами отдельно. Причем строго конфиденциально, — неожиданно подал голос из своего угла доктор Ватсон. Единственный из всех, он нисколько не был удивлен прочитанным и услышанным. — Федор, боюсь тут потребуется твоя помощь...

И Док поведал друзьям поразительную историю. Работы у него за последние недели сильно прибавилось. Нестабильная ситуация в стране и череда катастроф и нерукотворных катаклизмов, давивших на общественную психику со страниц газет и из радио- и телеэфира, не могли в полной мере объяснить вспышки душевных расстройств, поразившей именно город Красносибирск. Коллеги частного практика доктора Вонсовского, которые работали в государственном секторе медицины, также отмечали резкое увеличение числа обращений за помощью к невропатологам и психиатрам. Причем обращались не только постоянные клиенты, состоящие на учете, но и возникло много новых, одержимых всевозможными маниями и фобиями.

Основным толчком, расшатавшим душевное здоровье горожан, был, разумеется, внезапный арест и содержание под стражей любимца публики Александра Белова, являвшегося руководителем комбината-кормильца. Но проблема не исчерпывалась одним только страхом потерять рабочее место. Неуверенность в завтрашнем дне ощущалась людьми поистине в глобальном масштабе и находила самые разные формы проявления. Оттого и клиническая картина протекания заболеваний была очень разнообразной.

Так, одним из наиболее сложных случаев была история гражданки Песцовой, ныне пенсионерки, а в недавнем прошлом начальника налоговой инспекции. Вызванная в прокуратуру для дачи свидетельских показаний по «делу Белова» семь раз, она ощутила в себе явные симптомы раздвоения личности. Старый и очень опытный работник, Песцова обладала свойством чутко улавливать, какого именно ответа ожидает от нее собеседник. И это замечательное свойство сыграло с ней на допросах злую шутку.

В первый день она предоставила следователю стройную и четкую картину событий двухгодичной давности, тем более, что довольно хорошо помнила результаты проверок финансовой деятельности «Красносибмета». Она чувствовала себя вполне уверенно, зная, что предоставленные ею сведения легко подтвердить многочисленными актами проверок. Вечером того же дня пенсионерка почитала газеты, просмотрела выпуск новостей и аналитическую программу «Доколе?» с Варварой Троегрудовой, то есть, ничего экстраординарного с ней не произошло.

225

XXI

Однако на утро, в ходе следующего допроса она дала показания, диаметрально противоположные вчерашним. На следующий день история повторилась, и свидетель теперь уже опровергла себя вчерашнюю. И так семь раз.

Всерьез испугавшись за свой рассудок, Песцова помчалась на бывшую работу и погрузилась в изучение архивов. Казалось бы, в зачумленном мозгу все должно было встать на свои места. Но болезнь только усугубилась: документы, под которыми стояла ее подпись... точно так же опровергали один другой. У опытного работника возникло подозрение, что часть актов уже задним числом была сфальсифицирована, а ее подпись попросту подделана. Но... какие именно акты проверок были подлинными, а какие сфабрикованными, она разобраться уже не могла. Пережитый стресс, усугубляемый паническим страхом за уголовную ответственность в связи с дачей ложных показаний, привел несчастную в состояние глубочайшей депрессии с элементами бреда.

Это только один случай, а их у доктора Ватсона было множество. Среди пациентов находились мнимые руководители «подставных фирм», созданных «под давлением Белова» и мнимые конкуренты, которым мнимый Белов угрожал фантастической расправой. Были даже мнимые киллеры, нанятые виртуальным Беловым для убийства мнимых конкурентов. После всего услышанного Станислав Маркович Вонсовский стал всерьез опасаться грозящего лично ему профессионального заболевания. Ведь его именитый коллега, величайший ученый-психиатр Бехтерев еще в конце позапрошлого века вовсю оперировал такими понятиями как «психическое заражение» и «психическая инфекция».

Именно по этой причине он с большим недоверием и осторожностью отнесся к новому пациенту, тоже, кстати, пенсионеру, который с порога заявил, что является свидетелем убийства редактора газеты «Колокол» журналиста Безверхих. На осторожный вопрос доктора, почему же «свидетель» не пошел со своими сведениями в прокуратуру, а вместо этого явился к врачу, дедушка вполне аргументированно ответил:

— А я там был! Вернее даже, не в прокуратуре, а в райотделе милиции. Знаете, там раньше штаб «народных дружин» располагался...

В милиции его выслушали очень внимательно, записали услышанное в протокол, и сказали, что обязательно вызовут, возможно, даже не раз, повесткой. Однако вечером того же дня, когда рассказчик возвращался в свою одинокую квартирку вдовца после пары кружек пива, пропущенных с приятелями в «стекляшке», на подходе к дому его ждала встревоженная внучка, живущая с родителями в соседнем доме. Девушка сказала, что деда искали какие-то люди, несколько раз звонили в квартиру ее родителей, сообщили что «дедушка серьезно болен и нуждается в срочной госпитализации», оставили номер телефона и просили перезвонить, как только он появится. И действительно, возле его подъезда дежурила специализированная машина «Скорой помощи»

Пожилой человек не на шутку перепугался, домой не пошел, а ночь провел у родственников, которые не знали, что им и думать. А наутро рванул в частную клинику «Гармония», поскольку официальной медицины теперь побаивался. Между тем, узнать наверняка, здоров ли он или действительно болен, уж очень хотелось.

— В семье дочери он больше оставаться не хочет. Справедливо опасается, что его достанут и там, — завершил свой рассказ Станислав Маркович. — Так что, Федор, похоже, в твоей дружной семье странников будет пополнение. Сможешь спрятать человека? А я тем временем во всей этой истории как следует покопаюсь.

— Да не вопрос! — пожал плечами Федя. — Мне как раз человек нужен в бойлерную, за котлом глядеть. Оденем в гуманитарку с французского плеча. В розовом комбинезоне, навроде телепузика, его родная дочка не узнает.

— Слушай, Док, — вмешался в разговор Виктор Злобин. — А ты абсолютно уверен, что твой дедок все-таки не псих? Ты его, это самое, тестировал?

Ватсон ледяным взглядом смерил наглеца, посмевшего усомниться в его профессиональной компетентности:

— Как псих ты дашь ему сто очков вперед. Мой клиент, между прочим, в разведроте до Берлина дошел, находясь в самом нежном возрасте. И рассудок сохранил, дай бог каждому.

— Когда и где его забирать? — поинтересовался Федор. — Он сюда придет?

— Нет, — покачал головой Ватсон и взглянул на часы. — В шестнадцать тридцать в кинотеатре «Сибирь» заканчивается очередной сеанс. Там его и подхватим. Наш конспиратор с утра не вылезает из кинозала.

— Надеюсь, там сегодня не «Эммануэль» крутят, — подал голос Степаныч, который за время разговора успел выспаться и выглядел свежим и бодрым.

— Нет, — сказал Ватсон. — Там неделя советского кино.

Закрыв одну тему, друзья перешли к следующей, которую необходимо было обговорить сообща. Свидания с Беловым были по-прежнему невозможны. Однако кое-какая информация, вселяющая уверенность в том, что с Саней там все в порядке, поступила.

На днях на предпринимателя Арсения Степановича Власова вышли представители администрации «Вороньего гнезда» с предложением смонтировать на базе СИЗО канадскую мини-пекарню. Разумеется, за счет именитого узника. В подтверждение согласованности действий они передали письмо от Саши. В письме не содержалось и сотой доли того, о чем друзья хотели бы разузнать. Оно и понятно: цензура. Но почерк был действительно беловский, тон записки — бодрый, а главное, Саша дей-

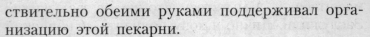

ствительно обеими руками поддерживал организацию этой пекарни.

— Классно! — восхитился Витек. — Слышь, Степаныч, а мачете в батон не слабо запечь? А че вы ржете, сам лично в кино видел...

— Мачете лучше прятать в рогалике. А в батон запечь базуку, — хихикнул Федор. — И плюшки с тротилом поставить на поток! Горяченькими расхватают.

— Номер не пройдет, — серьезно сказал Степаныч. — Себестоимость такой выпечки будет слишком высокая. А не то — лично для себя бы выпустил бы пробную парию булочек с лимонками. Государственный рэкет — во как достал!

Друзьям было известно, что на бизнес Степаныча наехали по полной программе. Не зря говорят, что беда в одиночку не ходит. Причем, было бы полбеды, если бы наехали бандиты — в этом случае хотя бы известно было, как себя вести, и опыт имелся. Но самая подлянка заключалась в том, что крепенький, аккуратный бизнес хлебопека приглянулся... начальнику отдела общественного питания из районной администрации.

Логика, которой следовал этот парень с симпатичной внешностью Тимура-и-его-команды, была обезоруживающе простой.

— Смотрите, что получается. Им там в Москве отобрать у акционеров алюминиевый комбинат — как два пальца об асфальт, — глядя в глаза Степанычу пронзительно-прозрачными голубыми глазами, рассуждал чиновник районного

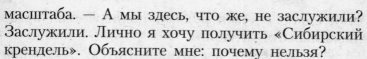

масштаба. — А мы здесь, что же, не заслужили? Заслужили. Лично я хочу получить «Сибирский крендель». Объясните мне: почему нельзя?

— Нельзя, — набычился Степаныч. — Потому что «Сибирский крендель» — мой.

— Нет, ну давайте же рассуждать логически. Им там в Москве можно...

Простенький силлогизм из начального курса формальной логики совершенно сбил с толку старого человека. Устав от неразрешимой дилеммы «можно — нельзя», он схватил шапку и выбежал из кабинета. На другой день Степаныч всласть пообщался с представителями санэпидемстанции, что сделало его беднее на кругленькую сумму. Следующим на повестке был пожарный надзор. А очередное получение специальной лицензии и вовсе выглядело стоящим под большим, жирным вопросом.

В свете этих событий «сотрудничество с органами», хотя бы и с тюремными, вселяло в Степаныча некоторый оптимизм. Он взялся за возведение «пекарни для зэков» с большим энтузиазмом, и планировал завершить работы до конца месяца. К тому же, друзей немного согревала мысль, что нормальный хлебушек достанется и Саше Белову тоже.

В знак солидарности со Степанычем, каждый из друзей пожаловался на собственные проблемы. У всех создавалось впечатление какой-то самонаводящейся системы уничтожения. Для начала достаточно завалить таких штучных зубров, как Белов. После этого и зеленой ракеты никому не потребуется. На местах каждый сам сообразит, как оттяпать в свою пользу... ну, хотя бы ларек, что ли.

Проблемы у всех, за исключением Ватсона, были аналогичными: налоговые проверки свирепствовали как на огромном «Красносибмете», так и в маленькой ночлежке. Притязания алчных мытарей были непомерны и слабо аргументированны.

— Все беды от невежества, — веско подвел итог Федор Лукин. — Не знают люди своей истории. Взять вот хотя бы князя Игоря. Тот тоже собрал с древлян подоходный налог. Потом показалось мало. «Вернусь, похожу еще!», — говорит. Платите, то есть, по второму разу.

— А те что? — заинтересовался Витек, который историю помнил неважно.

— Сам догадайся! Короче, к двум березкам привязали и отпустили. Получились две половинки одного князя. Или французский король Филипп Красивый — взял и грабанул под флагом борьбы с ересью банкиров Европы, тамплиеров. Полная аналогия с «Красносибметом».

Единственным собственником, на добро которого до сих пор не замахнулась рука чиновника, оставался доктор Вонсовский. Возможно, это объяснялось наличием в кругу его постоянных пациентов весьма и весьма влиятельных особ, которые лечить людей сами не умели, причем отдавали себе в этом отчет, поэтому отбирать клинику у доктора не взялись. Но зато ими двигала естественная забота о собственном здоровье.

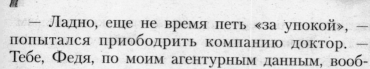

— Ладно, еще не время петь «за упокой», — попытался приободрить компанию доктор. — Тебе, Федя, по моим агентурным данным, вообще со дня на день килограммчик золотишка «анонимный благодетель» подгонит.

— Опять Кабан жертвует? — оживился Витек. — А в каком смысле «золотишка»?

— В смысле цепей. Цепей и цепочек, с крестиками и без. А если с крестиками, то с «гимнастами» и без «гимнастов»

— Не богохульствуй! — застонал Федор, с опаской оглядываясь на Степаныча. — Господи! Как же я бижутерию на баланс поставлю?

— А ты своим бомжам за так раздай, — подначивал его Витек. — То-то принарядятся к святому празднику Пасхе!

— Хорош зубы скалить. Пора идти разведчика выручать, — напомнил друзьям рассудительный Степаныч.

Компания с неохотой покинула нагретые кушетки и кресла и отправилась к кинотеатру «Сибирь», где в это время нечаянный свидетель дерзкого убийства в четвертый по четвертому разу смотрел хороший фильм «Сердце Бонивура».

XXII

Когда Белов узнал о предстоящем переводе в карцер, он рассмеялся, чем вызвал полнейшую растерянность контролера, об этом сообщившего. Вернее, последней, потому что на этот раз в роли контролера была девушка. Симпатичная!

— Вам смешно? — спросила она. — Почему?

— О, это длинная история, — Саша обворожительно улыбнулся, чем еще более смутил своего конвоира.

В действительности он и сам не знал, почему засмеялся. Просто уже не в первый раз примерил на себя образ баклана, который давеча так удачно использовал, уча своих молодых сокамерников уму-разуму. Вот тебе самому урок, учитель хренов: никогда не давай волю чувству собственного превосходства над другими людьми. В противном случае рискуешь пропустить удар.

Девушку контролера звали, почти как певицу, — Анюта Цой. Белову рассказал о ней новый приятель Бруно. Парни не могли дождаться, когда Анюта заступит на очередное дежурство, чтобы поприкалываться, двинуть в ее адрес парочку незамысловатых комплиментов и тем самым хотя бы отчасти разрядить одолевшее их напряжение на сексуальной почве. Их расистские взгляды на это время куда-то испарялись и нисколько не мешали испытывать по отношению к молоденькой кореянке самую пылкую влюбленность.

Анюта и вправду была симпатичной. И ей был очень к лицу брутальный костюмчик из камуфляжной ткани: ремень подчеркивал тонкую талию, а просторный покрой брюк, заправленных в микроскопические форменные ботинки, так удачно драпировал ножки, что делал их почти прямыми.

— Только после вас, — пошутил Белов, задержавшись на пороге изолятора.

Девушка опять с грустной улыбкой покачала головой.

— Да, чуть не забыл. А вы не знаете, за что меня наказали?

— Так на вас вчера дежурный контролер рапорт написал! Драка, издевательства над соседями по камере, оскорбления в адрес сотрудника изолятора... А что, разве этого не было?

— Да не переживайте вы, Анюта! — вместо ответа сказал Белов. — Улыбка вам больше к лицу. — И, не оглядываясь, шагнул в душный бокс.

Нехорошо так поступать, дядя Костя, интриган ты наш тюремный. Все-таки интересно, что может толкнуть обычного, нормального человека на подобную подлость? Классовая ненависть образцово-показательного неудачника? Желание выслужиться и получить для себя что-нибудь сверхценное вроде того же жилищного сертификата? Или... или это был специальный заказ? Белов все больше склонялся к мысли, что его нарочно прессуют.

Также вполне вероятно — Саша не исключал и такой возможности — что наябедничали на него его вчерашние сокамерники, Виталя и Бруно. С чего это он так уверился в их лояльности? Сначала, как говорится, повозил мордами об стол, а потом, видите ли, ждет понимания и солидарности. А может быть, насчет драки успел стукануть и вовсе этот несчастный Гриха... Как знать, что там происходит в душе человека, из которой насильственно и дочиста изъяли самоуважение и достоинство? Чем заполняется освободившееся место?

На память почему-то снова явился Игорь Леонидович Введенский и его слова: «У вас врагов больше, чем вы думаете». Кстати, эта фраза, сказанная единственный раз, была как бы лейтмотивом их многолетних отношений. В строгом смысле дружбой отношения этих диаметрально непохожих людей назвать было нельзя. Хотя бы уже потому, что в качестве официального знакомства... был шантаж и почти насильственная вербовка. Однако столь экстремально начавшееся партнерство, как ни странно, не смогло помешать развитию обоюдного уважения и даже личной симпатии. Тем более, что каждый из них за долгие годы общения уже не по одному разу был обязан другому жизнью.

Интересно, как отреагировал генерал ФСБ, когда на его рабочий стол легла оперативная сводка об аресте Александра Белова?

Саша припомнил их последнюю встречу. Они виделись в Москве, около трех месяцев назад, когда Белов по личному приглашению президента приехал для беседы главы государства с предпринимателями Сибири.

Торжественный прием в Кремле оставил тогда в душе Александра двойственное ощущение. Смесь непринужденности и жесткого протокола, всеобщего горячего радушия и тоже всеобщей ледяной настороженности. Батин, как и всегда на публике, много шутил, держался просто и демократично. Каждый из приглашенных удостоился хоть и коротенькой, но отдельной беседы. Меткие и афористично краткие замечания первого лица давали понять, насколько компетентен человек, их произносящий. И вот эта детальная компетентность в сочетании с цепким взглядом глубоко посаженных глаз тихо, но внятно, предупреждали: «Большой Брат все видит!»

Как бы то ни было, Александр Белов в тот день чувствовал себя на гребне успеха. Обращаясь лично к нему, Батин был особенно дружелюбен и даже ласков. А журналистка Троегрудова, присутствовавшая на приеме в числе элитных представителей прессы, записала в своем блокноте несколько цитат: «алюминиевый гений», «локомотив отечественной промышленности», «манометр» (зачеркнуто), «тонометр?» И фразу: «Побольше патриотизма!».

Саша покидал Кремль в прекрасном настроении. Помимо чести быть удостоенным высочайшего одобрения, что само по себе неплохо, он между делом завел несколько полезных контактов, из которых могли получиться неплохие темы.

До намеченных на сегодня деловых встреч оставалось еще пара часов, и Белов уже совсем собирался позвонить Шмидту. С Димой они мельком виделись накануне. Особого энтузиазма перспектива этого общения в Саше не вызыва-

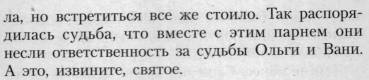

ла, но встретиться все же стоило. Так распорядилась судьба, что вместе с этим парнем они несли ответственность за судьбы Ольги и Вани. А это, извините, святое.

— Александр Николаевич! — вдруг услышал он позади знакомый голос.

Так было всегда: Введенский негромко окликал Сашу, появившись будто бы из ниоткуда. Только раньше это было в неприметных московских переулках возле таких же неприметных автомобилей с ни о чем не говорящими номерами. А сегодня случайная (или по-прежнему не случайная?) встреча произошла, можно сказать, на главной площади страны. И автомобиль, из которого выходил Игорь Леонидович вполне соответствовал занимаемой им высокой должности.

Оба почувствовали, что обрадовались друг другу.

— Надолго в столице? — поинтересовался Введенский, крепко пожимая Саше руку. — Кофе пьете?

Это был недвусмысленный сигнал: есть разговор. И отказываться от этого разговора в пользу встречи со Шмидтом Александр не счел нужным, да и не захотел.

Сегодня между давними партнерами уже не существовало унизительной зависимости. Они были на равных, солидные, уважаемые люди: заместитель начальника ФСБ и генеральный директор крупнейшего металлургического комбината. И потому изображать из себя случайных прохожих или беседовать на конспиративной квартире не было ни малейшей нужды, а можно было спокойно пойти в многолюдный ресторан, пообедать и поговорить.

Тем не менее, Саше все время хотелось пошутить: «Столики в «Славянском базаре» не прослушиваются?» Наверное, причиной этих ассоциаций был подчеркнуто нейтральный «разговор ни о чем», заданный Введенским. Генерал поздравил Сашу с успехом, поинтересовался делами на комбинате, затронул другие, общие темы, которые затрагивают старые знакомые, когда у них нет тем поважнее. На вопрос о семье, Саша отшутился, сказав, что «еще пока уже не женат». Так, обмениваясь репликами едва ли не о погоде, они провели весь обед и приступили к кофе. Саша подумал, что уже не дождется никакого козыря, наличие которого можно было бы предположить в рукаве такого человека как Введенский.

Зная, что водителя Белов отпустил, Игорь Леонидович предложил подвезти его.

— Вы где остановились? В гостинице «Россия»?

Саша вежливо отказался, сообщив, что с удовольствием прогуляется по родному городу, где бывать приходится до обидного редко. К тому же ему совсем не далеко: намечена встреча в редакции газеты «Аргументы и факты», где интервью у Белова намерен взять лично главный редактор. А потом еще на телевидении предстоит участие в записи популярного ток-шоу.

— Сладкое бремя славы? — усмехнулся Введенский, и в его тоне Саше почудились то ли осуждение, то ли печаль. — Желание поделиться опытом?

— А мне нынче скрывать нечего. Я чист и прозрачен, как таежное озеро, — весело парировал Александр. — Ну, и если сумею сказать что-нибудь полезное людям, то отчего не сказать?

— А в политике не собираетесь попробовать себя на новом, так сказать, жизненном этапе?

— От политики у меня до сих пор тошнота осталась. Как от несвежей рыбы, — сказал Белов. — Но вы правы: на комбинате мне уже тесновато. Идей и планов громадье! Хочется большего простора. В последнее время мне все чаще предлагают баллотироваться на пост краевого губернатора. А это, пожалуй, было бы интересно. Ресурсов навалом. Народ ко мне относится нормально. Можно и похозяйствовать. Тем более что Москва далеко...

— Москва отовсюду близко, — серьезно сказал Введенский.

— Опять же, и это не проблема. У меня, Игорь Леонидович, «крыша» надежная. Знаете, с кем, вернее, с чем, сегодня сравнил вашего слугу президент страны? Ни за что не догадаетесь. С манометром! На который вся страна поглядывает и определяет давление пара в котле.

— Лично меня подобная характеристика насторожила бы, — усмехнулся генерал. — Как только стрелка переползает красную черту, подачу топлива в котел перекрыть минутное дело.

Белов заскучал. Неужели это и есть туз в рукаве? В роли мудрого отца-советчика Введенский ему не интересен. Прямо авгур-прорицатель какой-то. Теряет хватку, что ли? В условиях кабинетной-то работы...

— То, что я скажу вам, считайте дружеским советом, — словно в подтверждение его мыслей заговорил Введенский. — Но отнестись к сказанному попрошу серьезно...

XXIII

Обитатель карцера не мог придумать, чем занять себя. Прогулки наказанным не полагались. Рюкзак с личными вещами, включающими черновики собственных показаний для предстоящих допросов и пару книг из тюремной библиотеки, остался в камере. В карцере не было даже окна, глядя в которое можно было бы следить за тем, как меняются краски неба. Только тусклая лампочка, как не знающий сна глаз Большого Брата, не гаснет ни днем, ни ночью. Остается только думать. Его голову — его личный компьютер — отобрать никто не может. Разве что совсем отрубив, на хрен. Но голова, как будто пока еще на плечах...

Саша почувствовал раздражение, оттого что не мог вспомнить, в каких именно фразах сформулировал тогда Введенский свои советы. Уж эти чертовы бойцы невидимого фронта! Словечка в простоте не скажут — все намеками, иносказаниями, все с двойным-тройным подтекстом. Осталось только общее ощущение от услышанного, как от ненужных и скучных сентенций, которые считает своим долгом поведать юному другу добросовестный воспитатель. И не ведает при этом, что от его сентенций разит нафталином, а его подопечный давно и сам знает, как правильно жить.

Припомнилось, что Введенский настоятельно советовал ему «быть скромнее» и при этом «делиться поразмашистее», а главное, «по возможности не лезть в большую политику». Да, еще, перед тем как расстаться, генерал совсем добил Белова последним неожиданным советом:

— И хорошо бы упорядочить свою личную жизнь. Служба тыла должна работать безупречно.

Интересно все же, какую именно «личную жизнь» имел в виду этот осведомленный до зубов человек? Маловероятно, чтобы Введенский опустился до слухов и взялся бы порицать Сашину связь с женой Удодова. Роман был скоротечный, завязанный на Кипре от скуки, и никаких последствий, вроде бы, не имел.

Скорее всего, то был намек на Ольгу Белову, которая все чаще засвечивалась на разного рода тусовках и пристрастилась давать интервью. Ольгу Саша сто лет не видел, они не общались. С тех пор, как Ивана поместили в частную школу в Англии, Белов напрямую общался с сыном через Интернет, а один раз они даже и повидались — в Лондоне. Примерно пару раз в месяц отец и сын

обменивались коротенькими юморными посланиями, эта игра нравилась обоим, свидетельствовала о душевной близости и успокаивала Александра в том смысле, что «пацан растет правильный». Таким образом, необходимость в тягостных
для них обоих контактах с Ольгой отпала.

В своих интервью Ольга болтала, на Сашин
взгляд, много лишнего. Но он старался не осуждать
бывшую жену, поскольку продолжал чувствовать
свою личную вину за кривизну ее линии жизни.
Однажды в горькую, но спокойную минуту, бывшая
жена сказала, что, полюбив его, «села не в свой вагон». И уехала не в ту степь, и не может теперь
найти дорогу назад. Движимая этим стремлением —
найти дорогу назад, к тому пункту, откуда начался
ошибочный отрезок пути, она забросила бизнес,
полностью оставив его на Шмидта.

Однако отчаянная попытка «вернуться в мир
музыки», похоже, тоже провалилась. То ли полученные предложения не соответствовали ее ам-
бициям, то ли ростки таланта без должной под-
питки успели зачахнуть, точной причины Белов
не знал. До него доходили слухи, что богатая
экс-супруга много путешествует, постоянно от-
крывает и тут же забрасывает какие-то фонды, а
главное, слишком много пьет. И слишком много дает интервью, благо желающих поживиться
пикантной подробностью «из личной жизни олигарха» более чем достаточно.

Однажды Саша и сам видел кусок довольно
гаденькой передачи под названием «Банный
день», в которой откровенно пьяная Ольга в

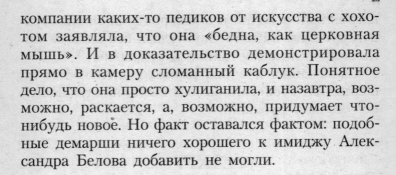

компании каких-то педиков от искусства с хохотом заявляла, что она «бедна, как церковная мышь». И в доказательство демонстрировала прямо в камеру сломанный каблук. Понятное дело, что она просто хулиганила, и назавтра, возможно, раскается, а, возможно, придумает что-нибудь новое. Но факт оставался фактом: подобные демарши ничего хорошего к имиджу Александра Белова добавить не могли.

Саша прислушался, ему почудился какой-то шорох и уже не в первый раз посетила мысль о том, что за ним наблюдают. Сидящий в камере, даже в одиночной, никогда не может быть уверенным на сто процентов, что, допустим, чешет пятку он действительно в полном в одиночестве. Еще через несколько секунд дверца кормушки (с минимальным скрипом) растворилась, и на пол камеры с тихим шуршанием съехала пачка газет.

Вот это сюрприз! Уж не добрейшая ли это Анюта Цой сделала царский подарок симпатичному узнику карцера? Саня мигом подхватил невиданную в его положении роскошь и с максимально возможным комфортом расположился вместе с газетами на спальном возвышении.

Наблюдатель, если допустить, что он был и располагался по другую сторону двери, мог бы заметить, как через минуту оживленное любопытство на лице Белова сменилось печалью, затем лицо исказила гримаса отвращения, сменившаяся в свою очередь гримасой бешенства. Заключенный вскочил и с невероятной силой стукнул кулаком в стену. Звук удара без остатка поглотило толстое бетонное перекрытие.

Саша снова и снова размахивался и бил по шершавой стене, не замечая крови, стекающей под манжет рубашки.

XXIV

Виктор Петрович Зорин был абсолютно, стопроцентно счастлив. Как может быть счастлив мужчина, получивший несколько веских аргументов, подтверждающих всесторонне, что он — настоящий мужчина.

Сегодня утром он встретил в аэропорту жену и впервые привел в новенький, недавно отстроенный коттедж в элитном поселке под Красносибирском. Лариса Генриховна изыскала возможность оставить свой интернат на период весенних каникул и навестить мужа.

Нежась в кровати и поглядывая сквозь полуоткрытую дверь на кухню, где супруга, в перетянутом на тонкой талии легком халатике на голое тело, готовила кофе, он был преисполнен самых нежных чувств. Его Лариса — это несомненная находка, лучший подарок, какой могла сделать судьба такому человеку как он. Чуткая умница, она относилась к тому редкому типу женщин, которые после акта любви никогда не задают сакраментального вопроса: «О чем ты сейчас думаешь, дорогой?»

Впрочем, к Виктору Петровичу уже вернулась способность мыслить. И мысли его были о другой женщине — о Лайзе Донахью, хотя и не в том разрезе, какой мог бы обидеть жену. Он думал о вчерашней деловой встрече с американкой. Свидание состоялось, как и в прошлый раз, в ресторане «Сибирские пельмени». Однако, в отличие от прошлого, на этот раз инициатива встретиться принадлежала международному консультанту.

Этой высокомерной ученой дамочке потребовалось две недели на обдумывание сделанного Зориным предложения. И решение, судя по всему, далось ей нелегко. Лайза Донахью отказалась от обеда и даже не притронулась к заказанному кофе, а только курила одну за другой и зверски давила в пепельнице тонюсенькие дамские сигары.

— Вы принесли документ? — спросил ее Зорин, чувствуя, что деморализованная дамочка не в силах начать разговор.

— Да, — ответила Лайза Донахью и протянула через стол тонкую пластиковую папку. — А вы — страшный человек, господин Зорин.

Ровно две недели назад он предложил госпоже Донахью простенькую сделку. У нее в связи с истечением срока контракта в России истекал и срок рабочей визы. Вопрос, продлят ли ей срок пребывания или не продлят, вполне мог зависеть от представителя президента. В обмен на свое, если можно так сказать, покровительство Зорин выразил желание получить один документ.

Виктору Петровичу было известно, что существует некий абсолютно незаконный договор, который два года назад позволил Белову выкрутиться из, казалось бы, безнадежной ситуации. Комбинат «Красносибмет» должен был вот-вот остановиться из-за отсутствия сырья и отсутствия денег на покупку сырья. Но не только не остановился, а и продолжал плавить себе алюминий, будто бы из воздуха. Старые партнеры комбината, поставщики глинозема, из-за огромных долгов «Красносибмета» к тому времени поставки прекратили. А вот откуда взялась та судьбоносная партия сырья, не позволившая комбинату загнуться, чиновнику Зорину разузнать не удавалось.

А узнать уж очень хотелось. Наверняка имела место некая кривая сделка и наверняка остался хотя бы один документ, ее подтверждающий. И помочь ему в этом должна была эта хитрющая американская штучка, Лиза-Лиса: она знает гораздо больше, чем кажется. Договариваясь с госпожой Донахью, Виктор Петрович еще и сам окончательно не решил, как станет использовать компрометирующий Белова документ. Пути было два. Либо принести компромат в клювике своему думскому партнеру и помочь тем самым завалить Белова. Либо поиграть с документом самому и при случае выкрутить Белову руки.

Виктор Павлович внимательно посмотрел на свою собеседницу. У него сложилось впечатление, что Лайза накануне плакала: нос и подбородок совсем заострились, под глазами лежали синеватые тени. Зорин тоскливо подумал, насколько не правы те, кто находит удовольствие

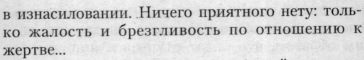

в изнасиловании. Ничего приятного нету: только жалость и брезгливость по отношению к жертве...

Он мельком взглянул на протянутый документ.

— Да тут по-английски! — удивился он.

— А вам-то какая разница! — фыркнула поверженная гордячка и раздавила в пепельнице очередную сигарку.

Зорин испытал некоторое замешательство. Во-первых, ему до ужаса не хотелось при молодой женщине доставать и напяливать на нос очки для близи. Во-вторых, очки, даже надетые, мало бы что изменили: Виктор Петрович не знал английского. Это был стыдный момент, особенно если учесть, сколько времени ему доводилось и доводится бывать за границей. В анкетах он писал «читаю со словарем», да и эта формулировка была по сути натяжкой.

Ладно, дело не горит, подумал он, пряча вожделенный документ в портфель. В том, что Лайза не может подсунуть ему какую-нибудь туфту, он не сомневался. Куда ей деваться-то, родимой? Ведь хочется, ах как хочется быть рядом с любимым в трудный момент, и последовать за ним, подобно жене декабриста... куда? Они ведь и так в Сибири, дальше ехать некуда.

— Опять думаем о работе! — шепнула ему в ухо Лариса Генриховна и нежно куснула за мочку.

Она принесла и поставила на кровать изысканно сервированный столик-поднос с двумя ароматными чашечками и любимым московским печеньем. Сама же примостилась на краешке таким образом, что халат открывал аппетитные бедро и колено.

— Ты права, любимая. И мне нужна твоя помощь. Там, у меня в портфеле один документ на английском языке. А я, сама понимаешь...

Умница Лариса, словно птичка, вспорхнула, отыскала нужные бумаги и вновь притулилась к мужу, переводя на русский содержание интересующего его документа.

— Постоянно действующая комиссия по правам человека... — бормотала она. — ...Пригашает в качестве эксперта госпожу Донахью... Поручено подготовить доклад...

— Что за бред! — подскочил в кровати Виктор Петрович. — Причем здесь ПАСЕ! Там должен быть договор или некая расписка... Но уж никак не с Евросоюзом.

— Да нет же, уверяю тебя. Тут еще ксерокопия какого-то паспорта с открытой визой... Тебе нехорошо? Сердце?

Взбешенный Зорин схватился за мобильник и дрожащими пальцами принялся набирать номер МИДа, где по поводу этой самой Донахью уже успел «выставить сторожевичок». В ответ на его лишенные приветствия отрывочные претензии из трубки загудел густой знакомый бас:

— Видишь ли, Петрович... Да уважаем мы тебя, как не уважать. Но пойми: эта твоя Донахью включена экспертом в комиссию Евросоюза.

— Да она шпионка! — вскрикнул Виктор Петрович, неожиданно переходя на фальцет.

— А вот на этот счет, Петрович, скинь-ка мне бумагу от ФСБ. Мы на них, если что, и стрелки переведем. А в противном случае, сам понимаешь, необоснованный отказ — международный скандал...

Зорин в гневе закинул трубку за спинку кровати.

— И что же Мата Хари? — осторожно попыталась пошутить Лариса Генриховна. — Она хорошенькая?

— Заткнись немедленно! — заорал на жену Виктор Петрович. — Как можно быть такой... такой бестактной!

Он с ненавистью смерил взглядом ни в чем не повинную женщину и впервые заметил на ее обнаженной голени синюю веточку варикоза.

— И вообще оденься по-нормальному! Не девочка уже. Смотреть неприятно.

XXV

В это самое время тетушка Белова, Екатерина Николаевна, тоже пребывала в расстроенных чувствах и даже, можно сказать, в бешенстве.

— Не понимаю, зачем было назначать свидание именно на этот день, если у них, видите ли, «плановые занятия с личным составом»! — возмущалась она, усаживаясь в машину на пассажирское место рядом с сидящим за рулем Виктором Злобиным.

В этот день Кате не повезло особенно. Следователь прокуратуры после бесчисленных требований и жалоб с ее стороны во все инстанции разрешил ей как ближайшей родственнице встретиться с Сашей. Но долгожданное свидание сорвалось теперь уже по вине сотрудников СИЗО. В качестве причины были названы «плановые занятия с личным составом». Мало того, у посетительницы сегодня, по тем же самым причинам, не приняли передачу.

— Черт знает, что происходит! Всю душу вынули! Куда мне теперь все это девать?

Катя в отчаянии посмотрела на объемистый пакет, в который утром аккуратно увязала несколько пар носков, теплый спортивный костюм, сигареты и продукты из перечня разрешенных. А главное, из пакета источали восхитительный аромат пирожки, на приготовление которых и без того умотанная до крайности хозяйка убила полночи.

— Мама! — пискнул с заднего сидения разбуженный ее неосторожными возгласами Алеша.

Мальчика приходилось всюду таскать с собой, что, разумеется, не полезно для малыша. Но что поделать, если, кроме Екатерины Андреевны за ним глядеть некому, а у нее прорва дел. Катя участвовала во всех митингах и демонстрациях в защиту Белова, с жалобами и прошениями обивала пороги казенных учреждений, встречалась с правозащитниками.

— Правильно: мама. Устами младенца, как говорится... — пробормотала Катя и с мольбой посмотрела на Витька. — Виктор, коль уж так неудачно вышло со свиданием, свози нас, пожалуйста, к Ярке. Ей ведь тоже хреново. Пусть хоть с сыночком повидается. Да и съест эти пирожки!

— Какие проблемы! Смотаемся, конечно, — ответил безотказный Витек, выруливая со стоянки и прокладывая курс на выезд из города.

Сама Катя зимой за руль садиться побаивалась, а с малышом и тем более. Приходилось в случае крайней надобности, вот как сегодня, просить Витька.

До монастыря, в котором нашло утешение мятущееся сердце Ярославы, было от города чуть больше пятидесяти километров. Прямая, как струна, дорога была расчищена грейдером в глубоком снегу. Оттого автомобиль ехал словно по коридору, вырубленному в рост человека и ведущему в неведомую сверкающую даль, возможно, что и в царство Снежной королевы. День был яркий, солнечный и очень морозный. Мальчик, закутанный в шубу и пристегнутый к заднему сидению системой ремней, покряхтел и снова заснул.

— Отчего ты не наймешь Лехе няньку? — поинтересовался Витек. — Взгляни на себя — куда былая стать подевалась! Скоро станешь худая, как Лайза Донахью.

Катя промолчала. Витек был не первым, кто советовал ей обзавестись помощницей. Знакомые

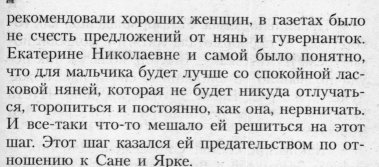

рекомендовали хороших женщин, в газетах было не счесть предложений от нянь и гувернанток. Екатерине Николаевне и самой было понятно, что для мальчика будет лучше со спокойной ласковой няней, которая не будет никуда отлучаться, торопиться и постоянно, как она, нервничать. И все-таки что-то мешало ей решиться на этот шаг. Этот шаг казался ей предательством по отношению к Сане и Ярке.

— Вот ведь небожители, ешкин кот! — внезапно воскликнул Злобин и в последний момент затолкал назад готовые сорваться с губ ругательства покрепче. — На духовность говнюков пробило!

Оказалось, что сзади шла на обгон вереница начальственных автомобилей с мигалками. И, чтобы предотвратить неизбежное массовое столкновение со встречным КамАЗом, Виктору пришлось ударить по тормозам и, за отсутствием обочины как таковой, буквально вплотную прижаться к снежной стенке.

Вынужденные посещения монастыря всякий раз приводили Катю в удрученное состояние. Ярослава вместе с другими женщинами, еще не решившимися или не заслужившими монашеского пострига, жила в ужасающих условиях. В длинном дощатом бараке на окраине прилегающей к монастырю деревни, щели светились, казалось, аж на улицу. Ни о каких, даже минимальных удобствах, речи не было. А в числе обитателей «гостиницы» были не только послушницы, но и грязные, покрытые струпьями бомжихи, и женщины, приехавшие со своими проблемами и болезнями невесть откуда.

По поводу тяжелой и грязной работы, непосредственно связанной с укрощением духа и плоти, Катя все понимала. Но будучи натурой деятельной и живой, она не могла взять в толк: если у тебя дома, можно сказать, под боком, муторной работы и страданий хоть завались, то зачем искать тяготы и лишения где-то на стороне?

Когда они подъехали, «членовоз» с мигалкой на крыше и триколором на номерном знаке, уже был на месте, здесь же стояли машины свиты и охраны. Дородные дядьки в меховых шапках и солидном прикиде беседовали с послушницами. В числе начальственных мужчин Виктор узнал представителя президента — Зорина. Среди женщин была и Ярослава, причем беглого взгляда было достаточно, чтобы понять: беседой девушка тяготится. Покончив с необходимыми формальностями вроде общения с контингентом и осмотра подсобного хозяйства, высокие гости в сопровождении матушки-настоятельницы едва ли не вприпрыжку двинулись в трапезную.

В семейной встрече Витек из деликатности участвовать не стал, закурил и пошел прогуляться окрест. Катя тоже собиралась быстренько отчитаться о Сашиных невеселых делах, передать мамочке малыша и гостинцы, а потом присоединиться к Виктору. Если все будет так, как бывало в прошлые разы, то Ярослава будет молчать и томиться, Кате придется болтать без умолку и тоже томиться. Лучше уж оставить на какое-то время Алешу с Яркой наедине, а то пацан и так до сих пор не определился, в чем разница между «мамой» и «тетей».

Однако же на этот раз, Ярослава сама попросила Катю не уходить:

— Я тебя познакомлю с одной замечательной женщиной. Она беженка из Нагорного Карабаха. В общем, ужасная история. Знакомых в Красносибирске никого, и здесь ей тоже не место...

Ого, подумала Катя, у Ярославы появились подруги — это хороший знак. Майя — так звали новую знакомую Сашиной сестры — как и все остальные женщины, была одета в ватник, низко повязанный платок и уродливую длинную юбку. Но, несмотря на этот ужасный прикид, острый Катин взгляд мгновенно определил женщину с претензиями и утонченную, знававшую в недавнем прошлом гораздо лучшие времена. Держалась она прямо, двигалась красиво, а лицо, хотя и чересчур загорелое, было чистым и ухоженным.

— Знаешь, я подумала, Майя могла бы пожить какое-то время с вами, — голос Ярославы звучал виновато. — Тебе ведь тяжело одной с Алешей...

Первая реакция, на которую была способна Екатерина Николаевна, это был протест. Она открыла рот, чтобы его озвучить, но тут же и закрыла. Ярослава не так-то часто о чем-либо ее просит, и если уж она решилась... Катя критическим взглядом осмотрела потенциальную няньку. Не единожды размышляя на эту тему, она представляла себе совсем другую воспитательницу для мальчика, а именно: классическую добрую Арину Родионовну. А эта уж больно красивая и, как бы сказать, выгибонистая. Майя тем временем неловко подхватила на руки укутанного в шубный кокон малыша и с обещанием «показать поросеночка» поволокла в сторону хозяйственных построек.

Чуткая Ярослава, разумеется, почувствовала Катины сомнения, прикоснулась к ее рукаву своей обветренной, покрытой цыпками, рукой и прошептала:

— Кать, ну, пожалуйста... Майя потеряла мужа и двоих детей.

XXVI

Невидимое кольцо, присутствие которого даже после ареста Александр всего лишь угадывал, день ото дня сжималось вокруг него все плотнее.

Несмотря на строгость содержания в карцере, его теперь регулярно снабжали свежими газетами, причем без малейших просьб с его стороны. Общение с печатным словом не только не дарило желанной поддержки и не развлекало узника, но и наоборот явилось одним из рычагов психической атаки, которой подвергался Белов.

Последний печатный сторонник еще недавно обожаемого всеми олигарха — местный «Вестник» тоже подвергся натиску сверху и мутировал. Саша с грустью увидел, что газета теперь подписывается не именем прежнего редактора, а неким исполняющим обязанности Смирновым. Часть сотрудников, по всей вероятности, уволилась, другая часть, согласно старой доброй традиции отечественной журналистики, пересмотрела свои взгляды и убеждения с точностью до наоборот. Столичные издания, которые совсем еще недавно почитали за честь поместить хотя бы один материал о «харизматическом руководителе из Сибири», по-прежнему пели в общем хоре, только совсем другую песню.

Посвященные Белову публикации условно могли бы подходить под три основные рубрики. «Олигархи разворовывают страну» — экономический блок статей; «Куда смотрит власть?» — подборка откликов наиболее политически заряженной части населения и «Скелеты в шкафу олигарха» — развлекательные заметки, посвященные личной жизни и моральному облику подследственного.

Экономические эссе при ближайшем рассмотрении никакими экономическими не были и содержали исключительно заклинания на тему: «Допустим, то, что делал руководитель Белов, законно. Однако же, как некрасиво и непатриотично!» Одно солидное общероссийское издание посвятило целый разворот дискуссии о морали и праве. И пришло к сенсационному выводу: действия Белова не противоречит *букве* закона, но зато преступно не соответствуют *духу* того же самого закона.

Из читательской почты Сашу особенно задел «рассказ очевидца» о ночлежке, возглавляемой Федором Лукиным. Миссионерская деятельность ни в чем не повинного Феди трактовалась не иначе как «тоталитарной сектой». А зловещая роль Белова, поддерживающего «мракобесов» материально, объяснялась естественным для олигарха стремлением «оболванить» и в очередной раз обобрать доверчивый русский народ.

Что же касается дискуссии вокруг его личной жизни, то эти заметки особенно ранили Александра. Реальные факты вроде факта учебы Вани Белова за границей, а также лихого прошлого Александра, причудливо переплетались с рассказами о пьяных оргиях на курорте Куршавель, где Саша, кстати, никогда не бывал, и «подлинными списками прислуги», насчитывающими несколько сотен кухарок-садовников. «В следующий раз меня обвинят в скотоложстве и некрофилии», — думал Саша, в очередной раз давая себе слово не касаться печатной продукции.

Началась череда допросов, которые оставляли после себя странное ощущение детской игры в «сломанный телефон». Когда на одном «конце провода» произносится, допустим, слово «оптимизация», а на выходе оно же звучит как «уклонение». А тихо сказанное «деловое сотрудничество» в результате волшебных интерпретаций превращается в «создание преступной группы».

Набор обвинений, выдвигаемых в адрес руководителя «Красносибмета» Александра Белова был прежним: создание преступной группы с целью уклонения от уплаты налогов. Главным и единственным аргументом в пользу этой версии было создание Беловым нескольких дочерних предприятий, которые играли роль посредников в ходе реализации продукции комбината.

Возражения подследственного и его адвокатов были тоже простыми и понятными: в создании новых юридических лиц нет ничего противозаконного. И создавались, и вели свою деятельность эти фирмы абсолютно легально и законно. В ответ на эти доводы следователь Петров, как правило, вздыхал и произносил убийственную по силе логического воздействия фразу:

— И тем не менее...

После чего разговор начинался заново и шел по тому же кругу.

Эта странная игра успела до чертиков надоесть обеим сторонам. Следователь прокуратуры, проводя изо дня в день по сути один и тот же допрос, явно скучал и томился. Судя по его вопросам, многочисленные допросы свидетелей также не могли добавить к делу ничего новенького и свежего. Адвокат Белова в ходе положенных бесед с подзащитным уверял: подобное обвинение в суде непременно «развалится».

Но, несмотря на явно оптимистические прогнозы защиты, Белов просто физически ощущал, как усиливается давление невидимого атмосферного столба. Достаточно было уже и того факта, что на допросы его вызывали непосредственно из карцера, где не было возможности хотя бы набросать на листе бумаги план доводов в собственную защиту.

Однако же наступил день, когда его содержание в карцере исчерпало допустимые инструкцией сроки, и хмурый старый знакомец дядя Костя повел «пассажира» в камеру. Саша ничуть не удивился, когда узнал, что ему вновь предстоит поменять место обитания. Его нечаянная дружба с агрессивными малолетками, по всей видимости, не входила в планы постановщиков спектакля, и для Белова приготовили какой-то новый сюрприз.

Интересно, кто на этот раз окажется у него в соседях? Фредди Крюгер, ожидающий рассмотрения кассационной жалобы? Или вампир Дракула, специально подсаженный оперчастью для ведения задушевных бесед? Мысленно прокручивая возможные сценарии, Белов подобрался и максимально сосредоточился на предстоящей «прописке».

Новая камера находилась в том же крыле, но была гораздо более плотно населённой по сравнению с предыдущей. Привыкая к полумраку, Белов прикинул, что здесь обитает никак не меньше двадцати человек. И, судя по этой плотности и духоте, можно было предположить, что контингент не слишком-то дружен с администрацией СИЗО. А значит, не заслужил маленьких официальных привилегий. В помещении, тем не менее, слышался звук работающего телевизора и был относительный порядок.

Первой реакцией на сдержанное приветствие вошедшего была минутная пауза, затем откликнулось сразу несколько голосов. Саша всмотрелся: по крайней мере, двое из присутствующих были ему знакомы.

С Семеном, который поднялся и протянул руку для приветствия, Сашу связывал в прошлом короткий, но драматический эпизод. Смотрящий от воров по Красносибирску, этот человек в свое время оказался Белову «попутчиком»: они сообща выдавили из города наркобарона. Впоследствии местный авторитет и руководитель комбината не пересекались: надобность в сотрудничестве отпала, и они не мешали друг другу. Стало быть, сегодня у Саши были все основания ожидать от новых соседей известной лояльности. По крайней мере, драки в ближайшем будущем не предвидится.

Другое знакомое лицо принадлежало парню из команды Семена по кличке Дуба. С наружностью гангстера-аристократа Дуба даже в тюремном прикиде умудрялся выглядеть стильно.

— Так вот ты какой, северный олень! — присвистнул «гангстер», протягивая руку в свою очередь. — Ошибочка вышла: мы стукача ждали.

Семен коротким, но выразительным взглядом заставил говоруна заткнуться. Еще два-три скупых жеста с его стороны, и для Саши была освобождена удобная шконка.

— Располагайся, — кивнул ему Семен и подо-двинул кружку с уже готовым чифирем. — Когда суд?

— На следующей неделе обещали ознакомить с материалами дела. Значит, через две-три недели можно ждать суда, — ответил Саша. — Но у вас в соседях, похоже, я не долго задержусь...

Александр не стал озвучивать свою догадку о том, что дружелюбный прием, оказанный ему ворами, наверняка тоже кое-кому не понравится, а значит, ему, Белову, предстоит новый переезд. На языке людей бывалых такие вот бесконечные переселения из камеры в камеру назывались «дизельной терапией». Семен, казалось, понял это и без слов и прикрыл веки, показывая, что так оно и есть.

— Как дочки? — поинтересовался Саша, памятуя о том, что Семен, вопреки неписаным воровским правилам, является образцовым семьянином и очень дорожит двумя дочерьми.

— Нормально. Старшую замуж отдал. Младшая поступила в Московский университет.

Дуба тем временем приготовил и протянул новому соседу солидный бутерброд с салом. Это было более чем кстати, поскольку после урезанного пайка, положенного обитателю карцера, нормальная еда входила в число самых изощренных фантазий. Хлеб, на котором поместился шмат сала, был тоже словно бы из другого мира: пышный, прекрасно пропеченный, с классической золотистой корочкой.

— Тебе обязаны хлебушком, — с одобрением заметил Семен. — Сказывают, с твоей подачи новая пекарня заработала.

Белову было понятно, что Семен избегает тем, которые могут быть опасны. Причина, вероятнее всего, была в одутловатого вида мужике, демонстративно спавшем на соседней шконке. Между тем, поговорить стоило.

Такая возможность вскоре им представилась — на прогулке. Однако, тоже не сразу. Двигаясь по одному ему ведомой траектории в ограниченном пространстве «утюга», Семен счел необходимым сначала переговорить с некоторыми из остальных сокамерников. При Белове все это время неотлучно терся общительный Дуба.

— Глянь-ка туда! — жестом экскурсовода красавчик привлек внимание Саши. — До воли рукой подать.

Находясь в этом корпусе изолятора, Белов попал на прогулку впервые. Похоже, это был единственный блок, где «утюги» — прогулочные площадки — располагались не во дворе, а на крыше самого корпуса. Насчет близости воли Дуба был прав: их площадка вплотную примыкала к крыше обычного жилого дома, буквально прижимающегося к территории изолятора. Систему прогулочных двориков от этой «вольной крыши» отделяли лишь металлические щиты и плотный серпантин колючей проволоки под напряжением. И еще плакат: «Стой! Опасно для жизни!»

Саша глубоко вдохнул арбузный весенний воздух, как если бы его можно было сохранить в легких про запас. Удивительное дело: человек теряет возможность ощущать себя счастливым до тех пор, пока у него не отберут некоторую часть доступных прежде радостей. Благополучная особь ни за что не узнает, какое это удовольствие — пить, если ее хотя бы несколько часов не подержать в удалении от источника воды. Тот, кто никогда не промерзал до печенок, не способен оценить восторга прижаться к горячей печке. Да вот, кстати, никогда так остро Саша не ощущал желания обладать любимой женщиной, как целуя ее в лютый мороз на заснеженном льду Обской Губы.

Неожиданно Белов рассмеялся. Несколько раз ему случалось прочесть в глазах Лайзы ответное желание, и до сих пор ни разу обстоятельства не позволили им осуществить его. ...Прав пижон Дуба: очень хочется на волю.

Через несколько минут благодаря словоохотливому собеседнику Саша уже знал, что Семен и Дуба попали не крепко, «чисто по наводке», и выдвигаемые против них обвинения на самом деле туфта. У Дубы при обыске нашли два ствола, а с Семеном вышла и вовсе смехотворная история: его повязали на «коксе», между тем как любая собака в Красносибирске готова подтвердить жгучую ненависть шефа к любой «дури», как в смысле употребления, так и по части бизнеса.

А реально дело состояло в том, что в городе вновь начался передел сфер влияния. Опять нарисовался старый конкурент Семена — Грот, который не желал смириться с отведенной ему узкой нишей по части торговли оружием. Причем не просто накатил, а накатил с новой хитрой крышей, о которой доподлинно мало что известно. Формально он собирался привести на рынок кавказцев, это и послужило причиной открытой стычки с Семеном. На деле же, кроме кавказцев — ребят серьезных, никто и не спорит, за Гротом стояли еще более серьезные ребята, которые светить себя не торопились.

Семена, Дубу и еще четверых бойцов из той же команды быстренько нейтрализовали, упрятав в СИЗО. Причем так торопились, что не успели придумать достойных предлогов, которых и искать-то долго не особо нужно — невооруженным глазом видно. Сегодня вечером суд, и, скорее всего, их отпустят. К тому же случилось и вовсе необъяснимое: вчера повязали Грота.

— Скажи-ка мне вот что, — неожиданно совсем рядом прозвучал тихий и, как всегда, бесстрастный голос смотрящего. — Ты чем так Кума разобидел, что он на тебя наехал по полной?

Белов вздрогнул от неожиданности: он не заметил, как подошел Семен. Дуба мгновенно отвалил и отправился пасти одутловатого мужика, которому, по всей вероятности, обитатели камеры, имели основания не доверять.

— Кума? — Белову было известно, что этим ласковым именем заключенные называют начальника оперчасти. — А пес его, Кума, знает. Может, рожа моя ему не нравится. Сам бы дорого дал, чтобы узнать.

— Рожа или чего еще, только советую вести себя осторожней. Особенно с Гротом. Есть слух, что с Гротом тебе здесь не разминуться, — Семен, не торопясь, закурил и задрал голову кверху.

Саша проследил за его взглядом. Весенняя бездонная синева была затянута металлической сеткой. А сверху, венчая всю композицию, торчала смотровая вышка с охранником. Оттуда включенный на полную громкость магнитофон доносил уже недавно слышанный шлягер. «Так вот какая ты! А я дарил цветы...» — похоже, это был хит тюремного сезона. Волшебная сила музыки в данном случае помимо эстетической выполняла и сугубо практическую функцию: не давала возможности заключенным перекрикиваться и обмениваться информацией между двориками-«утюгами».

В потолочной сетке сиротливо торчали две старые, не дошедшие до адресатов, «малявы» — свернутые в трубочки «конверты» нелегальной тюремной почты. Похоже, что застряли эти послания не вчера и даже не месяц назад: выцветшие и утратившие всю свою некогда жгучую актуальность, они подрагивали на ветру своими нитяными хвостиками.

— Еще сказывают, будто Грот сюда со спецзаданием прибыл — заварить кашу: бунт либо побег. Для него это в кайф, но ворам такой расклад не нравится.

Саша молча кивнул, принимая информацию к сведению. Он знал, что воровская репутация Грота за последнее время сильно пошатнулась в связи с неоднократно допущенными случаями «беспредела». А потому побег, или даже просто серьезная попытка к побегу, почитающиеся за высшую воровскую доблесть, могли дать шанс к укреплению статуса.

— Меня уже, возможно, завтра здесь не будет, — продолжал Семен. — Так что ты, Белый, сам смотри. И вертись, как сможешь, чтобы не попасть под раздачу.

Это был единственный разговор с Семеном, за который Саша был ему благодарен. Больше им поговорить не удалось: после обеда Семена и Дубу повезли в суд. За Беловым тоже пришел конвой — ему предстояло свидание.

XXVII

Шагая по гулким коридорам и преодолевая десятки дверей, клацающих замками, Саша мысленно представлял себе Катю. Представлял, как она округлит глаза и первым же взглядом пошлет ему заряд ободрения и поддержки. Так бывало всегда, сколько Саша себя помнил. Только на этот раз, ввиду особых обстоятельств и ограниченности по времени, позитивный заряд будет еще более концентрированным и ударным.

Кто еще, кроме тетки, мог получить право свидания с подследственным? Из ближайших родственников у Белова не было никого, кроме Екатерины Николаевны и Ярославы. Но Ярославу в следственном изоляторе он увидеть не ожидал. В одном из писем, регулярно присылаемых теткой, сестра добавила от себя пару грустных и нежных строк с обещанием молиться за него. От невозможности быть рядом с родными, у Александра заныло сердце. Он в очередной раз почувствовал, как сильно скучает по тетке, по сестре и по племяннику. Юный Алексей, должно быть, за это время успел научиться прорве всяких вещей...

Однако в комнате для свиданий Белова ждало сумасшедшей силы разочарование. По обратную сторону стекла, вальяжно облокотившись о спинку стула, сидел Виктор Петрович Зорин. Сытое и холеное его лицо настолько контрастировало с теми, которые Белову доводилось видеть в последнее время, что Саша почувствовал жгучее желание изо всей силы надавить на его затылок и впечатать носом в казенный стол.

В сущности, они всегда находились по разные стороны невидимой черты. Сильные, умные, не знающие жалости друг к другу противники: один снаружи, другой — в зазеркалье.

Белов и Зорин по знаку надзирающей тетеньки взяли телефонные трубки и обменялись приветствиями. После этого повисла пауза.

— Ну, рассказывай, — совсем по-родственному начал Виктор Петрович. — Как ты здесь? Кормят нормально?

Вот так, стало быть: ждал добрую тетушку, а дождался доброго дядюшку.

— Нормально. В пионерском лагере было хуже, — усмехнулся Саша и мобилизовал всю свою волю, чтобы не выдать настоящего отношения к собеседнику.

Зорин приступил к выражению сочувствия и ободрения. Причем если бы он находился на занятиях по актерскому мастерству, то ему влепили бы двойку, а то и вовсе выгнали бы из актеров взашей. Саша терпеливо ждал, когда собеседник «раскроется».

Кроме них в комнате общалась еще одна парочка. Худющий уголовник и его испитая, но подкрашенная по случаю свидания подруга даже не столько разговаривали, сколько непристойно-нежными жестами изображали, как они любят друг друга и как скучают. Всю композицию бесстрастно обзирала, готовая в любую минуту вмешаться, сотрудница тюрьмы: ее плоское татарское лицо напоминало лицо каменной бабы в степи. Белов знал, что в ее обязанности входит прослушивать или не прослушивать ведущиеся разговоры — по усмотрению. Очень даже вероятно, что часть разговоров пишется на пленку. По крайней мере, его с Зориным взаимные любезности, пишутся наверняка.

— ...Хороша Лайза, хоть и не наша, — улыбаясь, развивал свою мысль Виктор Петрович, и Белов насторожился, поняв, что упустил важную часть монолога. — Ты знаешь, ей сейчас неуютно. В чужой стране, в негативной обстановке... даже посоветоваться не с кем. Так что, не обессудь, дружище, мы с ней, можно сказать, поладили и сдружились.

— Дерзай, Виктор Петрович, действуй, — улыбнулся в ответ Саша. — Я все равно в ближайшее время не имею возможности вызвать тебя на дуэль.

— Да я не в том смысле, господь с тобой! Я уже старый человек, чтобы с орлами, вроде тебя, соперничать... — фальшиво рассердился Зорин. — Я тебе другое хочу доложить. Лиза твоя мне кое-какие документы показала. Ну, и наломал ты дров! Особенно на заре своего директорства... А ну как эти твои шашни станут известны следователю?

Белов с истинным наслаждением рассматривал шантажиста. Не меняется старая лиса! Хлебом не корми, а дай поудить рыбку в мутной водичке. Саша не сомневался, что Зорин двигает дешевую подначку. Если бы хоть крупица компромата могла оказаться в его алчных ручках, следователь давно бы все уже знал. Так что нету у тебя ничего на меня, старый ты интриган, Виктор Петрович. Саша на секунду представил себе Лайзу Донахью, которая, как и обещала, съедает тот самый судьбоносный договор, запивая его любимым зеленым чаем. И расхохотался в лицо Зорину:

— На понт меня берешь? Зря, Виктор Петрович. Я, видишь ли, чист, как альпийский снег. Что и собираюсь на днях доказать в суде. Ты в курсе?

— Я всегда в курсе, — Зорин пытался скрыть свое разочарование, но сдаваться по-прежнему не хотел. — Завидую тебе, Белов. Везет же тебе с бабами! Красивые, преданные попадаются — что Лизка Американка, что Ярослава Набожная... Как говорится, и для души, и для тела.

— Уймись, Петрович. Ярослава — моя сестра.

— Ой ли так уж сестра? А кто жениться собирался на златокудрой таеженке? И даже заявление в загс подал? — Зорин прищурился и испытующим взглядом сверлил стекло.

— Ты бы занял себя каким-нибудь делом, господин «вертикаль власти», — Саша демонстративно зевнул. — Ей-богу! Скворечник бы смастерил, что ли! Всяко лучше, чем в чужом белье копаться.

— Ты прав, Саша, не мое это дело. Про тебя все уже другие раскопали, кому это положено по роду занятий, — Зорин наклонился и стал рыться в принесенном с собою портфеле. — Взгляни-ка сюда. Едва отбил у газетчиков, а не то — пошла бы статейка в завтрашний номер. Используя свое служебное положение, уговорил тружеников пера повременить с публикацией. Ознакомься, что про тебя гиены пера пишут!

Зорин приложил к разделяющему их стеклу типографский оттиск большой статьи под заголовком «Маркиз де Сад Красносибирского розлива».

Саше показалось, что кровь заливает ему глаза, оставляя в поле зрения лишь чудовищные пляшущие строки:

Еще подростком Александр начал испытывать к младшей сестренке чувство, которое из деликатности назовем далеким от братского... Слабоумная девочка не смогла противостоять натиску извращенной похоти... Сотрудники Красносибирского загса, несмотря на оказанное на них давление, отказались узаконить противоестественный брак. Но они не смогли помешать рождению несчастного, больного мальчика, которого чудовище, известное под именем А. Белов, прячет от людских глаз в таежном скиту...

— Сука! — выдохнул Саша.

Зорина, казалось, вполне устроила такая характеристика, хотя он и предпочел сделать вид, что самкой собаки назвали не его, а автора статьи. Виктор Петрович одарил собеседника ласковым взором. Зато надзирающая за переговорами дама «сделала стойку» и, судя по виду, в любую секунду готова была вмешаться.

— Та «сука», которая все это раскопала и написала, уже мертва. Кстати, умерла не своей смертью, но была убита, едва перешагнув порог кабинета генерального директора «Красносибмета». Тебя этот факт не наводит ни на какие догадки? А, Александр Иванович? Ты не знаешь, у кого имелся мотив убить чересчур любопытного журналиста?

Белов молчал, сжав зубы и прикрыв глаза. Меньше всего он в эту минуту думал о каком-то там убиенном журналисте. Его сводила с ума только одна неразрешимая задача: как уберечь Ярославу, до сих пор не оправившуюся от одного надругательства, от новой лавины грязи?

— Послушай, Виктор Петрович, — Саша заставил себя разжать зубы и заговорить. — Ты-то ведь у нас не журналист-недоумок. Тебе-то наверняка известно, откуда взялся этот ребенок, и *что* пришлось пережить моей сестре в плену у подонка. Ты не позволишь им трепать имя девушки! Она... она нездорова.

— Вот об этом я и советую тебе помнить, когда в следующий станешь давать показания следователю. Может быть, памятуя о сестре и ее травмированной психике, ты не станешь вводить суд в заблуждение и настаивать на своей «альпийской чистоте» перед законом, — Виктор Петрович наконец-то почуял приближение звездного часа. — В противном случае — извини, ничем помочь не смогу. Видишь ли, Саша, я не доктор. Здорова или нездорова, слабоумна или в норме, это определит экспертиза. И факт мнимого изнасилования тоже заслуживает отдельного разбирательства. Что же касается общественности, то от людей у нас секретов нет...

— Я убью тебя, сволочь!

Свет в глазах Белова померк. А обмотанная изолентой телефонная трубка старого аппарата, уже не раз бывавшая в подобных переделках, полетела со страшной силой в стекло и раскололась...

ЧАСТЬ ТРЕТЬЯ

ПИР ПОБЕДИТЕЛЕЙ

XXVIII

Саша был готов к тому, что после вспышки ярости, спровоцированной разговором с Зориным, его снова ждет карцер. Ему было досадно, что Зорину (или кто там еще стоял за его спиной?), удалось найти у него самое больное, самое незащищенное место, и нанести удар именно в эту точку. Его мучила одна мысль: как защитить Ярославу от публичных издевательств?

Однако, против ожиданий, контролер подвел его к двери той самой камеры, которая была последней в череде его переселений. Саша с порога почуял перемены в атмосфере, в настроении, и даже звуковом фоне, которые произошли за время его отсутствия. Химический запах недавно произведенной дезинфекции дополнялся острым духом чеснока и алкоголя. За те несколько часов, которые Саша провел здесь, он не успел запомнить в лицо всех обитателей густонаселенной камеры. Однако теперь отметил, что среди заключенных произошла частичная ротация.

Главным же источником неприятного ощущения был Грот, с надменным видом сидевший на месте Семена, с которым он вел на воле непрекращающуюся войну. Теперь он ловил кайф от сознания собственного величия — в кои-то веки удалось сбить врага с его позиций. Но одна мысль отравляла ему настроение: Семена суд только что освободил из-под стражи за недоказанностью обвинения.

Грот по-прежнему косил под морячка — на нем была неизменная тельняшка. В шкиперской бородке, которую ее владелец ухитрялся сохранять и в неволе, прибавилось седины. Прошло несколько лет с тех пор, как Саша вынужден был довериться ему в трудную минуту, а тот сдал его чеченским боевикам. Мстить за предательство Саше никогда не приходило в голову, но Грот был убежден, что именно Белов в отместку сдал его ментам. Конфликт был неизбежен, и потому лучше было бы расставить акценты сразу и теперь. Это стало ясно обоим. Грот сделал ход первым:

— Здорово, Белый! Как там кум поживает?

Это был вполне понятный любому «пассажиру» намек на встречу с начальником оперативной службы — «Кумом». Общаться с «кумом» означало стучать.

— Я с кумом не виделся. Не дорос еще, в отличие от некоторых, — беззлобно усмехнулся Белов.

В камере шла пирушка. Часть обитателей кучковалась вокруг стола. Грубо наломанная копченая курица, колбаса и сыр — редкие в местах заключения деликатесы. В кружки вместо обычного в таких случаях чифиря, судя по запаху, был налит какой-то благородный напиток — скорее всего, ром. В тюрьме, если вести себя правильно, ничего невозможного нет.

— Что празднуем? — Саша, игнорируя приглашение присоединиться, обосновался на своей шконке.

— Мое возвращение, ясен перец! — ответил Грот. — Для вора тюрьма — дом родной.

— А кто здесь вор, Грот, уж не ты ли? — с невинным видом поинтересовался Белов.

В камере повисла тишина, Грот набычился — он тоже понял намек. Формально Грот до сих пор принадлежал к воровскому сословию и любил при случае это подчеркнуть. Однако по сути он давно утратил на это право, неоднократно нарушив многие из неписаных правил-понятий. Беспринципный и подловатый, он был слишком жадным и нахрапистым даже для уголовников. Крысятничать и кидать своих — такое не приветствуется ни в криминальном мире, ни в пионерской дружине, ни в элитном клубе джентльменов. По этой причине ему, несмотря на завышенные амбиции, так и не удалось сделать достойной воровской карьеры. Недаром смотрящим по Красносибирску стал Семен, а не Грот.

— А что, есть какие-то сомнения? — наконец выдавил из себя виновник торжества.

— Да нет, — пожал плечами Белов. — Просто я не при делах. Вот и уточнил — на всякий случай.

— Я, бля, даже газет не читаю, а не то, что с журналистами знакомство водить. — Вернулся Грот к прерванному разговору.

— А доказательства? — спросил кто-то из пассажиров.

— Говорят, мол, свидетель какой-то нарисовался, который видел меня возле заводоуправления, в тот вечер, когда там замочили этого... корректора — еп-тыть — редактора.

— А ты?

— А я говорю, мол, тыщу свидетелей приведу, которые меня там не видели.

Слушатели дружно заржали. Печальный Дуба, который не принимал участия в пирушке и все это время лежал на верхней шконке, расстраиваясь оттого, что ему повезло меньше, чем Семену, неожиданно подал голос:

— А ты типа там не был и никого не убивал?

— А то! — Грот с неудовольствием покосился на Дубу. — Вот и Саня Белый может это подтвердить. А, Белый? Ты ведь меня там не видел? Пойдешь в свидетели, что не видел?

— По поводу тебя, Грот, я ни в чем ручаться не стану. Даже если спросят меня, есть ли у Грота борода, я и то скажу: «А хер его знает, может, она фальшивая».

Дружный хохот сотряс стены камеры. Грот с честью выдержал удар, подождал, пока публика успокоится, и сделал следующий ход:

— Слушай, Белый, мне только щас в голову пришло. А, может быть, ты сам этого жирного урода замочил? А что? Ты там был, с журналистом полаялся. И мотив у тебя был: этот журналист против тебя чего-то серьезного накопал...

— Может, я. А может, и не я, — отозвался Белов. — Только я одного понять не могу. Если ты с журналистом не был знаком, откуда знаешь, что он был урод, да к тому же и жирный? И про компромат на Белова — он что, сам тебе успел наболтать?

Все сообразили, что шутки кончились и разговор пошел серьезный. По инерции раздалось несколько смешков, но они быстро сошли на нет. Грот резко оборвал разговор. А участники закончившегося праздника один за одним расползлись по своим углам.

Улучив момент и понизив голос так, чтобы этого не было слышно остальным, Грот подошел к Саше и сказал:

— Одно запомни, Белый. Тут тебе не Москва и не офис заводоуправления. Так что фильтруй базар.

— Угрожаешь?

— Упаси боже! — Грот вскинул руки, шутливо изображая, что сдается. — Я не злопамятный. Я просто злой, и у меня хорошая память, Ты можешь ночью упасть с нижней шконки и разбиться насмерть. Или в петлю полезешь. Все понимают, как тебе тяжело. «Суицид» называется по-научному.

Даже если бы и не прозвучала эта прямая угроза, Белов имел все основания опасаться. Похоже, что судебный процесс не принесет затеявшим его желанемого результата. Попытки сломить Сашу и заставить утопить самого себя так же до сих пор не дали заметного результата. Доводы обвинения разваливаются, как карточный домик. Остается одно самое простое и эф-

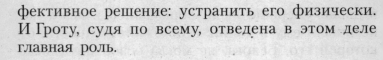

фективное решение: устранить его физически. И Гроту, судя по всему, отведена в этом деле главная роль.

XXIX

После отбоя Саша тщательно продумал варианты развития событий. В углу камеры, где была его шконка, темно. В изоляторе хронически не хватало лампочек, именно в этот день перегорела третья из четырех положенных на большую камеру лампочек. Ее тусклый свет выхватывал из темноты только небольшую часть помещения, прямо у двери.

Александр улегся поверх одеяла таким образом, чтобы в любую секунду можно было сгруппироваться и отразить нападение. Согнутую в локте руку положил на лоб, защищая голову от удара и горло от захвата. Так можно было немного отдохнуть, не выключая слуха и отслеживая малейшие отклонения в хоре храпа, свиста и посапывания сокамерников.

Перед глазами прошла череда образов. Ярослава, прикорнувшая без сил на дне своего, похожего на карцер, внутреннего мира. Тетушка, которая вращает планету голыми руками, как господь бог, хотя силы уже на исходе. Ваня Белов, открывающий страничку электронной почты и не находящий, в который раз, в ней послания от отца. Ольга, продолжающая свое бессмысленное плавание по жизни и потерявшая из виду все берега... Забытые и не забытые лица, живые и давно умершие люди обращались к нему, напоминали ему о долгах и об ответственности, от которой его, Белова, не могла освободить даже тюрьма. Неожиданно перед ним возникло лицо Космоса с гримасой ярости — такое, каким оно было накануне выборов Саши в Государственную думу. «Пойми, ты им нужен мертвым!» — глухим голосом сказал он.

Саша очнулся и прислушался. В общем фоне звуков что-то изменилось. Храп спящего неподалеку одутловатого и явно нездорового мужика, которого считали стукачом, поменял тональность. Потом Белов услышал шорох. Он сознательно не менял позы, чтобы не спугнуть крадущегося, но слух его обострился до предела. О том, что нападение будет совершено, он догадался по едва уловимому колебанию воздуха. Когда невидимый противник завис над его шконкой, Белов мысленно досчитал до десяти и резко двинул нападавшего ребром ладони. Сдавленный крик подтвердил, что он попал, куда требовалось, в шею. В ту же секунду он прыгнул на упавшего на пол Грота, перевернул его на живот и провел удушающий захват.

— Только пискни, и тебе конец, — шепнул он ему в самое ухо.

Белов вырвал из руки нападавшего кусок веревки. Замечательно! Отбить у Грота охоту дальнейшим действиям он сможет легко и, можно сказать, эстетично. Об этом способе Саша читал в каком-то милицейском детективе. Достаточно связать мизинцы противника за его спиной, и его «лояльность» обеспечена. Поэтому удавка, предназначавшаяся для его, Белова горла, в этой ситуации просто подарок!

— Кончай температурить, Белый, — прохрипел Грот, как только у него появилась возможность издать звук. — Надо перетереть... — Ему не удалось восстановить дыхание, поэтому он не сопротивлялся, когда Саша связывал ему руки, вернее пальцы, его же удавкой.

— Так ты, братан, оказывается, поговорить пришел! А я не сразу въехал, — с этими словами Саша приподнял заломленные за спиной руки Грота и подождал, пока тот застонет от боли. — Ну, давай, колись, кто тебя послал?

Ответить Гроту помешали его шестерки, которые с опозданием кинулись ему на помощь. Но тот остановил их кивком и велел не вмешиваться.

— Мне, Белый, надо отсюда ноги делать, — сказал Грот интимным шепотом, — с этим журналистом я попал крепко. Даже если «вышку» совсем отменят, мне, кроме пожизненного, рассчитывать не на что...

— А меня, стало быть, за компанию, в подельники приглашаешь?

— Ну...

— А вот хрен тебе. Мне в тюряге нравится — устал я от крупного бизнеса. А здесь кум за меня думает, никакой ответственности...

— Это тебе хрен! Есть базар: тебе отсюда живым не выйти. Замочат по-любому, не дожидаясь никакого суда.

— Откуда знаешь?

— Птичка на хвосте принесла: ты труп, Белый.

— Щас мы эту птичку за клюв подергаем, — Саша надавил Гроту на затылок, одновременно заламывая ему руки. — Не шуми, лучше вспоминай, как звали птичку.

Мужик на соседней шконке перестал храпеть, завозился и тоненько позвал во сне маму.

— Ну?

— Я правда не знаю, Белый! Серьезные ребята, не из наших. Играют втемную. Я сто раз пожалел, что вписался... Слышь, пусти меня, не могу больше терпеть!

Белов задумался. За окна забрезжил рассвет, в камере стало светлее. Скоро подъем.

— Сейчас я сделаю тебе очень больно. Но ты, Грот, постарайся потерпеть и не обижаться: ничего личного. У меня просто выхода нет.

С этими словами Саша рванул кверху, как на дыбе, скрученные за спиной руки Грота. Он тщательно рассчитал усилие и сделал так, чтобы плечевые суставы остались на месте, а связки пострадали ровно настолько, чтобы в ближайшие пару недель Грот не мог бы удержать в руках ничего, тяжелее миски с баландой. Глухой стон разнесся по камере, разом заставив замолкнуть храпящих.

С верхней шконки свесилась голова Дубы:

— Белый, у тебя там все нормально?

— У меня все окейно. Это у Грота кошмары...

XXX

Отправляясь на работу, судья Чусов заглянул в почтовый ящик и наряду с газетами вынул оттуда анонимку с угрозами. Судья скомкал листок и машинально сунул в карман пальто.

За десятки лет судейской практики он привык не реагировать на подобные вещи: «черных меток» ему было прислано великое множество, жаль, что вовремя не сообразил составить из них коллекцию. Чаще всего угрозы были чистой туфтой, хотя пару раз за эти годы и приходилось от греха отправлять жену, тещу и ребят погостить к родне в Белоруссию.

Шесть месяцев назад, ровно за год до выхода на пенсию, Андрей Иванович Чусов дал себе страшную клятву: ходить до работы пешком. Проблема лишнего веса встала гораздо раньше — когда преуспевающий юрист пересел с велосипеда на автомобиль. В течение многих лет он планировал провести очередной отпуск, сплавляясь на байдарках по Чусовой. Однако вместо этого всякий раз оказывался с семьей на даче, где, несмотря на физические упражнения на огородных грядках, все-таки прибавлял пару кило к уже существующим.

Чудна Чусовая при тихой погоде. Такой она и останется навеки в мечтах Андрея Ивановича. Потому что теперь он просто не влезет ни в какую байдарку, а если и влезет, то немедленно пойдет ко дну. Впрочем, туда же он может отправиться в случае нежелательного для властей исхода процесса по делу Белова.

Хождение Чусову давалось с трудом. К тому же на каждом шагу приходилось отвечать на бесконечные приветствия прохожих. Судья не только был известной в городе личностью, но еще и очень приметным человеком: огромного роста, тучный, он к тому же носил артистическую гриву по моде семидесятых.

Но главная трудность состояла в том, что идти на работу Андрею Ивановичу не хотелось. До такой степени не хотелось, что сама мысль о том, как он возьмется за массивную латунную ручку входной двери суда, вызывала спазмы в желудке.

Вот так, преодолевая сопротивление ставшего вдруг плотным, как вода, воздуха, судья Чусов прошел в свой кабинет. Он сделал вид, что не расслышал, как секретарь на бегу сообщила об имевших место двух важных звонках из Москвы. Никуда звонить Андрей Иванович не стал. Вместо этого приступил к выполнению двух своих ежедневных ритуалов. Во-первых, с помощью портативной манжеты измерил кровяное давление. Увы, опять высокое, хорошо стрелки нет на приборе, а то бы зашкалила.

Во-вторых, взял ножницы и отрезал от портновского метра кусочек длиной в сантиметр. Это был его дембельский календарь: ровно за сто дней до выхода на пенсию, судья незаметно прикрепил за шкафом сантиметровую ленту, и каждое утро отрезал от нее по кусочку.

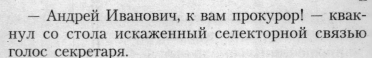

— Андрей Иванович, к вам прокурор! — квакнул со стола искаженный селекторной связью голос секретаря.

— Пусть войдет.

Ну, вот и началось... Надо же было такому случиться, чтобы за считанные месяцы до заслуженного отдыха, когда портновская ленточка за шкафом заметно укоротилась и даже завернулась наподобие поросячьего хвостика, Чусову досталось вести это тухлое дело. Процесс, который осатаневшая как отечественная, так и мировая пресса называла «делом „Красносибмета“» или «делом Белова». И разит от этого дела, за версту разит политикой!

Судья подошел к окну, заложил руки за спину и принялся рассматривать городской пейзаж, изученный неоднократно и в мельчайших подробностях. Прямо напротив его окна высилась девятиэтажка, построенная в шестидесятые годы. Наверху здания, почти под самой крышей, по силикатному кирпичу коричневела надпись: «Главное, ребята — сердцем не стареть!» Строители-комсомольцы, приехавшие в Сибирь с ударным отрядом, возвели это здание, а строчку из любимой песни инкрустировали в стену красным кирпичом. Этот, как сейчас сказали бы, слоган его всегда радовал, напоминая искрометную пору наивной юности. Тогда все было ясно — где право, где лево, где правда, где вранье... Это потом, с возрастом, он понял, как их дурили коммунисты, и дурят сейчас наследники коммунистов...

— Здорово, Иваныч, — в кабинет без стука вошел его верный враг Константинов.

— Приветствую, Петрович, — Чусов занял свое место за столом и пригласил гостя садиться.

В части взаимных обращений прокурор Константинов и судья Чусов остановились на нейтральном варианте: звали друг друга просто по отчеству и на «вы». Хотя бывали времена, и, кажется, совсем недавно, когда они обращались друг к другу совсем иначе, да и отношения их связывали совсем иные.

Оба звались Андреями, росли в одном дворе, учились в одном классе, а потом и в одном вузе. На этом сходство заканчивалось, а их дружба полностью подтверждала банальную истину о сходстве крайностей. Поскольку они были неразлучны, Чусова одноклассники для удобства прозвали Андроном, а Константинов стал Дрюней. Андрон был здоровенным, феноменально сильным и, наверное, оттого миролюбивым парнем, хотя и занимался серьезно боксом. Миниатюрный и изящный, как эльф, Дрюня, напротив, любил подраться, причем предпочитал уличные бои без правил, из которых, несмотря на свой вес пера, часто выходил победителем.

Как ни странно, друзья имели успех у одних и тех же девушек. Соседка Тоня, которая тоже нравилась им обоим, долго колебалась и выбирала, который из двух непохожих Андреев ей больше мил. Оба хороши! Но в итоге выбрала Андрона и вышла за него замуж. Примерно с

289

той самой поры между друзьями началось охлаждение, переходящее в антипатию.

Наметившаяся трещина, понятное дело, усугублялась спецификой, так сказать, производства. Вчерашние друзья в силу различных служебных функций нередко вынуждены были оппонировать друг другу. Кстати, такое случается сплошь и рядом: почти все из их бывших приятелей-однокашников, распределившиеся в одно и то же место, через год-другой неминуемо раздружились и расплевались. Андрон и Дрюня в память о былой дружбе крепились изо всех сил и старались сохранить хотя бы дипломатические отношения. Однако теперь, под самый занавес карьеры, в связи со злополучным «делом Белова» это становилось делать все труднее.

— Мне бы хотелось обсудить с вами некоторые моменты, касательно квалификации преступлений, — официальным тоном начал прокурор. — Дело громкое, из Москвы контролируют. Поэтому все возможные неожиданности надо свести к минимуму.

— А почему вы считаете себя вправе обсуждать со мной это? — Андрей Петрович почувствовал, что томившее его неопределенное раздражение нашло конкретного адресата. — Разве закон позволяет давить на судью и пытаться заранее сформировать его мнение?

Прокурор укоризненно поднял свои по-прежнему красивые, тонко вычерченные брови и посмотрел на коллегу, как смотрят на больного. Его взгляд говорил: «Совсем не дружишь с головой, Иваныч. Тебе прекрасно известно, что всю жизнь обсуждали и будем обсуждать», а вслух сказал:

— Надеюсь, мы хотя бы солидарны в том, что приговор по делу Белова должен быть обвинительным?

— Солидарны, конечно, солидарны... — судья просунул руку под пиджак и помассировал область сердца. — Куда мы денемся с подводной лодки!

— Нет, а что вас, собственно не устраивает в позиции Москвы? — собеседник тоже начал понемногу заводиться. — Белов годами недоплачивал налоги в казну государства. Воровал у государства — будем называть вещи своими именами. А вы хотите, чтобы ему за это вынесли благодарность?

— Ну, положим, воровать не воровал. Фактов, подтверждающих, что подсудимый клал эти денежки себе в карман, нет. По крайней мере, я в материалах следствия таких фактов не нашел, хотя и пытался.

— Вы еще скажите, что Белов — Робин Гуд. Все отдал народу. Так, по-вашему, получается?

— Положа руку на сердце, Петрович, так и получается, — судья Чусов вылез из-за стола и подошел к окну. — Особенно если учесть, сколько денег комбинат тратил на социальные программы. Если мне не изменяет память, ваш сынок именно за счет Белова лечился на Кубе. А мои близнецы получали стипендию от комбината, в столице учились...

— Давайте без эмоций, коллега. Строить социализм в одном отдельно взятом крае — не директора алюминиевого комбината дело. Его дело — аккуратно платить налоги. А о гражданах позаботится государство.

— И много ты видел на своем веку той заботы со стороны государства, Дрюня? Лично я мало видел, очень мало. А вот как чиновники разворовывают казну — таких примеров вагон наберется и маленькая тележка... — он печально улыбнулся и неожиданно сменил тему: — Давай-ка выпьем коньяку, вот что.

Районный прокурор Константинов, выступающий в процессе «Красносибмета» государственным обвинителем, по-мальчишески улыбнулся. Его, как и Чусова, тяготила напряженность в отношениях со старым приятелем, и он был рад тому, что у него появилась возможность побыть прежним Дрюней. За выпивкой они продолжали спорить, хотя оба понимали: вопрос Белова давно решен, приговор вынесен далеко от Красносибирска, и обжалованию не подлежит.

— Ну, допустим, ты оправдаешь Белова, Андрон, — рассуждал прокурор, закусывая коньяк прозрачным кусочком лимона. — Чего ты этим добьешься? Краевой суд все равно отменит твое решение. А краевой не отменит, значит, верховный отменит. Белова все равно осудят: не по этим статьям, значит, другие найдутся. Парашютом что-нибудь прицепят, ты же знаешь, как это делается.

Андрей Иванович молча кивал.

— Сказать тебе, что будет дальше? — продолжал его оппонент. — Тебя вместо честно заработанной пенсии ждет квалификационная комиссия. Да и на моей карьере можно будет поставить крест.

— А ты на пенсию, я вижу, не торопишься?

— Какая пенсия, Андрон! Мы еще повоюем, — Константинов наклонился к приятелю. — Мне ведь для чего нужен этот обвинительный приговор? Дело Белова — это только начало! Таких дел будет хренова туча! По моим сведениям, в Москве сейчас специально специалисты подбираются... Ну, которые умеют выигрывать подобные процессы. Специальное как бы подразделение из людей, наделенных бойцовскими качествами. Пойми, Андрон, у меня есть шанс!

Можно сколько угодно злиться на Дрюню, но по сути он прав: Чусов не боец. Пудовые кулаки и большой живот у него имеются. А бойцовских качеств, которыми до предела нашпигован Дрюня — у него нет.

Посчитав, что вопрос об обвинительном заключении, решен положительно, прокурор Константинов перешел к следующему пункту.

— Защита наверняка будет настаивать на том, чтобы вызвать в суд специалиста по международному финансовому праву, — сказал он, разливая по стопкам остатки коньяка. — Советую отклонить ходатайство. Зачем нам буржуйский специалист? У нас есть своя лаборатория судебно-бухгалтерской экспертизы. Клавдия Васильевна — хорошая женщина...

— И твоя жена, — ехидно заметил судья.

— Гражданская, между прочим, — парировал прокурор и всем своим видом показал, что это полностью меняет дело.

— Я не спорю, Клавдия Васильевна хороший специалист в своей области, — согласился Чусов. — Но при чем здесь бухгалтерская экспертиза, если речь идет о налоговом праве?

— А при том, Андрон, что Беловский специалист — это американская вобла Донахью. Родная дочка телекомментатора, между прочим. Она станет умничать и всех только запутает. К тому же затянет процесс до невозможности...

Коньяк давно закончился, так и не улучшив их взаимопонимания. Осталось ощущение недосказанности и какой-то неприятный осадок. Работать судье Чусову по-прежнему не хотелось. К тому же в связи с делом «Красносибмета» его освободили от всех текущих дел, чтобы он мог полностью сосредоточиться процессе Белова...

Они продолжили свой разговор в ресторане «Сибирские пельмени». Немного поспорили о вертикали власти и о социальной ответственности бизнеса, но предстоящего процесса уже не касались. Вместо этого власть повспоминали общую юность, школьные и студенческие годы. И до того довспоминались, что в какой-то момент даже вылезли на эстраду и, отобрав у ведущего микрофон, исполнили на два голоса песню из кинофильма «Генералы песчаных карьеров».

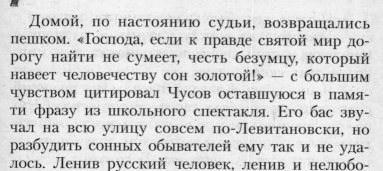

Домой, по настоянию судьи, возвращались пешком. «Господа, если к правде святой мир дорогу найти не сумеет, честь безумцу, который навеет человечеству сон золотой!» — с большим чувством цитировал Чусов оставшуюся в памяти фразу из школьного спектакля. Его бас звучал на всю улицу совсем по-Левитановски, но разбудить сонных обывателей ему так и не удалось. Ленив русский человек, ленив и нелюбопытен...

XXXI

Хорошее все-таки время — весна. Хотя и не впадает человек в зимнюю спячку, а все-таки весной появляется ощущение, будто проснулся. Депрессия, именуемая иногда «кризисом среднего возраста», прошла у Введенского так же быстро, как и началась. И в этом не было ничего удивительного: человек, склонный к самоедству не имеет шансов стать профессионалом такого уровня и в такой области, которая требует от человека волевых качеств и постоянного контролю за собой.

Впервые после долгого перерыва Игорь Леонидович ехал в метро. Этот факт сам по себе рождал ощущение новизны, напоминал о студенческой юности. В метро можно было не опасаться встречи со знакомыми: они пользовались другим видом транспорта. Плюс неприметная внешность, стертый тип — тоже, между прочим, не последнее качество для людей его профессии.

Это ощущение чего-то нового было связано с его одеждой — на нем был турецкий пуховик с Черкизовского рынка, джинсы и кроссовки, имеющие сходную родословную. А что? Нормальная одежда, вполне удобная. Генерала Введенского, даже когда он не был еще генералом, отличало полное равнодушие к внешним проявлениям достатка. Его аскетизм часто становился предметом шуток в кругу знакомых и друзей.

Турецкий пуховик цвета морской волны — это, разумеется, перебор. Но маскарада требовало дело — Введенский возвращался со встречи с информатором в приятном возбуждении от подзабытого кайфа оперативной работы. Короче говоря, настроение было прекрасное, несмотря на то, что именно сегодня на карьере Игоря Леонидовича мог быть поставлен крест.

Процесс Александра Белова и сопутствующие ему обстоятельства произвели на Введенского глубокое впечатление. Смутное недовольство собой, своей работой и многими из окружавших его людей воплотилось в конкретном человеке. Нет, не в Белове, а в Батине. Странным образом их судьбы были связаны — то ли генералы КГБ со своим списком избранных напортачили, то ли парки, Клото, Лахезис и Атропос, прядущие нить жизни, что-то напутали...

Белов не был его другом в прямом значении этого слова. Но сам он, как человек одаренный, волевой и без оговорок честный, — олицетворял для Игоря Леонидовича ни много ни мало будущее России. Генерал не любил цветистых фраз о любви к отечеству, но именно забота о государстве и, в конечном счете, благе народа была главным мотором его деятельности.

Попытка разобраться в ситуации путем открытого разговора с шефом результата не дала. Мудрый генерал Хохлов намекнул, что является «рабом лампы», человеком системы, и любая откровенность между ним и подчиненным по интересующему Введенского вопросу исключается. Это была первая из дверей, плотно закрытых перед носом человека, вздумавшего ставить под сомнение генеральный курс администрации президента. Правда, в конце разговора Хохлов пообещал посодействовать в организации личной встречи с президентом.

Были и другие двери, которые захлопывались перед ним, будто по команде. Батин, с которым Игоря Леонидовича, как ему казалось, связывало чувство взаимной симпатии и уважения, вообще не счел целесообразным с ним встречаться, несмотря на протекцию Хохлова.

Зато личного общения с генералом Введенским, как выяснилось, возжаждал председатель думского комитета по законности и праву Борис Сергеевич Удодов. Восходящая звезда политического бомонда, личность, по уверениям газетчиков, «сугубо харизматическая» появилась в рабочем кабинете заместителя главы ФСБ, как и положено по статусу, без звонка.

— Разрешите войти! — с легким намеком на «офицерскость» сказал Удодов, хотя, по мнению хозяина кабинета, о подобном разрешении следовало попросить загодя.

Внешность у депутата и в самом деле была фактурная. Именно такие лица и должны быть у слуг народа. Ранняя седина, результат неправильного обмена веществ, должна была свидетельствовать о тяжких испытаниях и смертельных опасностях, выпавших на его долю. А псевдовоенная выправка, достигнутая ценой изнурительных упражнений, помогала Борису Сергеевичу с особым чувством исполнять песню «Господа офицеры» на встречах с ветеранами.

У него был универсальный имидж: строевая подтянутость, в случае надобности, легко перекраивалась в интеллигентную мягкость «шестидесятника». Достаточно было сменить депутатский костюм-тройку на свитер и гитару. Иными словами, наружность — дай бог каждому.

Удодов с порога заговорил о Белове. Человек до крайности самонадеянный, он не сомневался, что фээсбэшник вполне разделяет его классовую ненависть к олигархам. И потому говорил, говорил, говорил, не стесняясь в выражениях. Введенскому страшно захотелось остановить этот поток красноречия.

— Я ошибусь, если скажу, что вами движет чувство личной обиды? — спросил генерал: по роду службы он был осведомлен о конфликте между Беловым и Удодовым.

Удодов встал в позу и с пафосом произнес:

— К сожалению, в наше бездуховное время забыта славная русская традиция. В прошлом веке я бы вызвал этого подонка на суд офицерской чести!

«Кажется, он спутал понятия и имеет в виду дуэль, — подумал Игорь Леонидович. — И вообще, какое отношение этот мудак имеет к офицерству? Его потолок — добровольная народная дружина, на большее он не способен...

Введенский выстрелил наугад и, как это часто с ним случалось, попал в десятку. Спустя несколько дней, когда он приступил к активной разработке высокопоставленного думца, узнал, что тот учился в текстильном институте и действительно возглавлял какое-то время ДНД! Личные дела Игорь Леонидович научился читать по физиономиям фигурантов, причем погрешность в деталях была минимальной.

Более того, по ряду признаков Введенский мгновенно признал в посетителе человека лубянской епархии. Он поднял архивные материалы и утвердился в своей догадке: Удодов в студенческие годы был стукачом. Именно стукачом, а не агентом, хотя, как и большинство коллег, Игорь Леонидович не любил первое слово и предпочитал ему второе. За долгие годы в поле зрения генерала побывали сотни агентов. Эти люди были очень разными, многие из них внушали глубокое уважение и даже стали впоследствии чуть ли не его друзьями, как Белов. Часть из них работала за идею, подавляющее большинство было вынуждено сотрудничать с органами, попавшись на разной степени тяжести грехах. Удодов же принадлежал к самой отвратительной группе: им двигала мелкая корысть, желание получить дополнительные, недоступные остальным, блага...

В тот день в кабинете Введенского на Лубянке председатель думского комитета по законности бесхитростно изложил все свои соображения по делу Белова. Следствие по неуплате налогов, несмотря на четкие указивки сверху, движется вяло, через пень-колоду. Кандидатура судьи тоже подобрана неудачно: Чусов человек нерешительный, да к тому же себе на уме. От него чего угодно можно ожидать — вплоть до вынесения оправдательного приговора. Да к тому же международная общественность не дает нормально работать: заходится в причитаниях о «правах человека» и о «политической подоплеке» процесса Белова.

— Этот подонок у них там, в Европах, едва ли не в борцах с тоталитарным режимом ходит! — возмущался Удодов. — Мы не можем этого допустить. Вор должен сидеть в тюрьме!

— Боюсь, для своих... э-э-э... консультаций вы выбрали не то ведомство, — сдержанно усмехнулся Игорь Леонидович. — Вы читали вчерашнее интервью президента? Всеволод Всеволодович ясно дал понять, что не следует подменять криминальную сторону проблемы политической. А, кроме того, заявил, что Белов лично для него пока является невиновным. Во всяком случае, до вынесения приговора судом.

— Во-первых, не надо скромничать, Игорь Леонидович, — Удодов даже позволил себе подмигнуть собеседнику, — мы-то с вами знаем, что входит, а что не входит в компетенцию возглавляемой вами конторы. На Белова наверняка достаточно компромата для того, чтобы изолировать этого мафиозо от общества на долгие годы. И на Западе поборники справедливости сразу бы заткнулись: режим режимом, но русской мафии они сами боятся, как огня. Что же касается уважаемого нами президента... — В этом месте Удодов от избытка чувств понизил голос до шепота и сообщил своему визави, что не далее как вчера имел личную продолжительную беседу со Всеволодом Всеволодовичем в его резиденции. И этот разговор позволяет ему сегодня не сомневаться в верности выбранного курса на уничтожение Белова.

Введенский невольно поморщился. Не далее как вчера ему, генералу ФСБ, было отказано во встрече с президентом под предлогом большой занятости подготовкой к предстоящему чествованию ветеранов в Кремле.

— И, тем не менее, я вам повторяю, — резко сказал генерал. — ФСБ не занимается «Красносибметом» и не намерена заниматься подобного рода проблемами в будущем.

— Что ж, очень печально. Особенно с учетом нависшей над нашей страной олигархической угрозы... — резюмировал Удодов. — В таком случае, как говаривал великий Ленин, мы пойдем другим путем. — Он поднялся и со всей возможной молодцеватостью, едва не щелкнув по лейб-гвардейски каблуками, произнес: — Разрешите откланяться. Честь имею!

— Не преувеличивайте, Борис Сергеевич... — нейтральным тоном сказал Введенский.

— Насчет чего? — депутат обернулся, подумав, что не правильно расслышал последнюю, сказанную довольно тихо, реплику генерала.

— Насчет чести.

Отрицательный опыт — тоже опыт. По крайней мере, теперь Введенскому было ясно, что арест руководителя «Красносибмета» — не случайная цепочка причинно-следственных отношений. Что личный конфликт предпринимателя Белова с депутатом Госдумы Удодовым, инициатором разборок вокруг комбината и его директора, лишь начало будущего мощного потока, который только набирает силу. Что страна стоит на пороге разрушительного «крестового похода», в котором предприниматель Александр Белов не более чем первый «неверный», которого во что бы то ни стало нужно образцово-показательно уничтожить.

И чем слаженнее выступал сводный хор официальных лиц, чем упорнее насаждалась версия «не политической, а чисто криминальной подоплеки дела Белова», тем яснее становилось любому мыслящему человеку: грядет великий передел собственности. И вовсе не случайно «крестовый поход» начался именно с одного из самых безупречных в деловом и моральном плане собственников.

Игорь Леонидович, как человек и как государственный чиновник, вовсе не собирался выступать на стороне «великой олигархической революции». Более того, в свое время он сам убеждал Белова передать государству акции алюминиевого комбината. Введенский верил, что так будет правильно. Однако то, что происходило теперь, не имело ничего общего с его убеждениями.

Первый менеджер государства В. В. Батин недавно озвучил мысль: государство — не лучший хозяйственник, и национализация промышленности не входит в его планы. Это означало только одно: собственность акционеров «Красносибмета» изымается не в пользу страны и не на благо народа. Сладкий пирог экономики будет поделен заново и съеден чиновниками новой волны, пришедшей с севера. Что-нибудь останется старым и непотопляемым зубрам вроде Зорина. Но главный куш сорвет «племя младое», и оттого страшно голодное. Подросла смена хищников, именуемых «северянами», достойным представителем которых выступал тот самый Удодов — принципиальный борец с беззаконием в любых его проявлениях.

XXXII

То, что затеял Введенский, было похоже на самоубийство. По крайней мере, на политическое самоубийство. В полном объеме конечную цель Игоря Леонидовича знал только он — конспирация, батенька! А для достижения ее следовало решить две тактические задачи.

Во-первых, добыть как можно больше информации об Удодове, чтобы иметь возможность, если понадобится, умерить прыть депутата-законотворца. И, во-вторых, точно узнать, что именно затевается против Белова и какой такой «другой путь» имел в виду думский заседатель, покидая кабинет на Лубянке.

После того, как решение было принято и собственная позиция сформулирована, Игорю Леонидовичу в моральном плане стало гораздо легче. Он вновь полюбил жизнь во всех ее проявлениях, включая весеннюю грязь и слякоть за окном...

Раскидав после выхода с больничного дела первостепенной важности, он явился к шефу с рапортом об очередном отпуске. Мудрый Хохлов одобрил его решение безоговорочно и даже не удивился выбранному для отдыха периоду межсезонья. В ответ на вопрос о планах Введенский озвучил заранее подготовленную версию:

— Недельку похожу по театрам-музеям. Даром, что москвич, одичал непростительно, не сегодня-завтра уши покроются шерстью, как у ге-

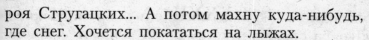

роя Стругацких... А потом махну куда-нибудь, где снег. Хочется покататься на лыжах.

— В Сибирь, наверное? — Хохлов из-под кустистых бровей брежневского образца уставился на подчиненного взглядом потомственного ясновидящего. — В Сибирь поезжайте — там, в тайге, еще долго будет снег лежать. И сервис должен прийтись по вкусу... аскету вроде вас.

Введенский молча улыбнулся.

— Только поосторожнее там с медведем, — не удержался старый хитрец Хохлов. — Проконсультируйтесь с местными охотниками и в одиночку не ходите.

— Да вы же знаете, Андрей Анатольевич, я в принципе против убийства животных! — рассмеялся Игорь Леонидович.

— Именно, что знаю, — кивнул генерал Хохлов. — Вы ступайте в лес без оружия, но при случае завалите медведя из фоторужья.

Они посмеялись над шуткой и расстались с чувством полного взаимопонимания. Ввести шефа в заблуждение по поводу истинной цели своего внезапного отпуска Игорь Леонидович не рассчитывал и раньше. Однако теперь он был уверен в том, что Хохлов, если и не поддержит его открыто, то и не станет противодействовать.

В полном соответствии со своим обещанием, Введенский с супругой несколько раз отметились на разного рода протокольно-светских мероприятиях. Посетил пару выставок и одну громкую театральную премьеру. Полностью восстановив запас терпимости к людям, он дал жене уговорить себя на посещение Кремлевского Дворца съездов, где проходил концерт и прием в честь Дня защитника отечества.

Проскучав весь концерт, Введенский продолжал заниматься тем же самым в большом неуютном зале, где, по традиции, проходил фуршет. Он уже успел обменяться приветствиями со всеми теми, с кем это было необходимо. И теперь терпеливо дожидался, пока утолит свой коммуникативный голод супруга, чтобы незаметно убраться восвояси...

Ирина, жена Игоря Леонидовича, слава богу, тоже не была фанаткой светских тусовок. Однако время от времени испытывала потребность показаться на людях в удачной обновке и с новой прической. Зря она, что ли издевается над собой, истощает женскую плоть на занятиях шейпингом?..

— Дорогой, познакомься с Аллой, супругой Бориса Сергеевича Удодова. Мы с ней подружились, когда ездили в Италию. — Ирина держала под руку красивую, начавшую полнеть даму постбальзаковского возраста.

Введенский несказанно удивился: такого еще не бывало в истории их брака, чтобы жена — образцовая жена чекиста — навязывала ему в собеседницы какую-либо из своих подружек. Еще более настораживало то, что супруга, оставив его один на один с жеманно-тоскующей дамочкой, сама немедленно растворилась в толпе

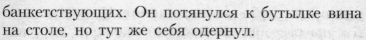

банкетствующих. Он потянулся к бутылке вина на столе, но тут же себя одернул.

— Какое вино предпочитаете? — Игорь Леонидович, мысленно чертыхаясь, заставил себя быть галантным.

Однако даму, к счастью, ничуть не интересовали замысловатые светские па. Она непозволительно близко наклонилась к собеседнику и произнесла интимным шепотом:

— Мне нужно с вами увидеться. Конфиденциально. Очень важный разговор.

Через минуту декольте Удодовой сияло южным загаром уже в другом конце зала.

Они встретились вечером следующего дня на конспиративной квартире. Введенский с удовольствием оглядывал подзабытый интерьер, ничем не примечательный, кроме того, что с ним у «бойца невидимого фронта» было связано множество судьбоносных встреч. На Аллу Удодову, сидевшую визави за журнальным столиком и на голом нерве ломавшую ни в чем не повинные сигареты, смотреть, в общем, тоже было приятно.

Женщина была эффектной и яркой. Хотя, справедливости ради, нужно было отметить: пора расцвета осталась у нее за спиной. Еще два-три года и, если эта дама не сменит имидж на более соответствующий возрасту, она рискует попасть в армию отчаянно молодящихся красоток вчерашнего дня.

Это было первое впечатление. Вторым по счету было разочарование: судя по всему, от этой загорелой дамы с красивыми, выделенными светлой перламутровой помадой губами, он не узнает ничего, что представляло бы оперативную ценность. Алла беспрестанно курила и с энтузиазмом вываливала незнакомому человеку информацию совершенно интимного свойства.

Через десять минут Игорь Леонидович уже знал в подробностях историю ее брака: Удодов женился на ней ради ленинградской прописки. А до этого бросил свою беременную подругу, родители которой отказались прописать шустрого провинциала на своей площади. Знал, что Алла ненавидит своего мужа, и тот платит ей взаимностью. Не может ей простить, что она помнит, каким он был ничтожеством. Ничтожеством он и остался, только этого теперь не видно. Бездетная женщина проводит едва ли не половину своей жизни в вынужденной ссылке на курортах, чтобы своим острым языком и неподобающим поведением не компрометировать «харизматическую личность».

То, о чем рассказчица предпочла умолчать, Введенский и сам знал. Встретив в очередной «ссылке» красивого, умного и удачливого бизнесмена Сашу Белова, мужчину своей мечты, она поняла, что жить по-старому больше не может. И теперь решила в меру своих скромных возможностей защитить любимого от наездов мстительного супруга.

— Понимаете, он по жизни троечник, — с упоением вещала Удодова, — Он занимался исключительно общественной работой в то время, как другие вкалывали. А теперь его душит жаба, что отличники сумели добиться большего, — Алла давила в пепельнице очередную сигарету и хваталась за новую. — Удодов из тех людей, кто умеет смотреть только в чужую тарелку.

Игорь Леонидович слушал нескончаемый монолог и думал, что потратил время на эту встречу совершенно напрасно. Налицо, как сказал поэт, «тысячи тонн словесной руды», и ни единого слова, ради которого стоило бы тащиться на улицу Гуриевича.

Введенский любил свою работу и умел абстрагироваться от грязи, которая ей сопутствовала. Немного обидно, что допустим, проктолога все уважают и ценят, никто не считает его моральным уродом и извращенцем, в то время как сотрудникам силовых структур, вместе взятым, общественное мнение по традиции приписывает все имеющиеся пороки. Безусловно, какое-то число уродов имеется в любой профессии, но лично он, старый работник органов, от копания в чужом белье удовольствия никогда не получал.

Алла Удодова между тем приступила к самой щекотливой части своей исповеди.

— Вот взгляните. Я вынуждена это сделать, чтобы спасти Белова... — с этими словами она бросила на журнальный столик пачку черно-белых фотографий, напечатанных, вероятно, в домашних условиях.

Игорь Леонидович мельком взглянул на первые два снимка, и только профессионализм позволил ему удержаться от саркастической улыб-

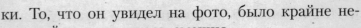

ки. То, что он увидел на фото, было крайне непристойно и до ужаса смешно.

Верхняя часть всех без исключения снимков являла светлый лик депутата Удодова. И комплект выражений его породистого лица был именно тот, которое имеют счастье ежедневно наблюдать миллионы телезрителей: «принципиальность», «глубокая сосредоточенность», «уважительное внимание», «праведный гнев», «ярость благородная» и так далее — десятки нюансов.

Жесты, которыми сопровождал свою воображаемую речь известный политик, были настолько эффектны, насколько узнаваемы: ладонь решительно рубит воздух слева направо; справа налево; указательный палец правой руки в духе Глеба Жеглова направлен вниз, что должно означать: вор должен сидеть в тюрьме!

Вся изюминка, вся пикантность фотосессии состояла в том, что на депутате не было одежды: король был голый!

— Представляете, таким образом он готовится к публичным выступлениям. Репетирует их перед зеркалом! — вздрогнув от отвращения, сказала Алла. — А потом несется ко мне, и...

Введенский решительно отодвинул стопку фотокарточек от себя назад к Удодовой:

— Если сие портфолио попадет в прессу, испорченное настроение вашему мужу можно гарантировать, — нейтральным тоном сказал он. — Однако достичь цели, если я правильно понимаю вашу цель, эти фотографии вам не помогут.

Игорь Леонидович действительно был убежден в том, что говорил. Мерзкие снимки, безусловно, были куда интереснее для психиатра и сексопатолога, чем кадры «человека, похожего на генерального прокурора» с девками. Тем не менее, сегодня они были уже не на в состоянии впечатлить сексуально продвинутую и закормленную сенсациями публику. В конце концов, человек ни к кому не пристает, и наедине с собою имеет право развлекаться, как хочет... Много лет назад, когда Введенский только начинал свое восхождение по служебной лестнице, такого рода компромат мог бы ему пригодиться для вербовки агента. Но сегодня, для того, чтобы завалить политического лидера, такого материала было явно недостаточно. Слишком легковесно.

— Оставьте их себе, — сказала успевшая немного поплакать Алла. — А себе я еще напечатаю и обклею всю комнату, чтобы не скучать после развода...

Она, похоже, смирилась с мыслью о том, что попытка поквитаться с ненавистным супругом, закончилась неудачей. Но ей стало легче от возможности выговориться. «Тоже своего рода сеанс эксгибиционизма», — подумал Введенский, но говорить этого вслух, разумеется, не стал. Поблагодарил за информацию, встал и подал даме руку, чтобы приблизить момент расставания.

— Стало быть, все это, по вашему мнению, нормально, — подвела итог Алла, уже стоя в прихожей и ожидая, когда генерал поможет ей надеть пальто. — И продавать наши переносные

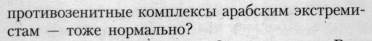

противозенитные комплексы арабским экстремистам — тоже нормально?

— Что вы имеете в виду? — вздрогнул Введенский.

Супруга депутата нервно повела плечом:

— Я имею в виду нелегальный бизнес моего
благоверного.

После этих слов Игорь Леонидович предложил даме вернуться в комнату для продолжения
разговора...

XXXIII

После ночного инцидента с Гротом, Белов вынужден был быть все время начеку. Внешне тот
держался как ни в чем не бывало, а серьезное рас-
тяжение плечевых связок как нельзя лучше стиму-
лировало миролюбие. Однако в числе сокамерников у него было достаточно своих шестерок. И Саша понимал: получив заказ, Грот просто не может
вот так запросто отступиться от задуманного.

Несколько ночей подряд Белов практически
не спал: прислушивался к каждому шороху и
думал свои невеселые думы. Так не могло про-
должаться до бесконечности. Через несколько
дней был назначен суд, и Саша просто обязан
был сохранить ясность мысли. Он приучил себя
спать днем, на ходу, словно компьютер в режиме ожидания или, как говорят кибернетики,
«безмозглого кота», чтобы при малейшем движении «мыши» мгновенно проснуться и начать
действовать.

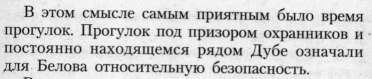

В этом смысле самым приятным было время прогулок. Прогулок под призором охранников и постоянно находящемся рядом Дубе означали для Белова относительную безопасность.

В этот день на крыше корпуса, где находился их прогулочный дворик, было свежо и одновременно почти жарко от прогретой весенним солнцем битумной поверхности. Со смотровой вышки в качестве «музыкального десерта» лилась «Песня Сольвейг». Нежная мелодия Грига в современной обработке трогала душу и резко контрастировала с убогостью клетки, в которой он оказался благодаря... Благодаря кому? Вот в чем вопрос! Саша прислонился спиной к шершавой, нагретой солнцем, стенке, закрыл глаза и задремал. Перед ним появилось скорбное, молящее о помощи лицо Ярославы...

— Слышь, Белый, свалить отсюда — не вопрос, — вместо сестры рядом материализовался, попыхивая своей верной трубкой Грот. — Я все продумал: главное, добраться до вышки и нейтрализовать охранника. Потом перелезть вон те щиты, и мы, считай на воле.

— Как ты перелезать станешь? — насмешливо поинтересовался Саша. — У тебя ж руки не держат.

— Заради такого дела подтянуться смогу.

К обсуждению побега Грот возвращался с упорством маньяка. Похоже, что его ничуть не смущала простая мысль, что Белов может запросто обломать все эти планы, рассказав о готовящемся побеге в оперчасти. Возможно, Грот был уверен: Белов способен на что угодно, кроме доносительства. А может, дела обстоят гораздо хуже... Он действует по чьей-то наводке и этот побег санкционирован свыше? И в его подготовке участвует кто-либо из сотрудников тюрьмы?

— Там «колючка», Грот. Или тебе не видать отсюда? — Саша возражал почти машинально. — И «колючка» непростая — по ней ток пущен. Для таких как ты, любителей острых ощущений. Надпись видишь? «Стой! Опасно для жизни!». Или ты неграмотный?

— Фигня! — убежденно прошептал Грот. — Во время дождя или когда мокрый снег идет, ток вырубают, потому может коротнуть. Точно тебе говорю!

Оба-на! С Саши мгновенно слетели остатки дремоты. Интересно, откуда у Грота такая информация? Уж не начальник ли охраны лично поделился с ним проблемой коротких замыканий в сырую погоду?

— Случайно подслушал, как два цирика про это базарили, — забегав глазами, пояснил свою осведомленность Грот. — А после еще профессор Мориарти проверил...

Мориарти в честь профессора преступного мира и врага английского мусора Шерлока Холмса блатные прозвали тщедушного мужичонку в очках, скрепленных на затылке бельевой резинкой. Опытный зэк, он без особого труда смастерил из газет действующую модель духового ружья, и с помощью этого приспособления, во-первых, определил точное расстояние, отделяющее прогулочный дворик от последнего препятствия — колючей проволоки. А во-вторых, действительно убедился, что в сырую погоду колючка бывает обесточена.

Свою элегантную кличку Мориарти заработал давным-давно, во время первой ходки, когда попал на зону прямиком из аспирантов какого-то НИИ, где погорел на краже платиновой проволоки. Неизвестно, каких ученых степеней смог бы достигнуть этот гений, останься он научным сотрудником, но в криминальной среде он пришелся ко двору, и с зоны практически не вылезал. В настоящий момент ему грозил очень серьезный срок за серию грабежей и убийство охранника ювелирного магазина.

Мориарти в деле побега был компаньоном Грота номер один. Еще, по прикидкам Белова, бежать собирались три или четыре человека. Большинству грозили не расстрельные статьи. Плюс имелись кое-какие особые обстоятельства, подогревающие здоровое желание покинуть изолятор самовольно и как можно скорее.

Например, некий Гоблин, который, по его словам, состоял в одной из влиятельных преступных группировок, хвастался, что успел сорвал перед посадкой солидный куш. И мысль о том, что ему приходится отсиживаться в холодке, в то время как подельники пропивают добычу, была ему невыносима. У соседа по камере с погонялом Заика была еще более веская причина стремиться на волю. Попавший в колонию за воровство, парень, как он говорил, «вынужден» был убить авторитета. Поэтому возвращение туда означало для него верную гибель. Но у Белова были другие планы на будущее...

— Все, Грот, базар окончен. На меня не рассчитывай, — подвел итог Саша. — Как вы побежите и куда, мне, на самом деле, пофигу.

— Что, заложишь Куму? — Грот испытующе уставился на Белова.

— Заложу, — Саша, не мигая, выдержал взгляд. — А то и сам тебя завалю. Я таким как ты нюх топтал и буду топтать. Запомни это. И будь уверен, я не позволю, чтобы пострадал кто-либо из невинных людей.

— Кончай играть в благотворительность, Белый, — Грот собрался было подтянуться, на решетке, заменявшей потолок, но сорвался, поскольку руки не держали. — Ты что не просек, это до добра не доведет. Все равно Мать Тереза из тебя не получится.

— А из тебя Тарзан. Грабки сначала залечи, Мцыри ты наш...

В камере за время их отсутствия контролеры успели провести «плановый осмотр». Один из заключенных не доискался тщательно спрятанного в матрац мобильника, другого огорчила пропажа резиновой грелки со спиртом. Мужики скорее от расстройства, чем по делу, начали наезжать на одного из сокамерников, который на прогулку не пошел и остался смотреть телевизор, сославшись на радикулит. Но тот замахал руками и закричал:

— Белый, давай сюда! Тут такое... Тут и про тебя тоже! «Санта-Барбара» отдыхает, блин.

Кто-то освободил ему место, откуда удобнее смотреть, кто-то подкрутил антенну, и экран портативного «Рубина» выдал неожиданно яркую и четкую картинку: во весь экран лицо Ярославы. Саша стиснул зубы, сердце начало стучать почему-то в горле. Первый шок сменился удивлением: лицо девушки было абсолютно спокойным, а в следующую секунду, отвечая на вопрос ведущей, Слава даже улыбнулась.

— Она что, в натуре твоя сеструха, Белый? — спросил тот же самый зек, любитель телепередач. — Ну, скажу я, блин... Келли Кэпвел отдыхает!

Других комментариев не последовало, и в камере воцарилась тишина. Видавшие виды уголовники, на совести которых были загубленные души, смотрели в экран и ловили каждое слово, изредка бросая на Белова сочувственные взгляды.

До Белова постепенно дошел смысл происходящего. Узнав о том, что ее используют в грязных играх вокруг Сашиного имени, Ярослава приготовила ответный удар. И какой! Нашла в себе силы явиться на телевидение, принять участие в прямом эфире, и открыть свою интимную тайну, свою боль, свой позор.

По всей вероятности, самая драматичная часть беседы была уже позади. Слово «изнасилование» говорилось вскользь, как тема, которую уже обсудили. Говорили об Алеше, и телекамера несколько раз подолгу зависала на заплаканной

Катерине и мальчике, сидевшем у нее на коленях. Тетка с ребенком находилась в зале среди публики. Другие участницы местного телевизионного шоу, построенного на манер столичных, тоже прижимали к глазам мокрые от слез платочки.

— По-моему, сейчас Алешу больше всего волнует «Чупа-Чупс», — сказала телеведущая. — Но пройдет два-три года... Вы осознаете, Ярослава, тот риск, на который вы пошли, обнародовав сегодня свою тайну? К сожалению, очень вероятно, что найдется добрый человек, который расскажет ее мальчику...

— Я пришла сюда, чтобы защитить доброе имя очень дорогого мне человека — моего брата Александра Белова. Ему сейчас тяжелее всех, — на щеках Ярославы от волнения выступил румянец, глаза горели. — Что же касается сына, то, уверяю вас, он узнает правду от меня.

«Господи, маленькая моя, сестренка моя... Как же ты на такое решилась, с ума можно сойти». У Саши не укладывалось в голове, куда подевалась униженная, с потухшим взглядом девушка, зацикленная на собственных переживаниях. И где она могла научиться так держать себя перед телекамерой — спокойно, отважно, со сдержанным достоинством?

— Находясь в монастыре, я успела понять главное, — сказала, глядя, как показалось Белову, прямо ему в глаза, Ярослава, — Господу не важно, чья кровь течет в жилах ребенка — чеченская, русская, еврейская. И как именно он появился на свет — в любви или в горе. Любое рождение — это чудо...

По экрану поползли титры, но никто не тронулся с места. Все молчали, и только Грот, повернувшись к Саще, пробурчал что-то в том смысле, что есть женщины в русских селеньях...

XXXIV

Ночь накануне заключительного судебного заседания по делу «Красносибмета» для многих выдалась бессонной. Каждый из мужчин, выкуривших рекордное число сигарет, и каждая из женщин, которые вставали и тихо крались на кухню, чтобы накапать в стаканчик валерианы, наверняка искренне удивились бы, узнав, сколько людей не спит из-за Белова. И даже железный Батин полночи провел без сна, уставившись в потолок пустым взглядом.

Насколько проще жилось бы человечеству, скольких конфликтов удалось бы избежать, если бы каждый человек хотя бы изредка, на минуточку, ставил себя на место противника. Если бы боец немного повременил спускать курок, представив, как больно будет матери того, кого он через секунду, может быть, уничтожит от имени государства. Если бы мать, наказывающая непослушного ребенка, могла вспомнить унизительное ощущение от полученной много лет назад пощечины...

Судья Чусов маялся в своей уютной квартирке точно так же, как подсудимый Белов в душной, набитой людьми камере. В некотором смысле судье было даже тяжелее, потому что подсудимый Белов был на сто процентов уверен в своей правоте и четко, вплоть до малейших деталей и интонации, представлял, что он скажет завтра в зале заседаний суда. В то время как Чусов, от решения которого зависело очень и очень многое — можно сказать, судьба правосудия в стране, — этого решения до сих пор не знал.

Он поднялся с постели, на цыпочках, чтобы не разбудить жену, которая только притворялась спящей, вышел в гостиную и достал из портфеля два варианта одного и того же приговора. Самое поганое заключалось в том, что оба документа были практически безукоризненны с точки зрения юриспруденции. Но один из них абсолютно исключал другой. И если формулировки оправдательного приговора дались Андрею Ивановичу легко, то с его обвинительным «близнецом» ему пришлось повозиться несколько дней.

Нет, этому красавчику Белову определенно легче! Он молод, здоров и вооружен сознанием своей правоты. Беда в том, что подсудимый в ходе предыдущих заседаний суда сумел внушить Чусову непозволительную с точки зрения профессиональной этики симпатию. А это плохо, очень и очень плохо... И судья вновь предпринял попытку отстраниться и почувствовать к Белову хотя бы каплю той классовой ненависти, которую испытывал его друг и коллега прокурор

Константинов. Не получалось... Именно эта черта и помешала в свое время Андрею Чусову состояться в спорте. Выходя на ринг, он не мог возненавидеть противника в той мере, в какой это удавалось сделать другим.

Так и не определившись, судья спрятал в портфель оба варианта приговора — обвинительный и оправдательный, и, превозмогая тянущую боль в левом подреберье, отправился в ванную чистить зубы... и затем в суд — исполнять свой долг.

Это заключительное заседание, которое многократно виделось судье во сне, тоже показалось не вполне реальным. В маленьком зале, не случайно выбранном администрацией суда для слушания громкого дела, было очень душно. Зато из прессы смогли поместиться только знаменитая Троегудова как представитель столичных изданий, журналист криминальной хроники из красносибирского «Колокола» и двое парней — репортер с оператором — с местного телевидения. Вполне достаточно для того, чтобы «объективно осветить рядовой уголовный процесс».

Другой маленькой профессиональной хитростью по части заполнения зала было присутствие большого, явно избыточного, числа омоновцев. В результате немногочисленные родственники подсудимого вынуждены были тесниться в проходе. Однако для представителя президента в крае Зорина и его свиты нашлись удобные места в первом ряду. Это холеное лицо, отягощенное сознанием государственной ответственности, за последнее время Чусову приходилось видеть многократно. И оно вызывало у судьи ощущения, похожие на симптомы пищевого отравления.

Спектакль, именуемый судебным заседаниям, побежал по хорошо накатанным рельсам. Прокурор Константинов в ладно пригнанном форменном пиджаке зачитал обвинительное заключение, как в школе — без запинки и с выражением. Свидетели обвинения выглядели чуть менее эффектно. Их выступления, как выяснилось позже, до обидного были похожими... на выступления свидетелей защиты. И те, и другие говорили об одном и том же, и практически в тех же самых выражениях. А суду предстояла сложная задача улавливать и фиксировать нюансы в оценках и интерпретациях.

Первое, едва заметное отклонение от привычного ритуала и некий намек на интригу забрезжил, когда адвокат Белова — безукоризненно одетый молодой человек, словно сошедший с обложки журнала, посвященного деловой моде — попросил суд пригласить в качестве свидетеля защиты госпожу Лайзу Донахью, специалиста по налоговому и финансовому праву, проводившего аудиторскиюую проверку на комбинате в интересующий суд период времени. С ее помощью защита намеревалась сформулировать свою позицию по вопросам налогообложения.

Послав в адрес судьи выразительный взгляд, государственный обвинитель Константинов немедленно заявил:

— Возражаю. Прошу суд отклонить ходатайство защиты. В ходе следствия госпожа Донахью уже давала показания. Они имеются в материалах суда и ничего нового добавить к рассматриваемому делу не могут.

В рядах публики возник тихий шум. Софит телевизионщиков, как в гестапо, был направлен прямо в лицо Чусову, туда же развернулась телекамера. Судья чувствовал себя отвратительно: волосы на висках и затылке слиплись от пота, а судейская мантия, которую он про себя именовал «чехлом для танка» делала его похожим на стог сена, укрытый от дождя... Пауза затянулась, казалось, до бесконечности.

— Возражение отклонено, — прозвучал наконец в притихшем зале знаменитый судейский бас. И секундой позже, уже в адрес защиты: — Вызывайте своего свидетеля.

По залу снова пронесся едва уловимый вздох, и стройная, как Кондолиза Райз, американка двинулась по проходу, лавируя на своих высоченных каблуках между стоящими людьми и нагромождением телевизионных штативов.

— К операциям, которые вменяются в вину подсудимому, не следует относиться с позиций одного лишь отрицания, либо всемерного одобрения, — сказала американка, обращаясь к судье. — Их надо рассматривать одновременно в нескольких аспектах. Моя задача предложить суду экономическую и юридическую оценку действий руководителя «Красносибмета». И показать, что эмоции могут быть легко нейтрализованы аргументами несложного экономического анализа...

Судья Чусов старался не смотреть в ту сторону, где сидел прокурор и уж тем более не встречаться взглядом с господином Зориным. Боль в левой части груди поднималась, подступала к горлу. В голове, ставшей невыносимо тяжелой, билась единственная мысль: выступления сторон заканчиваются, через несколько минут наступит его черед. Но прежде, чем зачитать приговор, необходимо сделать выбор, какой из двух монологов имеет право на существование... Неконтролируемый страх накатил на Андрея Ивановича. Может быть, это страх смерти? Лечащий врач предупреждал его, что перед началом сердечного приступа для больного характерно ощущение ужаса.

Голоса выступающих доносились будто сквозь толстый слой ваты. Государственный обвинитель Константинов изощрялся в красноречии, призывая суд вспомнить о врачах и учителях, месяцами не получающих зарплату, о пенсионерах, влачащих нищенское существование из-за нехватки денег в бюджете... Защитник обвиняемого столь же страстно призывал судить, в таком случае, членов Государственной Думы и президента, принявших и подписавших несовершенные законы, но никак не человека, который эти законы исполнял...

Заключительное слово подсудимого было коротким и начиналось словами:

— В уголовном деле нет ни одного доказательства моей виновности, но это, к сожалению, непринципиально... — Белов иронично улыбнулся, сделал паузу по Станиславскому и продолжал: — Дело «Красносибмета», носит откровенно заказной характер, это не конфликт государства с бизнесом, как пытается кое-кто доказать. Это нападение одного бизнеса, за которым стоят чиновники, на другой...

Почуявшая сенсацию Троегудова принялась лихорадочно чиркать в своем блокноте золотым пером, записывая за Беловым самые «вкусные» его выражения: «нелюбовь власти лично ко мне», «спущенные с цепи бюрократы». Ну и, разумеется, заключительную фразу:

— Репрессивные методы в политике, передел собственности силовыми методами в групповых интересах и задача построения современной экономики — несовместимы с представлениями о России как цивилизованной стране!

Наступила очередь судье Чусову идти на голгофу. Но он не стал этого делать. Подобно осужденному на казнь, он ухватился за последнюю возможность отсрочки. А именно: тяжело поднялся и объявил, что суд удаляется для вынесения приговора.

Крошечная комнатка, в которой сегодня судье предстояло совещаться исключительно с собственной совестью, показалась ему спасительным оазисом в пустыне. Никто не посмеет нарушить его одиночества, и телефона здесь не было по определению: решение суда должно быть беспристрастным.

Чусов первым делом рванул на себя заклеенную на зиму форточку. Чистый прохладный воздух хлынул в комнату, смешиваясь теплым, поднимавшимся от батареи отопления. Стало немного легче. Андрей Иванович собрался было достать браслет портативного тонометра, с которым никогда не расставался, но передумал: он и так знал, что кровяное давление уже зашкалило за двести. Он положил под язык таблетку нитросорбита и рухнул в кресло. Через минуту протянул руку к портфелю, наугад вынул один из заготовленных вариантов вердикта. Это был обвинительный приговор.

— Можно? — в комнату просунулась женская голова с барашком перманентной завивки на макушке. Этот барашек, непременное украшение его коллеги, секретаря суда, всегда раздражал Андрея Ивановича: он отдавал предпочтение дамской под названием «пряменько и за ушки».

— Нельзя! — рявкнул Чусов. — Нельзя беспокоить судью, когда он...

— Председатель комитета государственной думы по законности. Господин Удодов! — совершенно игнорируя запрет, скороговоркой прощебетала секретарь и протянула судье мобильник.

— Андрей Иваныч, дорогой, — раздался из трубки запредельно наглый голос депутата Удодова. — Чем порадуешь? Надеюсь, правосудие восторжествовало, и преступник понесет заслуженное наказание?

Кровь бросилась Чусову в голову.

— Да как вы смеете на меня давить! — крикнул он в телефон и закашлялся, оттого что нечаянно подавился еще не рассосавшейся под языком таблеткой. Через несколько секунд он продолжил в том же духе: — Как ты смеешь, законотворец херов, указывать судье, какое решение принимать? Ты сам-то законы читал, лохотронщик? Еще один такой звонок, и я привлеку тебя к ответственности!

Он бросил под ноги злополучный мобильник, чтобы растоптать его вместе с отвратительным голосом депутата Удодова, но не смог этого сделать. Страшная боль согнула Андрея Иванович пополам и повалила на пол. Слава богу, что телефон уцелел: с его помощью была вызвана бригада «Скорой помощи».

Чаши весов Фемиды застыли в положении неустойчивого равновесия...

XXXV

После того достопамятного судебного заседания, которое должно было быть заключительным, Белов вернулся в камеру и без сил рухнул на шконку. Он был готов к любому решению, но только не к такому повороту событий, когда судья вместо вынесения приговора с ветерком отбывает на «скорой» в реанимацию.

Однако «коллеги» не дали Саше перевести дух, они жаждали узнать подробности. Рассказывать в деталях не было сил, но и вообще ничего не сообщить тоже было бы негуманно.

— Судья заболел, — коротко пояснил герой дня. — Вынесение приговора отложили на неделю.

— Слышь, Белый, а ты как чувствуешь, что тебе светит? Зона или воля? — спросил любопытный Дуба.

— А в том-то и подстава, что никак не чувствую. Я так понимаю, что у судьи оттого и сердце лопнуло, что не знал как поступить — по закону или по понятиям.

— Он что, блатной, твой судья?

— Пока не знаю... — Саша, настигнутый внезапной догадкой, сел на шконке в позе индийского йога. — Короче, братва, вы меня знаете, я в завязке, давно никакого криминала за мной нет. А на этом суде снова почувствовал, будто нахожусь на стрелке. Пахан, то бишь государство, наезжает. Я в несознанке. Судья рамсы разводит...

— Ну и че, какие могут быть проблемы? У них для этого Кодекс написан, — удивился Дуба.

Его наивность вызвала у сокамерников ядовитые смешки.

— Открою кодекс на любой странице, и не могу — читаю до конца, — пропел Грот голосом Высоцкого.

— Вот про это все и говорили, что мол, есть буква закона, и с точки зрения этой буквы я получаюсь прав, и отнимать у меня ничего нельзя. А обвинитель возражал, что буква сама по себе кривая, и что кроме нее есть еще и дух закона. Этот дух я, стало быть, нарушил...

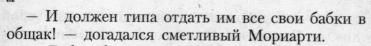

— И должен типа отдать им все свои бабки в общак! — догадался сметливый Мориарти.

— Добро бы если в общак, — махнул рукой Белов. — С этим я, может быть, и согласился бы. Но, скорее всего, несколько шустрых пацанов собираются между собой мою долю тупо поделить.

— Нет, ну это беспредел, однозначно, — подал голос Гоблин. — Кто у них там смотрящий? Выходит, Батин, что ли?

— А Госдума, получается, сходняк! — снова вставил Мориарти.

Все замолчали, переваривая полученную общими усилиями информацию. После чего Грот подвел итог дискуссии:

— Короче, Белый, я был прав. С живого с тебя не слезут. Надо делать ноги...

Вскоре дверь камеры с лязгом отворилась, и в дверном проеме появилась Анюта Цой. Ее восточного кроя губы были густо накрашены яркомалиновой помадой. Трудно сказать, что произвело на зэков больше впечатление: точеная фигурка или этот потрясающе красивый рот, напомнивший им обо всех женщинах мира, оставшихся за бортом их жизни.

— Белов, на выход! — затасканная тюремная формула в исполнении Анюты прозвучала исключительно вежливо.

Сопровождаемый завистливыми взглядами и шутками, Саша надел бушлат: идти предстояло через двор, в один из блоков «основного креста».

Саша мысленно отметил первую странность: Анюта не передала его, как полагалось, другому сотруднику изолятора, а конвоировала сама.

— Сегодня, по-моему, не ваша смена, — заметил Белов, перепрыгивая через лужу, которыми в изобилии был покрыт тюремный двор.

— Я подменилась.

— Специально, чтобы позаботиться о моем здоровье?

— Какой вы догадливый! Несмотря на ваш пульпит...

— Что?

— Пульпит. Воспаление зубного нерва. Имейте в виду: верхний шестой слева...

— Что шестой? — Саша невольно замедлил шаг.

— Зуб. Верхний. Шестой. Слева, — терпеливо повторила девушка. — Болит ужасно, невозможно уснуть. Дергает и отдает в челюсть... Вы мне не доверяете?

— Да что вы, товарищ контролер, доверяю больше, чем себе, — он лихорадочно соображал, что все это могло бы значить. — Дергает, конечно! Правда, немного не в том месте.

— Об этом расскажете доктору.

Они миновали несколько дверей нужного корпуса, поднялись на второй этаж. Там, перед белой дверью с табличкой «Стоматолог», подконвойного в очередной раз обыскал охранник. Анюта осталась вместе с коллегой по ту сторону двери, а Белов шагнул в кабинет, остро пахнущий лекарствами. Саша не мог с точностью определить, отчего ему больше не по себе. От неизвестности или от подавленных детских воспоминаний о зубоврачебном кресле.

— Здравствуйте!

— Добрый день! — с профессиональным равнодушием отозвалась на его приветствие медсестра. — Ватничек повесим вон туда.

Доктор — мужчина в белом халате, не обернулся и продолжал неподвижно стоять спиной к вошедшему. На фоне окна был отчетливо виден лишь его силуэт, и этот силуэт показался Белову смутно знакомым.

— Располагайтесь в кресле. Сейчас я подниму его повыше... — медсестра включила яркую лампу и понажимала ногой на какую-то педаль, отчего Сашу запрокинуло в горизонтальное положение.

Подготовив пациента, женщина, цокая каблуками, удалилась в смежную комнату. Через минуту оттуда донеслись первые аккорды до боли знакомой песни «Так вот какая ты».

Саша лихорадочно прикидывал, как взять ситуацию под контроль. Отражать нападение из положения «коленки кверху» и в свете лампы, бьющем прямо в лицо, было затруднительно.

— На что жалуемся, Белов? — раздался совсем рядом знакомый голос. — Верхний шестой дергает?

Свет гестаповской лампы погас, и Сашей увидел над собой улыбающееся лицо Введенского.

— А вы как догадались?

— Обычное оперативное мероприятие.

— Доктор, позвольте сесть нормально! — взмолился пациент. — В голове и без того каша, ничего не понимаю.

— В данном случае медицина помочь не в силах, — жестко рубанул в ответ новоявленный дантист.

Саша вынужден был продолжать беседу, находясь все в той же дурацкой позе.

— Александр, ты ведь пересекся на Кипре с депутатом Удодовым? — неожиданно спросил Введенский. — Чем там наш законодел занимался?

— Открывал памятник Козьме Пруткову! — усмехнулся Саша, разом припомнив все нюансы неприятного знакомства.

— А еще? С кем-нибудь встречался, разговаривал?

— Не могу сказать. Мы с ним совсем недолго общались. Все больше вино пили, о судьбах отечества рассуждали и сиртаки плясали. Хотите взглянуть на это своими глазами, попросите у тети Кати кассету с Кипра, там все это в подробностях должно быть заснято. Сам-то я ее не смотрел, руки не дошли...

Возвращаясь назад после «медосмотра», Белов уже не обращал внимания на лужи и не любезничал с Анютой. Все ресурсы его мозга были заняты обработкой только что полученной информации. А поразмыслить было над чем. О многом Александр давно догадывался и сам.

Но одно дело предполагать и совсем другое — получить веское подтверждение тому, что самые мрачные прогнозы непременно сбудутся.

Итак, побег, подготовкой к которому активно занимается Грот, не только не блеф с целью заработать дополнительные очки в глазах воровской братии, но, напротив, серьезное мероприятие. И он обязательно состоится. Правда, нельзя сказать, что «при любой погоде», потому что сигнал к началу действий должны подать, считай, сами небеса. Для успешного исхода необходим мокрый снег, либо дождь. В этом случае электроток с «колючки» будет снят, и путь на волю окажется не таким уж и сложным.

Операция, в которой участвовали не только используемые в темную зеки, но и сотрудники изолятора, так и называлась — «Снегопад». Правда, кто именно из работников СИЗО будет помогать беглецам, Введенский установить пока не смог. Если узнает, то найдет возможность сообщить Белову. Если же снег или дождь обрушатся с небес раньше, то Саше придется действовать по обстановке.

«Лучшая жилетка — бронежилетка» — припомнились Александру слова покойного Фила. Возразить против этой истины было нечего, а раздобыть средство защиты в условиях Вороньего гнезда негде. И вообще, что можно сделать голыми руками против десятка нападающих? Опасаться, между тем, следовало многих. Во-первых, Грота, который, по идее, давно должен был отправить Александра к праотцам, но по причине, заказчикам не известной, до сих пор не мог справиться с такой простой задачей. Во-вторых, его компаньонов по подготовке побега — это менее вероятно, но полностью исключить возможность того, что Грот перепоручит свою работу кому-то другому, тоже нельзя. В-третьих, незнамо кого и в каком количестве из контингента работников изолятора. И, наконец, последнее — по очереди, как говорят англичане, а не по значимости. А именно: снайпер на крыше одного из соседних жилых домов, который будет целиться в террористов как таковых, но самой желанной дичью для него при этом будет Александр Белов.

Собственно, физическое устранение Белова и есть основная цель побега, санкционируемого его высокопоставленными врагами. Почему для такой простой задачи, как лишение человека жизни, потребовалась такая трудоемкая операция? А потому что иначе пока не получается.

Международные общественные организации очень пристально следят за громким делом. Зарубежные компаньоны по бизнесу публично и неоднократно заявляли о своей обеспокоенности в связи с нарушением прав человека в отношении Александра Белова. Были поданы десятки ходатайств об освобождении обвиняемого из-под стражи. Почему бы не выпустить его под залог?

В такой ситуации тихая кончина «узника совести» в тюрьме, скажем, от диабета или сердечной недостаточности, была бы расценена как

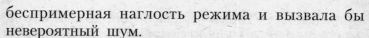

беспримерная наглость режима и вызвала бы невероятный шум.

Тогда как побег заключенных — дело стихийное, неуправляемое, это и тупые европейцы способны понять в своих Брюсселях. Далеко убежать, разумеется, никому не удастся, пуля догонит. Все участники, хотя они этого и не знают, обречены. Причем операция спецназа будет предельно жесткой. Короче говоря, Белов умрет как скифский князь — заберет с собой пару-тройку соотечественников. В этом что-то есть! И все-таки не хочется торопить события...

XXXVI

— Вы не забыли рекомендации доктора? — неожиданно подала голос Анюта Цой, когда они уже шли по «родному» коридору.

— Это вы насчет полосканий? — Белов с трудом отогнал одолевшие его невеселые мысли.

— Нет. Насчет того, чтобы подумать о душе.

— А что, уже пора? — удивился Саша и подумал: неужели Анита в курсе событий и ее следует опасаться?

Девушка замедлила шаг возле молельной комнаты и с укоризной посмотрела на Сашу. Только теперь он вспомнил странную фразу, сказанную Введенским под самый занавес. Генерал передал ему привет от Федора Лукина и настойчиво рекомендовал заглядывать в комнату для молитв.

— Вы со мной? — спросил Саша перед тем, как войти в украшенную резьбой дверь, похожую на царские врата.

— Нет. Буддистов ваша церковь не приветствует, — покачала головой Анюта.

Когда дверь тихо закрылась, Александр поначалу ничего не увидел. Похоже, что тотальный дефицит лампочек распространился и на эту обитель православия. Он почувствовал запах ладана, который неожиданно напомнил ему крестины Ваньки...

— Подойди сюда, сын мой, — донесся из глубины помещения тихий благостный голос.

Саша с трудом разглядел человека в рясе и скуфейке, стоявшего у противоположной стены, возле озаренного мерцающим светом лампадки образа Николая Угодника. Постепенно глаза привыкли к темноте, и он увидел слабые блики на золоте небольшого иконостаса. В следующую секунду Белов вскрикнул от удивления.

Федор Лукин, удивительно похожий на священника, приложил к губам палец, потом показал на уши и стены. Саша и сам подумал, что молельня наверняка снабжена жучками. Он вопросительно уставился на Федора.

— Вас удивляет, что не пришел отец Василий? — громко спросил тот, и пояснил, не дожидаясь ответа. — Братья заболели гриппом.

Белов вспомнил рассказ оперативника о том, что тюремную часовню посещают попеременно «два отца Василия». Если вдуматься, то ничего удивительного в недуге, внезапно подкосившем

336

обоих пастырей, нет. Православная церковь уже давно пребывает в особых отношениях с ведомством генерала Введенского.

Как жаль, что не удастся хотя бы коротко переговорить с Федей прямым текстом. Зато можно стиснуть его в объятьях! Вряд ли комната снабжена камерой видеонаблюдения, да и темно здесь, как в гробу.

Федор между тем нашел подходящую тему для разговора. Причем улучил, хитрец, момент, когда Белов оказался в слабой позиции: ведь кто-то зафутболил его в Воронье гнездо именно благодаря деньгам — очень большим деньгам!

— Не ты управляешь богатством, но богатство управляет тобой, — нараспев вещал бородатый проповедник. — Собственность губит человека, уродует его душу...

Опять двадцать пять! Сколько можно твердить одно и то же. Белов много раз пытался втолковать Лукину, что никогда не встречал людей, «изуродованных» богатством. Бедность не порок, но и богатство — тоже не порок. Все зависит от человека. Кто урод — тот урод, причем как в достатке, так и в бедности. Как говорится, что родилось, то родилось. Зато Белов не раз был свидетелем примеров другого рода. Он запомнил на всю жизнь, как соседка по лестничной клетке била по рукам малолетнего сына за то, что он слишком много выдавливал из тюбика зубной пасты на щетку. Или еще один случай: дети ветерана войны после его смерти продали на толкучке отцовские ордена, хотя сами ни в чем не нуждались. Короче говоря, это был старый спор, и со стороны Феди было нечестно затевать его в такой ситуации.

— Ты разбогател, сын мой, — продолжал «отец» Федор. — И что же, богатство сделало тебя счастливее и свободней? Ответь!

— Счастливее — нет, не сделало, — откровенно признался Белов. — А насчет свободы, ты... Сами видите, батюшка.

В этот момент наружная дверь приоткрылась и послышалось деликатное покашливание контролера Анюты Цой.

Федор на полуслове оборвал душеспасительную беседу и ухнул в руки Белова тяжеленную книгу. Названия в темноте было не разобрать, но, судя по весу, это было нечто весьма содержательное. Сверху Лукин накидал еще стопку брошюрок, вроде тех, какие щедро раздают желающим на автобусных остановках проповедники всех мастей.

— Читай внимательно! — напутствовал Белова «батюшка» — Думай о душе, и да поможет тебе Господь!

XXXVII

Человека, который недавно поселился в его холостяцкой квартирке, доктор Ватсон представлял своим пациентам как «коллегу из Курска». И если бы кому-нибудь пришло в голову проверить документы приезжего, то сомнений бы не осталось: так оно и было.

Интеллигентного вида мужчина ходил по клинике, с живейшим интересом присутствовал на приеме больных и даже сам задавал вопросы, свидетельствующие о высоком профессионализме. Несмотря на свою непримечательную внешность и сдержанность в суждениях, он очень расположил к себе служащих и пациентов клиники «Гармония». Чувствуя внимание со стороны нового доктора, буквально каждый клиент был готов немедленно рассказать обо всем, что его тревожит.

Введенского действительно связывали с доктором Вонсовским давние, хоть и не слишком близкие, но дружеские отношения. Хотя бы потому, что похожий на певца Розенбаума доктор оперировал когда-то полковника Введенского после ДТП и спас ему жизнь. А потому Игорь Леонидович, приехавший в Красносибирск как частное лицо, предпочел остановиться именно у своего знакомого, а не светиться лишний раз в гостинице.

За несколько дней пребывания в городе Игорь Леонидович успел сделать очень многое. И в первую очередь восстановить старые и завести новые связи с коллегами по цеху. Иначе говоря, вступил в контакт с «местными охотниками», как и советовал ему давеча генерал Хохлов.

Много новых деталей по интересующему его вопросу Введенский также почерпнул, общаясь с пациентами клиники «Гармония». Но особенно интересной и познавательной была его поездка с Доктором Ватсоном в странноприимный дом имени Нила Сорского.

Федя очень обрадовался гостям, хотя и не мог скрыть подавленного состояния. Кампания борьбы с тоталитарными сектами в средствах массовой информации набирала обороты. Газеты состязались в стремлении заклеймить его позором. Всевозможные проверяющие органы сбились с ног, пытаясь найти подтверждение имевшим якобы место фактам, будто Федор Лукин, используя власть над умами и душами свои приверженцев, отбирает у них квартиры и иное имущество.

Но самое неприятное случилось накануне ночью: загорелся деревообрабатывающий цех. В огне погибли не только станки, но и вся готовая партия вагонки, сделанная под заказ для городской лыжной базы. Впрочем, могло быть и хуже: пламя с горящего цеха могло перекинуться на основной корпус ночлежки, где обитает несколько десятков странников. Если бы не дочь завхоза Зарема — девочка вовремя проснулась и разбудила взрослых, — то могли быть человеческие жертвы.

Ответственность за акцию без тени смущения взяли на себя активисты из молодежного движения «Идущие рядом». Именно они, наряду с официальной церковью, и были идейными вдохновителями кампании по борьбе с «оборотнями от Библии». Так теперь принято было называть Лукина и его единомышленников...

Игорь Леонидович постарался успокоить расстроенного Федора. Он обещал задействовать свои рычаги, чтобы утихомирить разбушевавшуюся общественность. После этого немного приободрившийся Федя повел гостей знакомиться с новым обитателем ночлежки — скромным истопником Иваном Ивановичем Зерновым.

Ивана Ивановича нашли в бойлерной, где он пребывал в полном одиночестве и следил за работой газового котла, который, по правде говоря, особого пригляда вовсе и не требовал. Новый истопник, несмотря на свой более чем преклонный возраст, оказался человеком очень словоохотливым, что объяснялось его затянувшимся вынужденным затворничеством. Почувствовав искренний интерес к себе, Зернов мгновенно стартовал со своей историей, хотя и выступал в ней явным нарушителем закона.

В общем и целом ветеран войны, бывший разведчик, а ныне пенсионер Иван Иванович Зернов был законопослушным гражданином. Что же касается некрасивого поступка, то на это старика толкнуло желание сделать внучке в день совершеннолетия достойный подарок. Девочка днем и ночью мечтала про... этот, как его?...

— Эм Пэ три плейер! — подсказал Ватсон, уже слышавший эту историю.

— Вот именно, планер, — согласился рассказчик.

Но игрушка оказалась настолько дорогой, что денег на ее покупку не хватало. И тогда сметливый дедушка придумал хитрый трюк. Он знал, что на территорию алюминиевого комбината свозят со всех приемных пунктов алюминиевый лом, и хранят там в каком-то сарае, пока не переработают. Идея избавится за деньги от своих ложек-вилок-кастрюлек пришла ему в голову давно:

— Говорят, кто пользуется алюминиевой ложкой, рискует заработать старческое слабоумие, как Рейган в Америке, — на полном серьезе заявил ветеран.

Слушатели усомнились в том, что американский экс-президент в самом деле злоупотреблял посудой из алюминия. Но разубеждать Ивана Ивановича не стали, и вообще не торопили рассказчика, несмотря на обилие не имеющих прямого отношения к делу деталей.

Короче, задумка была идеальной, если бы не одно «но». Дело в том, что Иван Иванович уже по одному разу сдал абсолютно все имевшиеся у него в хозяйстве изделия из алюминия, и вырученные деньги быстро разошлись. Отправляясь вечером «на дело», он тешил себя мыслью, что сумеет отыскать в груде металлического хлама именно свои предметы. Сдать их по второму разу представлялось злоумышленнику все-таки меньшим грехом, чем прямое воровство.

Проникнуть на охраняемую территорию для бывшего разведчика оказалось вполне посильным делом. Однако после этого удача оставила его. Иван Иванович долго блуждал в темноте по территории комбината в поисках нужного склада, осматривая каждую дверь, но так и не нашел того, что искал.

В какой-то момент пенсионер чуть было не засыпался, сунувшись в открывающиеся ворота.

Но вовремя успел спрятаться, потому что заметил мужика, который выходил из гаража. Как теперь казалось рассказчику, что-то в поведении его было настораживающим. Как будто бы тот очень спешил и не хотел, чтобы его увидели. Так это было или иначе, но оснащенный от природы хорошей зрительной памятью Иван Иванович разглядел и запомнил лицо человека, запирающего ворота. Сам он при этом остался незамеченным. А про мужика, которого на тот момент посчитал сторожем, и вовсе забыл до поры до времени.

Зернов был продвинутым пенсионером. Во-первых, он читал газеты, а во-вторых, никогда не проходил мимо любого рода наглядной агитации. Вот поэтому лицо мужчины, увиденное на территории «Красносибмета», мгновенно восстановилось в его памяти при виде листовки «Их разыскивает милиция». Эта листовка да еще статья в центральной газете под заголовком «Асфиксия творчества» навели старого человека на размышления. Он сопоставил факты и пришел к выводу, что человек из гаража мог иметь отношение к убийству.

Вот только сообщать об этом в милицию Ивану Ивановичу было не с руки, поскольку возникал вопрос, что сам он делал в тот поздний час на территории комбината? Не грибы ведь собирал? Тогда что? Алюминиевые огурцы, о которых пел Цой у внучки на магнитофоне?

Так он промаялся некоторое время. А потом, решив, что уже слишком стар, чтобы чего-то боятся, направился в ближайшее отделение милиции — с повинной.

— С ваших слов кто-нибудь что-нибудь записывал? — спросил Введенский. — Вам давали на подпись ваши показания?

На оба вопроса Иван Иванович ответил утвердительно. И добавил, что к милиционеру, который его опрашивал, вскоре присоединился вызванный по телефону следователь прокуратуры. А потом Зернов рассказал, как его взялась преследовать бригада специализированной «скорой помощи» из психушки.

— Сижу здесь теперь, как в преисподней, среди котлов, и не знаю, что делать, — сказал растерянно Зернов. — На дурку идти не хочется. Подводить хорошего человека тоже не хочется. Не верю я, что Белов заказал журналиста.

Игорь Леонидович поблагодарил пенсионера за откровенность, пожал ему руку и посоветовал потерпеть еще немного и своего укрытия не покидать. И попросил на всякий случай еще раз изложить всю историю письменно, поставить под ней число, подпись и отдать на хранение Федору Лукину...

XXXVIII

Может ли человек в здравом уме и памяти мечтать в тюрьме — о карцере? Может! Больше всего Белов сейчас тосковал по первой своей одиночке или, на худой конец, о вышеупомянутом карцере. Ему так хотелось побыть одному и обработать спокойно лавину информации, которую обрушил на него Введенский. Однако, на то она и тюрьма, что простая фраза: «Мне надо побыть одному», прозвучала бы здесь так же нелепо, как блатная музыка на детском утреннике.

— Что, Белый, никак в монастырь собрался, грехи замаливать? — ехидно поинтересовался Грот, уставясь на стопку пропагандистской литературы в руках Саши. — Правильно. Только есть хорошая поговорка: на бога надейся, а сам не плошай. Никто тебе не поможет, если сам себе не поможешь.

Пассажиры выразили немедленную готовность почитать. Они вмиг расхватали тоненькие брошюрки, сетуя на то, что нет картинок, если не считать схематично нарисованной на обложке кисти руки. Четыре из пяти пальцев были загнуты: таким образом авторы в максимально доступной форме, то есть для полных дебилов, иллюстрировали «четыре неоспоримых доказательства существования Бога».

Самая толстая книга на поверку оказалась «Жизнеописанием преподобного Нила Сорского». Ее внушительный объем и название отпугнули конкурентов, никто не заинтересовался этим фолиантом, и Саша почувствовал от этого облегчение. Он сам собирался как следует ее изучить, однако не стал этого делать на глазах у всех и сунул том под одеяло.

Впрочем, для Белова вскоре нашлось другое занятие. Сначала на допрос увели Грота. А вскоре после этого и по Сашину душу в камере появился контролер — мужик, которого Александр до сих пор не видел, вероятно, новенький. Покидая камеру, Белов отыскал глазами Дубу. Единственный человек, которому можно было здесь доверять, молча кивнул, давая понять, что присмотрит за «хозяйством».

Маршрут, которым его вели, подсказывал: предстоит разговор либо с адвокатом, либо с опером. Допросов, насколько Белов мог судить, больше быть не должно. Однако здесь он, как скоро выяснилось, ошибался. Кабинет кума, возле которого остановился провожатый, по всей вероятности, был занят. И тогда с Беловым впервые проделали то, о чем он только слышал от других заключенных: его поместили в «стакан».

Ничего, как говорится, личного: просто заперли в поставленный на попа решетчатый гроб, именуемый на языке тюремщиков «камерой временного содержания». В самом деле, не болтаться же заключенному в коридоре, пока до него дойдет очередь! Это вам не ЖЭК со старушками, и не тамбур-накопитель в аэропорту — здесь все серьезно. Но ощущение, которое испытывает человек с нормальной психикой в такой узкой клетке, трудно описать. Саше пришло в голову, что зверям в зоопарке отводится куда как больше места.

Белов провел в таком положении никак не меньше получаса. Это время он использовал с пользой — для размышлений. Наконец, дверь

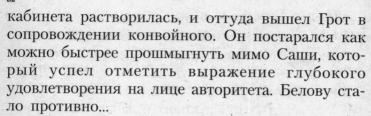
кабинета растворилась, и оттуда вышел Грот в сопровождении конвойного. Он постарался как можно быстрее прошмыгнуть мимо Саши, который успел отметить выражение глубокого удовлетворения на лице авторитета. Белову стало противно...

Однако сюрприз, который ожидал его в кабинете, подмял все остальные ощущения. Никто уже не вспоминал ни об уклонении от уплаты налогов, ни о растрате чужого имущества, ни об отмывании денег. Даже о предстоящем заключительном заседании суда, которое должно было состояться через три дня, никто не упомянул. Александру Белову было предъявлено новое обвинение: на сей раз в предумышленном убийстве...

Поздним вечером Федор, Витек, Доктор Ватсон и примкнувший к ним Введенский собрались в комнате психологической разгрузки ООО «Гармония». Все подготовительные мероприятия были уже проведены, и теперь можно было в прямом смысле сказать, что собравшиеся ждали у моря погоды. Как и предсказывали синоптики, к вечеру подул сильный влажный ветер, небо обложили густые темные облака. Эти перемены позволяли предположить, что к утру можно ждать снегопада. В связи с такой возможностью друзья, чтобы сохранить спортивную форму, отказали себе в даже одноразовой дозе «Бальзама Вонсовского», и перешли исключительно на зеленый чай.

347

Доктор Ватсон, попирая принципы врачебной этики, развлекал друзей рассказом из личной жизни Кабана. В какой то степени его оправдывало то обстоятельство, что бывший криминальный авторитет мог считаться «старинным приятелем» собравшихся и, следовательно, человеком не совсем посторонним. Кстати, к большому облегчению Федора, который не знал, что делать с кабанскими пожертвованиями, спонсорские подарки перестали поступать в дом бомжа...

По недавнему признанию, сделанному Кабаном в этом самом кабинете, его любимые экзотические галлюцинации, с которыми больной ни в какую не желал расстаться, претерпели серьезные изменения.

— Прикинь, Док, у нее появился запах! — от возбуждения пациент даже привстал с кушетки. — И звук! Она реально ко мне приходит! Может, действует... это самое... бром?

Доктор так не думал. У него насчет заболевания Кабана вообще не было ни единой продуктивной мысли. И, слушая откровения своего пациента, Вонсовский пережил несколько неприятных минут из-за осознания своей профнепригодности.

Как выяснилось, во время своего последнего посещения Холмогорова позволила себе то, чего не делала, будучи вполне реальной женщиной и любовницей. Она курила травку, танцевала, аппетитно покачивая бедрами, и вообще всячески пыталась соблазнить Кабана с помощью чуждых православным людям ухищрений. После секса Волшебное Виденье предложило сбитому с толку Кабану срубить бабки с помощью какого-то киднеппинга.

А когда он поинтересовался, что это, собственно, такое, обозвала его «тупой свиньей». Доктор Ватсон зафиксировал в истории болезни незнакомое пациенту слово «киднеппинг». В графе, посвященной анализу услышанного, он не записал ничего. А в графе «рекомендованное лечение» значилось одно-единственное слово «бром», да и то под вопросом.

Поскольку заняться было нечем, друзья принялись выдвигать свои, вполне дилетантские версии происшествия, но процесс этот вскоре прервал оживший мобильник Ватсона. Звонила тетка Белова, Екатерина Николаевна...

XXXIX

Сказать, что Белов был совсем не готов к такому повороту событий, было бы неправильно. После того, как судья заболел, и чаши весов Фемиды подвисли, как давший сбой компьютер, следовало ожидать от невидимого противника нового хода в игре. У Александра были все основания полагать, что этим ходом будет побег заключенных, в котором ему отведена роль жертвы. Потому он полностью сосредоточился, обдумывая такую линию поведения, которая могла выбить козыри из рук организаторов побега. Но сейчас получалось так, что в руках его противников были еще и другие козыри, наличие которых он на время упустил из виду.

Следователь прокуратуры по фамилии Моржов, которому доверили «новое дело Белова», в отличие от своего предшественника, не был ни апатичным, ни безликим. Это был смешной, круглый, живой человечек с поразительно вздернутым носом — таким, что с любой точки можно было видеть его ноздри. Он так был похож на мультяшного Хрюна Моржова, что Саша про себя его иначе и не называл.

На требование обвиняемого пригласить адвоката, Хрюн сообщил, что, разумеется, предвидел это законное требование, адвокату Белова уже позвонили, и он находится в пути. Так что обвиняемый, если ему угодно, может хранить молчание. Но при всем том, следователь не видит причин, которые могли бы помешать ему, работнику прокуратуры, изложить суть вопроса. Если обвиняемый, конечно, не возражает.

Следователь перемещался в ограниченном пространстве кабинета так быстро, что трудно было за ним уследить: вот только что был напротив, а следующая реплика уже доносится, считай, из-за спины. Он, как охотник, загнавший зверя, находился на пике возбуждения, и самое удивительное заключалось в том, что Белов его прекрасно понимал. Ловкий ход, что и говорить! Обвинение в экономических преступлениях может развалиться в любую минуту как карточный

домик, и тогда убийство журналиста пойдет парашютом. Не одна, так другая схема сработает!

Картина получалась безупречной. Ознакомив-
шись даже с малой частью свидетельских показаний, было трудно, практически невозможно
поверить в то, что Белов не убивал журналиста
Безверхих...

В тот вечер генеральный директор покинул
территорию комбината последним. Это произошло за несколько минут до того, как его гость из
«Колокола» был обнаружен мертвым за рулем
автомобиля с работающим двигателем, и в плотно запертом снаружи гараже. В ходе возобнов-
ленного расследования по делу гибели журналиста в кабинете Белова удалось обнаружить новые улики. А именно: початую бутылку водки
«Абсолют» с клофелином, который также был
обнаружен в тканях погибшего после проведенной эксгумации трупа. А пустую упаковку от
препарата удалось отыскать в директорском столе, между папками с документами.

Саша припомнил, что в тот вечер он водки,
действительно, не пил. Но в данном случае это
служило скорее отягчающим обстоятельством.
Однако самым сильным из аргументов обвинения должен был стать мотив. Мотив, который
имелся у директора комбината для устранения
мешавшего ему человека, был тоже обоснован
безупречено. Десятки опрошенных свидетелей
подтвердили наличие вражды. Личный секретарь

Белова Любочка свидетельствовала и готов
была повторить на очной ставке: очередная ссо
ра в ходе последней беседы имела место!

«Черт, неужели Люба имеет отношение
убийству? — расстроился Белов. — Во всяко
случае, все, что связано с закупкой спиртного
кофе и тому подобных припасов — в ее компе
тенции...»

— Взгляните, вам знаком этот материал? -
следователь пододвинул к Саше ксерокопию га
зетной статьи под заголовком «Маркиз де Сад...

Еще как знаком! Именно этим «маркизом»
пытался шантажировать Сашу Зорин некоторо
время назад.

— Черновик статьи был найден на квартир
убитого. Следствие не исключает, что покойный
в чьи руки попали сведения, компрометирующи
вас, господин Белов, не брезговал шантажом.
А с шантажистами как поступают? А, господи
Белов? Шантажистов век недолг! Вы скажете
что это подстава? А кто знает, как было на са
мом деле?

Саша стиснул зубы, и только здравый смысл
и сила воли помогали ему «хранить молчание
в ожидании приезда адвоката.

У торжествующего Хрюна Моржова зазвони
мобильный телефон.

— Слушаю! — нетерпеливо хрюкнул он
трубку, досадуя на то, что его монолог был пре
рван на самом интересном месте.

По мере того, как он переваривал информа
цию, выражение лица все время менялось, ка

питерская погода. Но одновременно что-то изменилось в звуковом фоне и атмосфере изолятора. По коридору кто-то с топотом пробежал в одну, потом в другую сторону. Послышался скрежет передвигаемых тяжелых предметов. А потом распахнулась дверь, и появился тот, кого Саша уже и не ожидал никогда увидеть.

— Александр Николаевич, все, как мы и договаривались! Вашу камеру отремонтировали, так что можно, ха-ха, заселяться, — оперативник Балко от смущения покашливал в кулак и всем своим видом изображал дружеское расположение. — Кстати, администрация тюрьмы благодарит вас за содействие в оборудовании новой пекарни. Да вы и сами, должно быть, оценили, ха-ха, свой хлебушек...

На какое-то время Белов вообще перестал понимать логику событий. На обратном пути он только успевал отмечать новые странные обстоятельства. Во-первых, из коридора испарились сварные «стаканы» — на их месте остались лишь пыльные прямоугольники, которые в настоящий момент спешно затирал шваброй парнишка из хозобслуги. Во-вторых, отремонтированными «под Белова» оказались совсем не те апартаменты, которые находились в основном «кресте», которые он занимал сначала и в которых просил заменить неисправный кран... Вполне приличная «еврокамера» отыскалась в том же, девятом отдельном корпусе для особо опасных преступников, рядом с часовней.

Когда Белов, готовясь к переезду, собирал свои нехитрые пожитки, Дуба успел сообщить ему, что администрация изолятора устроила великий шмон в связи с приездом какой-то комиссии. В камере не было Грота и еще нескольких человек. Как выяснилось, он пошел на прогулку в компании своих шестерок... Что-то больно много воли забрал этот морячок...

В новом «номере» Белова было гораздо больше дневного света: проем окна под потолком не был до половины заколочен досками, как в других камерах. Саша заметил лежавший на шконке комплект белья с бирочками. В числе постельных принадлежностей имелся даже пододеяльник!

Саша пристроил в головах свой тяжелый из-за наличия богоугодной литературы рюкзак, прилег на шконку и задумался. Что все это значит? Вырисовывались две шаткие версии: или неведомый ангел-хранитель счел необходимым отвести его от участия в побеге; или, наоборот, эта чистенькая камера — его последнее земное пристанище, где будет удобно без свидетелей отправить его на тот свет.

Так и не остановившись ни на одном из предположений, Белов снова вытащил из рюкзака книгу, отошел с ней в ту часть помещения, которая не просматривалась в глазок. Он решил, наконец, заняться житием Нила Сорского. Несмотря на надпись на обложке, книга не имела ничего общего со знаменитым нестяжателем. Все страницы ее были пустыми, а в аккуратно вырезанном углублении лежал навороченный мобильный телефон...

XL

Всю ночь, не давая себе расслабиться на шконке, Белов прислушивался к звукам за дверью, ожидая визита гостей. Но гостей не было.

В восемь утра, как обычно, прозвучал сигнал подъема. Небо за окном было серым, словно и не было весны, а дело шло к осени. Похоже было, что вот-вот сверху посыплется какая-то морось. Через час в распахнувшуюся «кормушку» был подан завтрак и, в качестве десерта, к нему прилагалась «малява». Белов оставил без внимания миску с на редкость ароматной, по здешним меркам, кашей, отошел в «глухой» угол и развернул крошечную полоску бумаги. «Не спи замерзнешь» — значилось в послании, неспособном что-либо прояснить.

В десять тридцать загромыхали запоры какой-то из соседних камер: сейчас заключенных по очереди, группу за группой, начнут выводить на прогулку. Саша, готовый к любому повороту событий, приник ухом к двери камеры. Так и есть! Из коридора донесся какой-то нештатный звук. Через несколько секунд, кто-то начал снаружи отпирать дверь Беловского «люкса».

Александр сделал шаг назад и схватил в руки тяжелую книгу — единственное свое на этот момент оружие. И все-таки средство убеждения, которое держал в руке появившейся на пороге

Гоблин, оказалось несравнимо круче: в кулаке бывший сосед по камере сжимал боевую гранату.

— Сваливаем отсюда, Белый! — заорал Гоблин и мотнул головой в ту сторону, где находился поворот лестницы, ведущей на крышу. — Теперь главное добраться до вышки!

«Кажется, вышка тебе уже обеспечена», — подумал Саша, выглядывая в коридор.

Промежуточные решетчатые двери, через которые они всякий раз проходили по дороге на прогулку, сейчас были распахнуты. В метре от себя на полу Саша увидел Анюту Цой. Он мгновенно оценил ситуацию. Девушка мертва или без сознания, от носа ко рту бегут две кровавые дорожки, а неестественно вывернутая кверху рука прикована наручниками к трубе ключеуловителя. Судя по распахнутым дверям, дотянуться до спасительной капсулы Анюта не успела. Нажать тревожную кнопку тоже, наверное, не успела, или... Или сигнализация не сработала по какой-то иной причине. В любом случае, другие обитатели изолятора пока еще жили обычной жизнью и ни о чем не догадывались.

В поле его зрения попали форменные ботинки и камуфляжные брюки второго дежурного, лежавшего на лестничной клетке. На пути к воле беглецам предстояло встретить еще как минимум двух охранников. Это означало еще две жертвы... В этой ситуации Белову не оставалось ничего иного, как присоединиться к бунтовщикам. Только таким образом он мог их остановить и удержать от новых бессмысленных убийств. Об этом Саша подумал уже на бегу, натягивая на себя теткину ветровку. В три прыжка он догнал тех, кто громыхал впереди башмаками по ведущей на крышу винтовой лестнице. Замыкал группу бегущих Гоблин со связкой ключей и гранатой...

— Ключи! — рявкнул успевший финишировать минутой раньше Грот и протянул руку.

Авторитет завис на лесенке, ведущей в караульную будку. Только преодолев это последнее препятствие, можно было оказаться на решетке поверх прогулочных двориков и добраться до оградительных щитов и «колючки», которая, ясное дело, была обесточена.

Саша с удивлением отметил, что караульная будка пуста. Оттуда лишь доносились знакомые звуки шлягера. Обдумывать, куда подевался дежуривший день и ночь охранник, было некогда. Зато сейчас у Белова оставался последний шанс избежать участия в побеге...

— Суки! — раздался вдруг сверху, перекрывая музыку, неожиданно тонкий и обиженный голос Грота: он не мог попасть в караульную будку.

На помощь ему поспешил Мориарти — уж он то со своими золотыми руками наверняка отопрет упрямый замок. Но минута шла за минутой, вот-вот должна была завыть сирена тревоги, а замок все не поддавался. Стало ясно, что нужного ключа на связке не оказалось.

— Валим назад! — принял решение Грот. — Блокируем корпусную! Гоблин, за Белова отвечаешь!

Так, значит, у него появился ангел-хранитель в лице Гоблина! Это немного усложняет ситуацию... А у Грота, судя по всему, имеется запасной план. Уже через секунду Саша летел вместе со всеми вниз по лестнице.

Труп! Белов внезапно тормознул, наклонившись к лежавшему в прежней позе охраннику, и пощупал у него пульс. У Саши возникла идея выиграть несколько секунд, чтобы оторваться от бегущих и захлопнуть за ними дверь в корпусную, служебное помещение для контролеров. Войти в него можно только с лестничной клетки. Участники побега уже собрались в комнате, по понятным причинам остававшейся до этого момента пустой. Саша, не торопясь, подошел к двери и столкнулся нос к носу с выглянувшим в коридор Гротом. Лицо его выражало полный восторг. Он даже присвистнул от избытка чувств: судьба явно подыграла беглецам! Саша проследил за его взглядом и увидел то, чего никак не ожидал...

В пустом еще минуту назад коридоре будто из воздуха материализовалась группа людей, человек десять, не больше. Это были словно пришельцы из другого мира, одетые по-европейски, добротно и ярко, как иностранные туристы, что выглядело в тюремном интерьере особенно нелепо. В этой маленькой толпе, которую возглавлял изрядно струхнувший начальник СИЗО полковник Медведев, преобладали мужчины, но

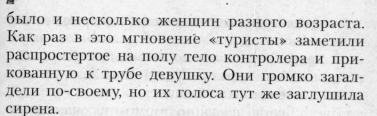

было и несколько женщин разного возраста. Как раз в это мгновение «туристы» заметили распростертое на полу тело контролера и прикованную к трубе девушку. Они громко загалдели по-своему, но их голоса тут же заглушила сирена.

— Берем заложников! — скомандовал Грот, перекрывая оглушительный вой, и в двух словах распределил роли.

Надо признать, что в этой сложной ситуации он не растерялся и выглядел довольно убедительно в роли предводителя мятежников. Через секунду Заика уже прижимал заточку к горлу ухоженной старушки с сиреневыми кудрями, которую он наугад, как репку, выдернул за руку из толпы. А Гоблин заломил за спину руку нескладному высокому парню в очках и отступал вместе с ним к двери корпусной.

— Спасибо за сотрудничество, господа! — сказал с шутовским поклоном Грот, обращаясь к заложникам. — Остальные свободны! — с этими словами он предъявил «экскурсантам» отобранную у Гоблина гранату.

Что и говорить, граната — железный аргумент, с ним не поспоришь. Ошарашенные неожиданным поворотом событий члены комиссии, включая групповода в лице полковника Медведева начали потихоньку пятиться к выходу. За исключением одной женщины, которая не двинулась с места. Это была Лайза Донахью! Сердце у Белова больно сжалось и стало таким тяжелым, будто превратилось в «черную дыру».

— Лайза, уходи! — вне себя от страха за нее крикнул он.

Однако американка почему-то поступила наоборот. Покачнувшись, будто случайно, на своих высоченных каблуках, девушка упала на одно колено, а, когда вновь поднялась, то оказалась в группе заложников...

XLI

Катя, обычно такая собранная и энергичная, передвигалась по квартире как слепоглухонемая. Встречая вызванных по телефону друзей, она мимоходом раздавила пластмассовый Лешин «мерседес», едва не вывихнув себе при этом ногу. А когда Федор, первым раздевшись в прихожей, попросил водички, она подала ему красивую чашку до краев наполненную жидкой манной кашей. Не дожидаясь, пока произойдет что-нибудь из разряда несчастных случаев, Ватсон накапал ей в рюмку валерьянки, а Введенский взял ее под локоть, усадил рядом с собой на диван и, не отпуская руки, тихо сказал:

— Екатерина Николаевна, Катя. Еще раз, пожалуйста, изложите все по порядку.

Катя начала свой рассказ, но по порядку у нее не получалось, потерявшая от волнения голову женщина то пропускала что-нибудь важное, то, наоборот, вязла в деталях. Суть произошедшего сводилась к следующему.

Сегодня утром, Катя, как обычно, сделала с Алешей дыхательную гимнастику, покормила мальчика завтраком, попила чаю с его нянькой Майей и понеслась в следственный изолятор, чтобы передать Сашеньке ветровку для прогулок: в бушлате топтаться на весеннем солнцепеке удовольствие маленькое. Вернувшись домой, ни малыша, ни, естественно, няни она в квартире не застала, что было нисколько не удивительно: в такую славную погоду грех держать ребенка в четырех стенах.

Сначала Катю рассердило, что бестолковая нянька одела мальчика слишком легко — алый Лешин комбинезон валялся в прихожей под вешалкой. Катя вышла на балкон, откуда был виден скверик с качелями — излюбленное место их прогулок, но и там никого не углядела. В этом, в принципе, тоже не было ничего странного: отправиться они могли куда угодно, хоть бы и в парк, либо на площадь к Большому Дому голубей кормить. Рассудив, что уж к обеду загулявшие точно явятся, тетушка пошла на кухню варить суп.

— Вы ж договаривались, что готовить будет эта Майя? — удивился Витек. — С таким условием ее и брали.

— Ай, Виктор, не сыпь мне соль на раны! — досадливо махнула рукою Катя.

Последнее время в ней боролись два чувства. С одной стороны из уважения к Ярославе она старалась не отзываться о няньке дурно. Но, с другой стороны, эта стерва Майя... Даже если не принимать во внимание личную Катину к ней неприязнь, донна из нее получилась никудышная.

— Ну, представьте, в самый первый день она овсяные хлопья в холодную воду плюхнула! Кто так ребенку кашу варит, спрашивается? — горячилась Катя. — Никогда не поверю, что она в жизни хоть лягушку родила и воспитала! Откуда Ярослава взяла, что у нее есть дети? Только жопой крутить умеет перед зеркалом, Мэри Поппинз хренова!

Обязанности поварихи Кате пришлось исполнять самой. Несколько раз нянька, поселившаяся в квартире у Беловых, не приходила ночевать. Правда, предупреждала Катю — этого не отнять. На прямой вопрос, куда пошла, Майя скромно опускала глаза и говорила: «Это личное». Из чего Катерина сделала единственно возможный вывод, что беженка легко адаптировалась в городе и оправилась от перенесенной трагедии. Более того, завела себе хахаля.

Это было страшно неудобно: Алеша спал беспокойно, и в течение ночи надо было неоднократно высаживать его на горшок и поправлять одеялко. Так что, взяв на работу няньку, Катя приобрела только лишние хлопоты. Никакого облегчения не получила.

Не дождавшись возвращения гуляющих к обеду, Екатерина Николаевна начала уже беспокоиться и впервые догадалась позвонить Майе на мобильник. Результат нулевой: то ли телефон был выключен, то ли в нем сел аккумулятор. Тогда тетушка побежала на улицу, и часа четыре нарезала круги и обшаривала те места, где могли быть Алеша с няней. Тоже безрезультатно. Даже всезнающие пенсионеры, дежурившие на лавочках у подъезда, ничего не могли сказать о красивой женщине в фиолетовом пальто-пуховике с маленьким ребенком в шапочке с двумя разноцветными помпонами.

Зато они рассказали Кате про маньяка, который орудует в парке и насилует почему-то исключительно одиноких лыжниц. Майя не была лыжницей, да и зима осталась позади, но к вечеру бедная Екатерина Николаевна уже не сомневалась: легкомысленная беженка, по привычке вихляя задом, спровоцировала именно того самого маньяка...

В этом месте Игорь Леонидович Введенский сделал рассказчице знак остановиться, уточнил внешние приметы пропавших и взялся за телефонную трубку. Он звонил по разным номерам и всякий раз повторял насчет фиолетового пальто и двухцветной шапочки.

А Витьку пришла в голову своя версия, и он немедленно взялся ее отрабатывать.

— А ну-ка покажи мне, Катя, комнату этой леди-бледи!

Они вместе прошли сначала в комнату Алеши, потом оттуда в маленькое смежное помещение, в котором стояла кровать и находились личные вещи няни. В то же мгновение оттуда донеслись рыдания Кати и мат взбешенного Витька.

— Мужики, эта сучка сбежала вместе с ребенком! — крикнул он, появляясь в гостиной. — И с вещами... Как будто замела за собой, не за что зацепиться.

— Кто бы сомневался, — процедил сквозь зубы Введенский, продолжая говорить с кем-то по телефону.

— Степаныч, едем на вокзал, потом в аэропорт! — скомандовал Злобин.

Игорь Леонидович с сомнением покачал головой. Но возражать не стал: этому парню обязательно надо действовать физически, иначе — взорвется. Арсений Степанович поднялся и пошел следом за Виктором. К дому Белова они приехали на его транспорте — синем фургончике марки «Фольксваген», который одинаково хорошо годился как для развозки выпечки по торговым точкам, так и для транспортировки больших компаний.

Введенский перестал звонить — теперь он ждал ответных звонков.

— Екатерина Николаевна, Александр говорил мне о видеокассете, которую он привез из поездки на Кипр. Могу я взглянуть? — обратился он к хозяйке квартиры. — А вы попробуйте сосредоточиться и вспомнить все, что имеет отношение к приятелю вашей няни, — он вставил кассету в магнитофон и нажал на пуск.

Раздались звуки сиртаки, но на экране ничего не происходило. Оператор неоправданно долго снимал унизанную плодами ветку апельсинового дерева, потом живую изгородь из кустов. У всех, кто находился в комнате возникло одно и то же ощущение, будто бы кто-то специально издевается над ними, демонстрируя милые пустячки, в том время как здесь такое творится! Игорь Леонидович начал осторожно проматывать пленку вперед, но быстро прекратил это занятие, потому что на экране в ускоренном режиме из автобуса начали быстро-быстро выпрыгивать люди.

Пришлось отмотать назад. Прибывшие в кипрскую деревню экскурсанты спиною вперед втянулись обратно в автобус, и только после этого, повинуясь телевизионному пульту, начали вновь выходить, на этот раз в нормальном темпе. Ага, вот и Белов, на фоне автобуса. Загорелый, в панаме плантатора, улыбаясь, озирается по сторонам. Потом, видимо, спохватившись, помогает выбраться из автобуса двум божьим одуванчикам неопределенного пола.

Следом молодцевато выпрыгивает Удодов. За ним по ступенькам медленно спускается его супруга в макияже, делающем ее похожей на негатив, но Удодову нет дела до жены. Скорее всего, он еще не в курсе, что попал в кадр, но ведет себя так, будто на него смотрит весь мир. Заметив камеру, поворачивается к ней медальным профилем. Вот, мол, я какой весь из себя, смотрите и завидуйте, я гражданин великой России...

Смотреть, как нарядные счастливые люди, украшенные оливковыми веночками, дурачатся, ездят на осликах, падают с осликов, выпивают, закусывают, флиртуют и танцуют, сидевшим пред экраном зрителям было невмоготу. Их было очень много, этих сибаритов. Частью русские — их отличить от прочих очень легко, частью какие-то другие туристы, вероятно, из Европы. Но мелькали и очень смуглые мужские лица арабского типа. Судя по всему, принимали участие в фольклорной вечеринке сразу несколько групп.

Пару раз Введенский отматывал пленку назад, и можно было в подробностях разглядеть сидевших за одним столом Удодова и Белова: оба раскраснелись, в пылу спора машут руками и бросают друг другу оскорбления, какие — не слышно, но явно что-то очень обидное.

Поначалу пленка, выданная участникам праздника в качестве сувенира, претендовала на некую сюжетность... Однако ближе к концу кассеты любые намеки на хоть какую-то логику и последовательность исчезли. Видно, халтура это не только русская болезнь, грекам тоже есть чем похвастаться. Музыкальная подложка с кипрскими напевами давно закончилась, куски видеозаписи с синхронным звуком чередовались с кусками, где звук отсутствовал вовсе. Несколько фрагментов попались вообще «левые»: то ослы шли задом наперед, то выплясывали сиртаки ярко выраженные афроамериканцы, которых не было на пленке ни до, ни после. Оператор, снимавший окончание вечеринки, явно был нетрезв. Не был он трезвым, судя по всему, и в момент окончательного монтажа, а может, просто очень спешил.

Вновь в поле зрения оказался Белов: теперь он спал, сидя на лавочке и уронив голову на грудь так, что оливковый веночек съехал у него на нос. Потом ракурс изменился, Екатерина Николаевна неожиданно для всех вскочила с диван и истошно заорала: «Это она, стерва!»

Кадры, снятые с близкого расстояния, позволяли во всех подробностях рассмотреть выставленные на всеобщее обозрение прелести очаровательной артистки беллиданса. Тип лица у девушки был явно европейский, в то время как весьма откровенный наряд и движения были классически восточными. Кате стало плохо: в исполнительнице танца живота она узнал «несчастную беженку» — Алешину няню...

Ватсон и Федор перенесли обессилевшую женщину в спальню. А когда вернулись, то застали Введенского внимательно, раз за разом, просматривающим какой-то другой фрагмент. Здесь присутствовал звук, и разговор на английском вели между собою мужчины.

Доктор Вонсовский осторожно тронул генерала за рукав:

— Игорь Леонидович, Алешина нянька, танцовщица, и «восточная галлюцинация» моего пациента — одно и то же лицо.

XLII

Белов никак не мог решить, что лучше — заступиться за Лайзу и других заложников, или сделать вид, что ничего не произошло. Численный перевес был на стороне Грота и его команды, поэтому шансы изменить ситуацию в свою пользу равнялись нулю. Саша счел за лучшее повременить с активными действиями и отошел к стене, визуально контролируя все перемещения отморозков. Другого слова для определения их действий он не находил.

Грот с удовлетворением оглядел собравшуюся компанию и велел шустрому Мориарти «задраить люки». Быстро разобравшись с замком служебного помещения, умелец заклинил его, а потом проверил на прочность решетки двух имевшихся в комнате окон. Одно из них выходило в тюремный двор, второе, поменьше — на лестницу.

— На хрена мы этого ботаника брали? — спросил сам себя Грот, показывая на оказавшегося англичанином парня, который сидел в углу на корточках и, подобно остальным заложникам, старался не делать лишних движений. — Хватило бы и двух баб, — он неожиданно схватил Лайзу за руку и дернул на себя.

Это замечание Гоблин воспринял как руководство к действию: подскочил к парню, поставил на ноги и технично вырубил его ударом в переносицу. Стекла очков вонзились несчастному в лицо, удар отбросил его назад, он стукнулся затылком о стену и рухнул на пол. Старушка с криком «Билли» бросилась к нему, а Саша — на Гоблина. В прыжке он изо всех сил пнул его каблуком в солнечное сплетение, прежде чем тот упал, развернулся на пятке и в круговом движении вокруг собственной оси вмазал ему подошвой тяжелого ботинка в ухо. Гоблин отлетел к стенке.

Пошла рубка, в ходе которой Саша два или три раза раскидывал нападавших в разные стороны, но, в конце концов, шестеркам Грота удалось его обездвижить, навалившись на него и прижав лицом к полу. Грот подошел к Белову, примерился и с размаху опустил гранату на его затылок. Отморозки бросились в разные стороны, как испуганные тараканы, но Грот со смехом остановил их.

— Спокуха, мудаки, граната учебная!

Он велел им приковать женщин найденными в комнате наручниками к радиатору батареи отопления, а лежавших без сознания Билли и Сашу оттащить в сторону и положить у стены рядом с раненым парнем.

В корпусной бандиты обнаружили, кроме наручников, и другие полезные вещи. Например, еще одну связку ключей, на которой, скорее всего, находился ключ от караульной вышки. Открыв дверцу стенного шкафчика, Заика издал радостный вопль:

— По-по-хоже, нас т-т-тут ждали!

Все увидели, что на полке, поверх нераспечатанной коробки конфет, лежит в хрустящем целлофане букет тюльпанов, а в глубине стоят несколько бутылок коньяка.

Очнувшийся Белов мысленно застонал: наверняка у кого-то из контролеров сегодня день рождения, может быть, даже у Анюты... В сторону Лайзы он старался не смотреть: ну кому, скажите на милость, кому понадобилась его геройская выходка! Лайза тоже делала вид, что с ним не знакома, и вполголоса общалась по-английски со старушкой. Кое-что из сказанного Саша понял и сумел сделать выводы.

Грот подвел итоги первой части операции. По его словам, несмотря на провал основного варианта плана, дела складываются не так уж и плохо. Заложники-иностранцы подвернулись как нельзя кстати. Теперь осталось очень аккуратно обменять их на какое-нибудь приличное средство передвижения. Бандиты сели к столу и начали обсуждать список требований для предъявления тюремной администрации в обмен на жизнь заложников. Настроение у них улучшилось, особенно после того, как они пустили по кругу бутылку коньяку.

Саша, опираясь о стенку, с трудом поднялся на ноги и в сердцах так грязно выругался, что Лайза посмотрела на него с осуждением. Гоблин тоже завозился на полу, медленно приходя в себя.

— Слушай, Грот, — обратился Белов к авторитету.— Ты плохо понимаешь ситуацию. Ты попал, на самом деле. Знаешь, кто эти люди? Комиссия Евросоюза по правам человека!

— Тем лучше. Выходит, эта сиреневая миссис Хадсон, покруче будет любого бронежилета. Правда, божий одуванчик? — спросил Грот ничего не понимавшую старушку.

— Бабулю, Грот, точно придется отпустить. И раненого тоже. Ты же никогда не был беспредельщиком!

Грот немного обиделся: кажется, Белов держит его за слабака? В этот момент Билли, до тех пор неподвижно лежавший в углу, начал шарить по полу в поисках очков, его лицо было залито кровью.

— Не двигаться, сука! — авторитет с явным намерением доказать свою крутизну, направился к раненому.

Саша снова не выдержал, встал между ними: в итоге удар достался не заложнику, а Гроту — от Белова, по печени. На этот раз никто не стал вмешиваться в их взаимоотношения.

— Опять ты, Белый, ссышь против ветра, — сказал Грот, отдышавшись. — Не будь банальным. Заика, дай мне букет, — велел он своему убогому ассистенту и снова обратился к Белову: — Думаешь, я дебил и ничего не вижу? Дураку понятно, что ты к этой кондолизе неровно дышишь! — он выхватил тюльпаны из рук Заики и подошел к американке.

Саша внутренне сжался и приготовился к атаке, но, как оказалось, напрасно. Грот пригладил ладонью ежик волос на макушке и с ловкостью старого морского волка поклонился удивленной девушке.

— Мисс, — сказал ей он с достоинством, кося глазом на Белова, — разрешите мне от имени российского криминалитета поднести вам этот скромный букет в знак признательности за вашу, так нужную всем нам, правозащитную деятельность. Ура, товарищи, — он с удовольствием присоединился к гоготу своих шестерок, оценивших, наконец-то, весь смак его издевательской шутки.

Затем последовал короткий, но впечатляющий рассказ о том, как именно он и его близкие поступят с Лайзой, если Саша не возьмет себя в руки и не пообещает вести себя тихо. В противном случае для него тоже найдутся браслеты. Белову не оставалось ничего иного, как пойти на мировую. Растерянная американка застыла с букетом цветов в руке, не зная, как реагировать на поведение этого опасного комедианта, Грота.

— Кончай стебаться, ботало, — устало произнес Саша, — и включи мозги. Пора уже...

В этот момент сработал зуммер допотопного телефонного аппарата, стоявшего на столе служебного помещения. Звонил полковник Медведев, предлагавший бунтовщикам немедленно отпустить заложников и сдаться. В отличие от Грота, ему явно не хватало воображения. И, поскольку взамен тюремный босс не предлагал вообще ничего, даже прощения, стало ясно, что переговоры будут долгими и трудными...

XLIII

Прошло два часа, в течение которых состоялись еще два телефонных разговора. От имени бандитов выступал, разумеется, Грот, а на другом конце провода отметились начальник управления внутренних дел и краевой прокурор.

По указанию Грота Гоблин отцепил «миссис Хадсон» от батареи и, прикрываясь ею, как щи-

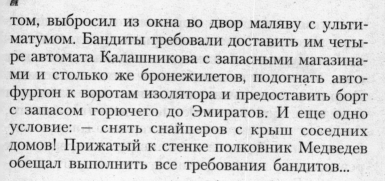

том, выбросил из окна во двор маляву с ульти-
матумом. Бандиты требовали доставить им четыре автомата Калашникова с запасными магазина-
ми и столько же бронежилетов, подогнать авто-
фургон к воротам изолятора и предоставить борт
с запасом горючего до Эмиратов. И еще одно
условие: — снять снайперов с крыш соседних
домов! Прижатый к стенке полковник Медведев
обещал выполнить все требования бандитов...

Снова потекли сначала минуты, а затем и
часы ожидания. Гоблин, опять же по наущению
Грота, контролировал каждое движение Лайзы,
сидя рядом с ней на полу. Это занятие ему нравилось, и он всячески демонстрировал Белову,
что в любую минуту готов применить насилие.

Несмотря на это Саша говорил с Гротом абсолютно спокойно. Ему уже почти удалось уговорить его передать Медведеву англичанина, который снова потерял сознание. Аргументы Белова
были очевидны, а потому убедительны. Во-первых, трое заложников — это слишком много для
успешного отхода, двух женщин вполне достаточно. Во-вторых, парень серьезно ранен и нуждается в операции. В дальнейшем он будет только
путаться под ногами. А то и вовсе двинет кони,
между тем как труп на данном, успешном этапе
переговоров никому не нужен.

Реальный же план, который Белов все это
время держал в голове, был прост и ясен. Необходимо сначала любыми средствами убедить

бандитов отпустить заложников, по крайней мере, двоих из трех. А там видно будет. Внезапно Белову пришла в голову хорошая идея. Решив, что пришло время засветить переданный Федором мобильник, он достал его и набрал номер заводоуправления. К телефону подошла Любочка — будто ждала его звонка. Голос у нее был странный, Саше даже показалось, что она пьяна.

— Люба, не удивляйтесь, это я, Белов, — произнес он «директорским голосом», — немедленно позвоните на телевидение и во все красносибирские газеты, в том числе в «Колокол». Если журналюги хотят видеть побег заключенных, пусть едут в Воронье гнездо — немедленно! — убедившись, что секретарь правильно поняла задание, он отключился.

— Нормальный ход, — одобрил Грот его действия. — Чем больше свидетелей, тем больше у нас шансов выйти отсюда живыми.

— Только давай договоримся: как только журналисты будут здесь, ты немедленно отдаешь парня. Поверь мне — так надо.

Грот опять согласился, хотя ему и не нравилось, что Белый ведет себя так, будто главный здесь он.

Саша попросил Лайзу передать старушке, что он восхищен ее выдержкой. Мол, она ведет себя очень достойно, ни на минуту ее не оставляет присутствие духа. Выслушав перевод, та расплылась в широкой американской улыбке. Поправив шейный платочек свободной рукой — вторая снова была пристегнута браслетами к батарее, старушка ободряющим жестом потрепала Сашу по щеке...

Через час во дворе тюрьмы появилась стая журналистов. Телевизионщики · уже снимали топтавшихся на раскисшем снегу генералов и полковников от МВД и спецназовцев в тяжелом вооружении, в шлемах, с дубинками и щитами. Все шло нормально, без эксцессов, никаких свидетельств приготовления к штурму заметно не было...

Женщины вели себя молодцом и слали Саше ободряющие улыбки. Сидевшие за столом Грот и его безбашенные гвардейцы, Заика и Мориарти, начали клевать носом. Сказывалось напряжение, долгие часы ожидания и выпивка. Саша подумал, что Грот был неправ, позволив своей шатии-братии прикончить весь имевшийся запас коньяка.

Позвонил полковник Медведев. Видимо его достала неизвестность, и он попытался выяснить, все ли в порядке. На всякий случай он еще раз подчеркнул, что все условия будут выполнены, но для подготовки самолета требуется время. И сообщил, что в течение получаса к ним поднимутся санитары с носилками для эвакуации раненого.

— Только не вздумайте со мной шутковать, — предупредил Грот полковника, — а если собираетесь, то заранее готовьте три гроба европейского образца с надписью ООН.

Медведев еще раз пообещал не проводить штурма и положил трубку...

Саша мысленно усмехнулся. Можно было не сомневаться, что в штабе принято решение брать штурмом корпусную и, обещая Гроту самолет, переговорщики просто тянут время.

Когда в камере стало одним заложником меньше, Белов осторожно выглянул в окно.

— Слышь, Грот, — позвал он авторитета, — ты видел чердак жилого дома?

Грот напряг зрение и выдал длинную матерную тираду.

— Снайпер, мать его за ногу! Медведь же обещал мне, что снимет снайперов с крыши!

— Это не просто снайпер. У него в руках не снайперская винтовка, а «Муха». Догадываешься, что это может означать для нас всех?

Гранатомет в руках спецназовца, смотревшего в этот момент сквозь прорези своей маски на окно корпусной, мог означать только одно — что жизни заложников не самое важное в этой истории с захватом. Лайза, сообразив, что ситуация обостряется, заволновались. Старушка произнесла несколько гневно-вопросительных фраз по-английски.

— Что она говорит? — обратился к Лайзе Грот.

— Она говорит, что они не посмеют стрелять в комнату, где находятся члены комиссии Евросоюза и ООН.

— А ты как считаешь, Грот, посмеют или не посмеют? — Саша пристально смотрел ему в глаза, пока не убедился, что тот понял, о чем идет речь.

А именно: заложники здесь не только члены европейской комиссии. В этой комнате заложники все. Причем караулит их не рецидивист типа Грота, а некто неизмеримо более жестокий. Ему нужно одно — избавиться от Белова любой ценой. И жизни тех, кто в момент его смерти случайно окажется рядом с ним, не имеют ровно никакого значения...

На груди Белова завибрировал спрятанный под ветровкой мобильный телефон. Он отошел в сторону и нажал кнопку включения.

— Саша, слушай внимательно, — услышал он в трубке голос Введенского. Связь была отличной, и все присутствующие слышали слова звонившего: — Штурм намечен на двадцать ноль-ноль...

— Но мы же отдаем заложников! — попробовал возразить ошарашенный таким поворотом событий Белов. — Здесь еще две женщины!

— Это не имеет значения. Не перебивай и слушай. Штурма не будет. Но ровно без двадцати восемь с чердака жилого дома по вашему окну будет произведен выстрел из гранатомета. Ты понял меня?

— Да, понял, спасибо за информацию.

— И последнее: оцепление в районе жилого дома отсутствует...

Связь оборвалась. В комнате повисла гнетущая тишина. Потом Лайза шепотом начала переводить соседке на ухо все, что сумела расслышать и понять. Саша бросил взгляд на большие электронные часы на стене помещения: было четыре минуты восьмого...

Введенский! Единственный в мире человек, который способен в эту минуту спасти ни в чем неповинных людей. Он не случайно предупредил Белова о том, что оцепление вокруг дома, где засел спецназовец, снято. Этот организационный шаг вполне понятен: ни единая душа не должна знать, кто именно и откуда стрелял в заложников. А если никто не видел, то замести следы будет гораздо легче.

Белов высветил на экране номер Введенского, чтобы забить его в память, но оказалось, что он был в телефонной книжке. Попытки дозвониться генералу в течение следующих пятнадцати минут не дали результата: ответом были короткие гудки. Время поджимало. А может, задействовать Виктора и охрану комбината? Вот только как на него выйти? Вряд ли он сейчас на работе. Саша набрал номер тетки.

— Катя, как у вас дела, где Виктор? — Белов знал, что в последнее время вся компания часто собирается у него дома, а Катя и Витьком и вовсе сдружились.

Ответом ему были хлюпающие звуки. Прошло несколько бесценных секунд, прежде чем Саша понял, что тетушка просто не может говорить из-за того, что ее душат слезы.

— Где Виктор? Что случилось? — заорал он, чувствуя, что вот-вот взорвется от напряжения.

— Мы едем в аэропорт! — Катя рыдала в трубку, уже не пытаясь сдерживаться. — Алешу украли... Кабан со своей стервой... В аэропорт его повезли...

XLIV

Белов сразу понял, что ситуация изменилась и побег должен состоятся. Он аккуратно сложил и спрятал на груди мобильник. На губах его играла улыбка, которая ни в коей мере не отражала того, что творилось у него в этот момент на душе. Как всегда в минуты крайней опасности на Сашу снизошло абсолютное спокойствие.

— Грот, слушай сюда... — тихо сказал он, понимая, что должен найти максимум несбиваемых, убедительных доводов, чтобы сделать Грота своим союзником: от его поведения в этот момент зависел успех задуманного.

Белов нашел эти слова, и Грот понял его замысел. Они обменялись рукопожатиями. После этого Саша подошел к Лайзе, поцеловал и провел рукой по ее волосам.

— У тебя нет выбора, кроме как поверить мне, — повернулся он к Гроту. — Я люблю ее, и я обязательно вернусь...

Шел мелкий, назойливый дождь. Яркие лучи прожекторов шарили по фасаду девятого корпуса, то и дело заливая светом служебное помещение, на полу которого, скорчившись, сидели вперемежку палачи и жертвы, уже успевшие перепутать, кто из них кто. Темной оставалась только крыша режимного корпуса и жилой дом, одним боком вплотную примыкавший к ней со стороны улицы Свободы. Окна его были погашены, из чего Саша сделал вывод, что жильцы уже эвакуированы. Значит, дело серьезное, и на чердаке жилого здания все еще сидит и ждет приказа спустить курок человек в черной маске...

Он был профессионалом, и ни разу не позволил себе задуматься, кто именно находится там за зарешеченным окном, по которому ему надо выстрелить. Если бы он думал о подобных вещах, то не был бы профессионалом.

Другой человек тоже был доволен тем, что крыша тюремного корпуса и примыкающий к ней с улицы Свободы жилой дом окутаны мраком. Потому что по этой крыше он сейчас шел, и меньше всего хотел, чтобы кто-нибудь это заметил. В отличие от гранатометчика, сидевшего в чердачном помещении, человек, идущий по крыше, не торопил время, а наоборот, пытался его остановить...

Люди, сидевшие на полу в закрытом служебном помещении, не сводили глаз с больших электронных часов на стене. Показав без десяти минут восемь, большая стрелка, казалось, застыла навечно, растягивая невыносимую пытку ожидания конца. Вместе с ней застыл на окне и луч прожектора, осветивший в комнате все детали, включая узор на шейном платочке пожилой англичанки. Потом стрелка дернулась и продолжила свое движение. Никто не ответил: радоваться было рано. И только когда время перевалило за половину девятого, Грот первым встал, уже не таясь, подошел к окну и попытался разглядеть во тьме силуэт жилого дома.

— Похоже, у Белова получилось, — сказал он сам себе.

— Сто пудов, что он не вернется, — откликнулся из своего угла Гоблин. — Я бы точно свалил...

— А это мы сейчас у его бабы спросим! Эй, как тебя там...

Лайза не стала дожидаться, пока бандиты припомнят ее имя.

— Если Белов не вернется, — сказала она с вызовом, — вы меня убьете. И вам станет немного легче...

Когда Саша, мокрый до нитки и покрытый ссадинами, появился в корпусной, обстановка была уже совсем другой. Все были на ногах и возбужденно галдели. Грот только что закончил последний раунд переговоров с начальником УВД.

— Белый! Где тебя черти носят! — закричал он, с трудом сдерживая желание обнять бывшего врага. — Лимузин у ворот! Самолет под парами. Мэмз, надеюсь, вы едете с нами?

Дружный хохот сотряс стены комнаты: все симптомы так называемого «стокгольмского синдрома» были налицо. В психике людей, которые в течение часа готовились к смерти, произошли серьезные сдвиги. С пленниц были сняты наручники, причем старушка выпросила у Грота свои браслеты — на память. Она уже представляла, как под гром оваций выступает с трибуны ООН с вещественными доказательствами своего похищения.

И только Белов не принимал участия в братании преступников с их жертвами, мыслями он был далеко, далеко отсюда. Несколько минут назад, на мокрой крыше тюрьмы, в двух шагах от воли, он пережил адовы муки. Его душу буквально раздирали пополам два чувства: в одну сторону тянул маленький мальчик, сын сестры, в другую — любимая женщина. Саша так и не сделал выбора — он должен спасти их всех...

Первым с ярко освещенного прожекторами крыльца изолятора начал спускаться во двор Грот. Он прикрывался, как щитом, ничуть не испуганной старушкой, прижав ее к сердцу сгибом локтя за шею. Только теперь Грот пожалел, что не взял достаточное количество заложников для прикрытия. Чтобы исправить ошибку, он поднял над головой гранату: это должно отбить у снайперов охоту к пулевой стрельбе. За его спиной появилась Лайза Донахью с букетом тюльпанов в руках, за ней, стараясь держаться в фарватере, гуськом шли Мориарти, Гоблин и Заика. Замыкал процессию Александр Белов.

Дождь лил не переставая. Периферийным зрением Саша засек горстку промокших до нитки телевизионщиков, продолжавших вести съемку. Это вселяло надежду: в присутствии стольких свидетелей, прессы и в непосредственной близости от руководства МВД никто не станет расстреливать представителей ООН. Но что будет потом?

Полковник Медведев не обманул. Белый фургон с работающим двигателем ждал их сразу же за воротами изолятора. На первый взгляд в нем никого не было. Когда до него оставалось пройти всего ничего, Белов, замыкавший шествие, негромко, но уверенно скомандовал:

— Отставить посадку! Впереди по курсу синий фургон — бего-о-м марш!

Ни заминки, ни возражений ни у кого не возникло. Сплоченности этой, по сути, очень разнородной команды мог бы позавидовать любой командир спецназа. Как-то незаметно, само собой получилось, что власть тихо-мирно перешла от Грота к Белову. Даже здоровенный Гоблин готов был ходить перед ним на задних лапах, как медведь в цирке.

Хорошо знакомый фургончик с надписью «Сибирский крендель» Саше удалось разглядеть еще с крыши тюрьмы. И теперь Степаныч, подтверждая, что появился возле изолятора совсем не случайно, дважды мигнул фарами, вышел наружу и открыл все двери для ускорения погрузки. Уже через минуту вся компания неслась по мокрому шоссе в чистеньком, восхитительно пахнущем хлебом фургоне в направлении аэропорта. За рулем сидел Белов: Степаныча он решил не впутывать в эту опасную историю. Обе женщины, обнявшись, разместились на пассажирском сидении справа от Саши. Воры с комфортом устроились в салоне.

Шоссе, ведущее в аэропорт, в этот час было почти пустым. Непогода загнала людей в теплые квартирки и дома, в такую погоду хороший хозяин собаку на улицу не выгонит. Дорога была скользкой, как стекло, однако фургончик мчался на очень приличной скорости. И было похоже, что их никто не преследует.

— Какого черта, Белый! — опомнился вдруг Грот, успевший к этому времени полностью утратить позиции лидера. — В том ментовском фургоне наши автоматы остались и броники!

— Хрен пластидный там остался, а не автоматы, — огрызнулся Саша. — Сейчас бы от нас уже клочки летали по закоулочкам.

Грот не нашел, что возразить, и в салоне надолго воцарилась тишина. Только однажды старушка громко спросила:

— Liza, could you explain me what is "bozhy oduvantchik"?

Лайза что-то тихо объяснила, после чего дама, повернувшись к сидящим в салоне, с достоинством объявила:

— My name is Melany!

— Очень приятно, — откликнулся кто-то из зэков.

А буквального через минуту после этого, несколько запоздавшего официального знакомства Белов сбросил скорость в виду железнодорожного переезда. Шлагбаум был опущен, и слева метрах в пятидесяти гудел приближающийся состав.

Фургон продолжал ехать накатом, когда Белов неожиданно наклонился вправо, резко открыл дверь, а следующим движением руки выпихнул обеих женщин наружу. В ту же секунду «Фольксваген» газанув, смел шлагбаум, и перелетел через рельсы перед самым носом локомотива...

XLV

Судья Чусов не только выжил, но и почувствовал себя гораздо лучше уже через несколько дней после госпитализации. В его истории болезни вместо совсем уж невеселого слова «инфаркт» было записано — «предынфаркное состояние». Слабое, но все-таки утешение. Однако до поры до времени он не спешил рекламировать свое выздоровление и приберегал этот сюрприз ко дню повторного заседания суда. Кардиологи в этом вопросе были с ним солидарны.

По этой причине заведующий реанимационным отделением всякий раз лично выходил к многочисленным посетителям, которые буквально штурмовали больничный порог, так им приспичило пообщаться с судьей. «Только через мой груп?» — говорил заведующий с интеллигентной улыбкой особенно настырным ходокам. Опытный врач и администратор «методом мягкой лапы» умело нейтрализовал любые попытки солидных, хорошо одетых мужчин проникнуть в реанимационное отделение, где «боролся со своим сердцем» Чусов.

Именно боролся и именно с сердцем. Заглянув в черную бездну, судья не увидел в ней ничего, что могло бы послужить оправданием несправедливому приговору, который он чуть было не вынес. И полегчало Андрею Ивановичу вовсе не потому, что врачи совершили чудо и вытащили его с того света, а оттого, что он принял то решение, которое ему подсказало сердце.

После этого все встало на свои места. Верно в народе говорят: все болезни от нервов, но еще правильнее было бы сказать — все болезни от сердца. Одновременно отпала и необходимость прикрывать свою исколотую витаминами задницу. Душевный покой важнее! Ну лишится он на старости лет положенных надбавок, да и черт с ними... Будет лишний повод подсесть на диету и так он слишком толст, а это, опять же, на мотор лишняя нагрузка. Вот ведь как все в жизни взаимосвязано! Да и перед сыновьями не стыдно будет, что еще важнее.

Чусов достал из портфеля, контрабандой доставленного в реанимацию, обвинительный приговор, аккуратно порвал в мелкие клочки. Потом открыл форточку, высунул в нее ладонь ветер подхватил и унес обрывки того варианта судьбы Белова, которому не суждено было сбыться

XLVI

Проскочив переезд, Белов не стал тормозить, а наоборот, дал по газам и помчался на максимальной скорости в сторону аэропорта. Позади громыхал колесами бесконечный, в километр длиной, товарняк. Отлично, у женщин есть время найти себе укрытие! Возмущенные зеки за его спиной орали и размахивали кулаками. В салоне гулял ветер, так как лобовое стекло было разбито при столкновении со шлагбаумом, но это нисколько не охладило их пыл.

— Ладно, Грот, не парься, — бросил Саша через плечо примирительным тоном, — ты и так мой должник, и твои кенты тоже. Если бы я того бойца на крыше не приковал браслетами к стропилам, хрен бы вы сейчас на «Фольксвагенах» разъезжали. А так — «Муха» отдельно, гранатометчик отдельно. Ты лучше подумай, почему за нами хвоста нет?

— Ну почему? Скажи, если ты такой умный, — ехидно вопросил авторитет.

— Да потому, что они знают, куда мы едем...

На подъезде к аэропорту господа воры занервничали. Ни оружия у них нет, кроме лиловой гранаты, ни заложников, а Белов для этой цели не годится. Правда, и то обстоятельство, что ментовскому фургончику они предпочли синий «Фольксваген», тоже имеет несомненные плюсы. Главный — что они все еще

живы. Однако же связь с представителями закона
оборвалась. Где тут принято встречать и провожать
самолеты, захваченные террористами, никто из
пассажиров не знал. Легко догадаться, что уж точно не в аэровокзале. Братки обшаривали взглядами дорогу впереди и позади себя: никто их по-
прежнему не пас, но куда рулить было непонятно... Саша свернул на обочину, заглушил
движок. Стало слышно, как по крыше стучат
крупные капли дождя.

Откуда-то издалека донесся рокочущий гул,
он становился все громче, и через минуту вер-
тушка с боевой раскраской МВД зависла в на-
чавшем темнеть вечернем небе у них над головами.

— Белый, — дернулся Грот, — что делать будем? Куда выдвигаемся?

Саша достал мобильник, и один звонок Введенскому ликвидировал все пробелы в информации.

— В общем, так, братва, сейчас направо вдоль
забора к котрольно-пропускному пункту, через
него на поле. Во-о-н там, видите, ТУ-154? Газуй-
те прямо к трапу...

— А ты сам-то не с нами? — хмуро спросил
Грот. — Я в тюрягу не вернусь, на мне два трупа.

— Нет, вы уж без меня как-нибудь. Всегда
хотел побывать в Эмиратах, только сейчас не с
руки. У меня еще в Красносибирске кое-какие
дела остались.

— Грохнут тебя здесь, зуб даю! Грохнут, и вся
недолга. Может, передумаешь?

— Ладно, не каркай. Вам, наоборот, без меня спокойней будет!

Саша выскочил на раскисшую от дождя землю, захлопнул дверь и махнул рукой: мол, ни пуха... Грот перебрался за руль, тронул фургон с места.

— Тут ты прав, Белый, насчет спокойствия,— крикнул он в разбитое окно. — Заложник из тебя хреновый, лучше сразу застрелиться.

XLVII

На стоянке возле здания аэропорта Белов сразу заметил джип Витька, но самого его нигде не было видно. В зале ожидания царил первобытный хаос. В связи с нелетной погодой рейсы из Красносибирска на Москву и другие города были отменены. Люди ели, пили, спали на полу и скамейках. Цыганки кормили младенцев грудью. Новорожденные кричали отовсюду в режиме стерео. Неуправляемые, как бандарлоги, дети школьного возраста носились, орали, прыгали и дрались, совершенно позабыв, зачем они сюда приехали. Измученные учителя уже не надеялись улететь в какую-либо из столиц, чтобы во время весенних каникул хватануть там про запас культурной пищи.

Сумасшедший дом, бедлам какой-то! Даже не разобрать, что говорит диктор, кажется что-то о возобновлении полетов. Но по тому, как качнулось людское море, можно предположить, что речь идет о рейсе на Москву. Белов решил не дергаться зря, остановился и внимательно просканировал толпу. Он увидел на другом конце зала Федора, Ватсона, тетку и Ярославу, приехавших, видимо, вместе на джипе Витька.

Вот похожий на Шварца здоровяк отвел глаза, наткнувшись на его взгляд. Ясно, лубянского покроя — из Конторы человек. Еще один. Ну, без них вода не освятится! Через минуту ему стало ясно, что в зале полно фээсбэшников. Кажется, они не собираются заламывать ему руки за спину. До него наконец дошло, почему их никто не прищучил по дороге в аэропорт. Введенский! Это он прикрывал ему задницу все это время!

В то же мгновение метрах в тридцати от него, возле самой стойки регистрации, мелькнул бритый затылок без посредства шеи, как у Винни-Пуха, перетекающий в мощный торс. Кабан? Точно, он и есть! Оживленно разговаривает с каким-то арабом в длинном бурнусе и белом в черную клетку платке-арафатке на голове. Саша кинулся в их сторону, но тут же увяз в бесконечных котомках, рюкзаках и чемоданах.

— Мужчина, как вам не совестно, тут больные дети! — взвизгнула снизу сбитая им с ног молоденькая учительница.

Белов наклонился и помог ей встать. За это время Кабан и его собеседник уже прошли регистрацию. Людской поток отрезал Сашу от стоек. Это были воспитанники специализированного интерната для детей с физическими недостатками. Некоторые из них передвигались самостоятельно, других везли в инвалидных колясках. Одна из сопровождавших детей сотрудниц вскрикнула и позвала его по имени-отчеству. В глазах ее вспыхнул огонек узнавания, но тут же погас: в одетом в грязную ветровку мужчине с двухдневной щетиной невозможно было признать статного и безупречного во всех отношениях хозяина алюминиевого комбината.

До Саши дошло, что поездка больных детей организована в рамках одной из социальных программ, которые уже второй год финансирует «Красносибмет». Точнее, финансировал, потому что следующая поездка вряд ли состоится. Почему-то ему показалось очень важным именно сейчас убедиться в своей догадке. Он тронул за рукав одну из воспитательниц, катившую инвалидную коляску. Совсем маленький ребенок спал, свесив головку на грудь так, что капюшон закрывал лицо.

— Вы не на Кубу летите? — спросил ее Белов, сам не зная, зачем.

Невинный, казалось бы, вопрос поверг молодую женщину в панику. Она вскинула на Сашу голубые, очень знакомые глаза, а затем резко рванула вбок, протаранив коляской коридор в скопище людских тел. Надежда Холмогорова! Так значит мачеха Коса — похитительница Алеши?!

— Стоять! — закричал Белов и бросился за ней, стараясь никого не уронить.

В поднявшемся гвалте одинокий голос взывал к его совести, остальные крыли матом и грозили вызвать милицию. Но Саша видел только это лиловое пятно в толпе перед собой, а в какой-то момент заметил Витька, который, сильно прихрамывая, бежал наперерез Надежде. Она имела явное преимущество, поскольку народ сам собой расступался при виде женщины с инвалидной коляской. Сразу за нею людские волны снова смыкались, и пробиться сквозь них было невероятно трудно.

Витек находился уже буквально в двух шагах от нее. Вот сейчас он протянет руку и хотя бы притормозит эту гадину до его подхода. Как вдруг под ноги Злобину метнулся непонятно откуда взявшийся мальчишка, он наступил на него и грянулся на мраморный пол.

Между стойками регистрации Надежда пронеслась, по-прежнему расчищая себе путь коляской. Опешившие сотрудники аэропорта что-то кричали ей вслед и попытались задержать хотя бы Сашу, но он легко перемахнул через барьер, потом, как прыгун в высоту, перелетел над транспортной лентой с чемоданами и сумками, и помчался дальше. Неужели эта дура все еще надеется попасть на борт самолета?

Белов ворвался в накопитель и остановился. Дальше ей бежать некуда. Как и Кабану с арабом, которые, в числе немногих успевших пройти регистрацию пассажиров, с изумлением уставились на возбужденных, запыхавшихся Белова и Витька, наконец-то догнавшего своего шефа. Надежда, тяжело дыша, остановилась у стеклянной стены накопителя и повернулась лицом к

Саше. За ее спиной, всего метрах в трехстах от себя, Саша увидел тот самый ТУ-154, где сейчас должен был находиться Грот со товарищи. Почему-то Саша был уверен, что непотопляемый морячок обязательно выкрутится. В отличие от Надежды!

Коляску с мальчиком она выставила перед собой, словно это препятствие могло остановить Белова. Алеша так и не проснулся, из чего следовало, что его опоили чем-то вроде макового отвара, как это принято у южан. Рядом араб с наклеенной на лицо фальшивой улыбкой глупо хлопал глазами. Черт, это же никакой не араб, это...

В этот момент Кабан, стоявший гораздо ближе к Надежде, чем Саша, подскочил к коляске и взял мальчика на руки.

— Оставь пацана в покое, — сказал Белов, приближаясь к ним быстрым шагом. — Ромео, не будь свиньей...

Он уже приготовился к атаке, как вдруг Кабан с криком «держи мальца» бросил Алешу в сторону Белова. Ему не оставалось ничего иного, как выставить вперед обе руки и поймать его, как баскетбольный мяч. Пока Саша «принимал пас», Кабан схватил инвалидное кресло, с разбегу протаранил им стеклянную стену накопителя и вывалился на летное поле. Отбросив коляску в сторону, он с низкого старта рванул в сторону самолета.

— Рома, а как же я? — истошно заорала Холмогорова, отрезанная от него градом осколков.

Кабан услышал этот крик души, резко тормознул... и повернул назад. Надежда, протянув к нему руки, как лунатик шагнула в хрустнувшую лужу стекла...

Белов беспомощно оглянулся: к нему спешили Ярослава, Федор, Ватсон и Катя. За ними следом — фээсбэшники и сотрудники службы безопасности аэропорта. Пока он был занят племянником, Кабан, перебросив через плечо Холмогорову, успел отмахать половину пути к самолету. Комичная фигура в белом балахоне поспешала за ними, но с большим отставанием.

— Витек, — крикнул Белов, — держи этого урода!

Злобин, хромая, кинулся за похитителями, часть фээсбэшников присоединилась к нему. Белов передал спящего парня Ярославе. Она приняла его на локоть, а свободной рукой притянула к себе Сашу за шею и прижалась горячим лбом к его небритому, колючему подбородку. Тетка обняла их обоих: они застыли, как скульптурная группа, изображающая встречу родных после долгой разлуки.

— Ну, прямо «Место встречи изменить нельзя» — раздался совсем рядом знакомый голос.

Саша поднял глаза: в метре от него, довольно улыбаясь, стоял Введенский.

— Игорь Леонидович, — обратился Белов к генералу, — этот Уродов что, участвовал в похищении?

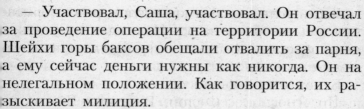

— Участвовал, Саша, участвовал. Он отвечал за проведение операции на территории России. Шейхи горы баксов обещали отвалить за парня, а ему сейчас деньги нужны как никогда. Он на нелегальном положении. Как говорится, их разыскивает милиция.

— Какие шейхи? — удивился Белов. — И зачем арабам Алешка? У них что, демографический кризис, без нас ну никак?

В собравшейся тем временем вокруг них толпе пассажиров раздались смешки. Все смотрели на генерала, которому, казалось, эта ситуация доставляет удовольствие.

— Дело в том, — сказал он, показывая на мальчика, — что он по отцу — ближайший родственник Авада бен Ладена. И не только его, у него вообще куча родичей в правящих элитах Ближнего Востока.

Реакция Белова была самой простецкой: он почесал затылок и не нашел, что сказать. Ярослава всхлипнула и покрепче прижала к себе Алешку, Катя и Федор недоуменно переглянулись. Доктор Ватсон буркнул что-то насчет бразильских телесериалов.

В это время вернулись с поля Витек и фээсбэшники. Злобин с видимым удовольствием пинками гнал перед собой посеявшего где-то платок лжеараба. Как только они подошли ближе, Саша неожиданно для всех сделал шаг вперед и классическим прямым в челюсть буквально смел Удодова «с лица земли». Депутат картинно, как и все, что он делал в жизни, отлетел назад, приземлился на лопатки и в довершение проехал несколько метров на спине по усыпанному осколками стекла полу. Вряд ли это ему понравилось, но возражать он не стал, потому что пребывал в нокауте.

Подоспевшие секьюрити скрутили Белова, но Введенский жестом велел его отпустить. Он подозвал к себе офицера ФСБ, одетого как спецназовец из фантастического фильма, и что-то спросил у него недовольным, строгим голосом. Тот с виноватым лицом начал оправдываться, показывая рукой на самолет.

Только тут Саша сообразил, что ни Кабана, ни Холмогоровой спецам задержать не удалось. На поле их тоже не было видно, из чего напрашивался один-единственный вывод: обоим удалось попасть в самолет. Он не успел съехать с рулежной дорожки на взлетную полосу и, судя по молчанию двигателей, пока не собирался взлетать.

Внимание Введенского переключилось на летное поле. Он, мимоходом извинившись перед Беловым за то, что не может его отпустить, направился к «тушке». Двое здоровенных молодцов в камуфляже подошли к Саше и взяли его под белы руки.

— Игорь Леонидович, — крикнул он вслед генералу, — разрешите хоть попрощаться!

Введенский, не останавливаясь, махнул рукой спецназовцам, и те отпустили его. Он по очереди простился с друзьями. Поцеловал Ярославу, все еще спавшего Алешу и тетку, пожал руку бывшим жителям поселка Карфаген. Когда он обменивался рукопожатием с Витьком, то почувствовал, что в его ладони появился посторонний предмет. Это был ключ от джипа...

XLVIII

Состоявшееся на другой день очередное заседание районного суда города Красносибирска по «делу Белова» с точки зрения драматизма и напряженности превзошло все предыдущие вместе взятые, но это выяснилось только в самом его конце. А до этого и пресса, и телекомментаторы сходились во мнении, что этот политический фарс подошел к своему логическому завершению, и в нем, наконец-то, в самое короткое время будет поставлена последняя, жирная точка. И это несмотря на то, что возникли новые, непредвиденные обстоятельства, из-за чего в историю судебной практики он вошел под названием «процесс без подсудимого». Во всяком случае, из-за отсутствия главного героя — Александра Белова — интерес к этому спектаклю упал ниже плинтуса...

В тот день в зал суда мог бы попасть каждый, кто пожелал, но таковых было совсем немного. Журналистская братия тоже была представлена слабо: накануне прошла настолько противоречивая информация, что все окончательно запутались. Ясно было одно: заключительное заседание по «делу Белова», перенесенное в связи с болезнью судьи на завтрашнее утро, скорее всего, не состоится.

По одной из версий, подсудимый Александр Белов скончался от того, что получил смертельный удар заточкой от одного из сокамерников. Второй источник утверждал, что он стал организатором и вдохновителем дерзкого группового побега заключенных, и теперь объявлен в розыск. Но приз абсурда следовало бы отдать третьей «новости»: Александр Белов, якобы, неведомым образом перенесся на летное поле Красносибирского аэропорта, захватил самолет и благополучно отбыл на нем в направлении Эмиратов!

Короче говоря, идти в суд после такой чепухи не имело смысла. Ясно было, что инициаторы процесса совсем запутались или отчаялись его выиграть настолько, что впали в умственное расстройство. А потому в полупустом зале находились только немногочисленные, как оказалось, друзья подсудимого, люди изможденного вида, со следами бессонницы на лицах. Они явились сюда, чтобы узнать хоть что-нибудь о подсудимом, потому что до сих пор возможность контакта с Беловым жестко пресекалась судебными и прочими властями, а вся информация о нем жестко дозировалась. В их числе была и Лайза Донахью. Обычно суперэлегантная американка явилась в суд, опираясь на палку и в советского образца туфлях на низком каблуке. А под глазом у нее можно было угадать тщательно затонированный, но все-таки вполне читабельный синяк.

Немногим лучше в этот день выглядел и полпред президента господин Зорин. Казалось, сегодня он забыл надеть привычную маску вальяжности и выставил на всеобщее обозрение свое настоящее лицо жалкого и растерянного человека. Что было неудивительно: по дороге в суд он имел телефонный разговор со своим московским конфидентом, сообщившим ему о ночном побеге Белова из здания аэропорта, а также об аресте господина Удодова, каковой был не только депутатом и председателем думского комитета по законности, но и компаньоном Зорина в кое-каких не совсем легальных коммерческих предприятиях.

Однако даже не это поразило Зорина в самое сердце, а то, что никто из местных чиновников не счел нужным проинформировать его о взятии Удодова под стражу! Хотя это произошло, как говорят менты, на его земле! Старый номенклатурный волк Зорин сразу понял, что это значит...

Итак, заседание суда состоялось. Ровно в десять утра, с боем часов, на свои позиции выдвинулись судья Чусов и государственный обвинитель Константинов. Судья бросил на стол толстую папку с документами, которую принес собой, со вздохом водрузил на нос очки и принялся рассматривать документы. На своего бывшего приятеля он даже не взглянул, как, впрочем, и тот на него. Это обстоятельство имело скрытое значение лишь для них: обоим было понятно, что отныне и до конца жизни они никогда больше не подадут друг другу руки...

Чусов наконец расшифровал своего вечного оппонента, понял, что ему — подсознательно, — не нравилось в нем: да, прокурор Константинов получал от своей работы садистское удовольствие. Его должность и статус давали ему возможность чувствовать себя творцом человеческих судеб, хозяином жизни и смерти подсудимых. Право назначать наказание, привлекать к ответственности, определять меру наказания — все эти прерогативы государства он сделал своей собственностью, можно даже сказать, приватизировал. Пусть даже он не торговал ими, но зато использовал как ступени для своей карьеры. Не он служил закону, а закон служил ему для удовлетворения его собственных амбиций.

И слава богу, что Белов испортил прокурору сегодня праздник! Его место в железной клетке так и осталось вакантным.

Никто из собравшихся, включая адвокатов, уже не надеялся увидеть этого авантюриста на скамье подсудимых. Однако правила вынуждали участников процесса играть отведенную им роль до конца. Суд должен состояться хотя бы с той целью, чтобы зафиксировать факт отсутствия подсудимого.

Едва секретарь суда произнесла первую ритуальную фразу «встать, суд идет», как у входа в зал послышался шум, перешедший в громкую перепалку. Мужчина, которого охранники приняли за бомжа, настойчиво пытался проникнуть в зал, где шло заседание. Чусов отложил документы, снял очки — у него была дальнозоркость — и вгляделся в нарушителя спокойствия.

— Позвольте ему пройти! — бас судьи перекрыл гам, поднявшийся в зале. — Никто не может отказать гражданину в праве занять свое место на скамье подсудимых.

Александр Белов шагал по проходу между креслами в абсолютной, космической тишине. И лишь после того, как охранник закрыл за ним железную дверь клетки, зал в едином порыве разразился овациями. С той самой минуты аплодисменты стали неотъемлемой частью его жизни...

XLIX

Месяц спустя Белов получил приглашение в Кремль на совещание, посвященное отношениям власти и капитала. Само собой разумеется, на деле речь шла лишь о демонстрации лояльности со стороны олигархов, а не о дискуссии с ними, которая даже не подразумевалась... Это Александр понимал прекрасно: в Кремле должны были встретиться и обменяться фальшивыми улыбками государство и крупный бизнес, не более того. Но для него это приглашение было чем-то вроде политической реабилитации. Опала закончилась, он снова был на коне...

Главным номером кремлевской программы стала пресс-конференция, в ходе которой президент Батин в режиме нон-стоп отвечал на каверзные вопросы журналистов о перспективах развития бизнеса в России и личном его отношении к «делу Белова».

Как всегда, он показал себя зрелым мастером словесных баталий и не раз срывал аплодисменты зала. Ассистировавший ему сотрудник администрации Иван Жуков по очереди предоставлял слово российским и зарубежным корреспондентам.

— Международная общественность не раз давала понять, что внимательно следит за ходом процесса, — говорил с сильнейшим акцентом молоденький англичанин. — Не кажется ли вам, что Россия больше потеряет в результате снижения инвестиционного рейтинга и бегства капитала за границу, чем приобретет в результате повторной национализации «Красносибмета»?

Журналист еще не закончил говорить, а на губах президента уже заиграла ироническая улыбка. Батин красиво выдержал паузу и хмыкнул.

— Извините, вопрос не по адресу,— сказал он очаровательно скрипучим голосом. — Государство не должно вмешиваться в споры хозяйствующих субъектов. Это наша принципиальная позиция. Кроме того, даже будучи президентом, я не вправе навязывать свое мнение суду. И я никогда не сомневался в справедливости предстоящего судебного решения. Российское

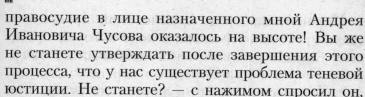

правосудие в лице назначенного мной Андрея Ивановича Чусова оказалось на высоте! Вы же не станете утверждать после завершения этого процесса, что у нас существует проблема теневой юстиции. Не станете? — с нажимом спросил он, глядя в глаза покрасневшему от смущения журналисту. — Вижу, что не станете. Потому что с юстицией в России дела обстоят не хуже, чем на вашем хваленом Западе вкупе с Америкой!

Российская часть аудитории одобрительно зашелестела блокнотами: куда этому мальчонке до нашего Всеволода Всеволодовича! Иван Жуков пробежал взглядом по залу, показал «Паркером» на знаменитую Троегудову и кивнул ей: дескать, можете говорить. Все притихли в ожидании сенсации. Взаимные отношения главы государства и, по его же определению, «ведьмы пера» Троегудовой напоминали информационную войну певца Куркурова с газетчицей из Ростова Ритой Артаньян. Счет на сегодняшний день был равный и в первом, и втором случае. Что-то будет? Тем более, что сегодня Троегудова, как назло, была в розовом жакете.

— Вас не смущает, — голос ее звучал уверенно и даже нагло, — что, приняв курс на укрепление вертикали власти, иными словами, на реализацию бюрократической модели государства, вы тем самым ограничиваете развитие свободных рыночных отношений и лишаете инициативы талантливых предпринимателей? Но при этом хотели бы видеть в них патриотов... — добавила она невыносимо ядовитым тоном.

Путин не дрогнул. Однако всякий намек на улыбку исчез с его лица, ставшего в одно мгновение похожим на римские скульптурные портреты Октавиана Августа.

— А давайте спросим самого Александра Николаевича, — ловко перевел он стрелку на сидевшего между старушкой Лоу и Лайзой Донахью Белова. — Патриотично ли такого человека, как он, лишать инициативы с пользой для страны? Я правильно понял ваш вопрос? — он убедился, что стрела его иронии попала точно в розовую грудь Троегудовой, потому что она вдохнула воздух и забыла его выдохнуть от возмущения, и поощрительно кивнул Белову.

Микрофоны, телекамеры и глаза присутствующих, как по мановению волшебной палочки, развернулись на вставшего с места Сашу, который вдруг почувствовал себя частью какого-то многоголового существа, вроде тысячеглазого Аргуса. Он одновременно видел себя со стороны, сверху, сзади и из президиума. Ему вдруг стали внятны, или это только казалось, мысли и желания всех этих, таких разных, и одновременно таких похожих друг на друга людей. В ушах возник гул, похожий одновременный шепот нескольких десятков старушек на лавочках у подъездов. Белов мотнул головой, и наваждение исчезло.

— Так ведь патриот — он и в Африке патриот, — сказал он с простоватой улыбкой и тут же посерьезнел. — Только ведь Россия — не Африка. И давайте не будем ее в Африку превращать, это задача неблагодарная и неблагородная. Моя цель — сделать Россию Европой окончательно и бесповоротно. Без всяких обжалований и апелляций в Верховном или Страсбургском суде.

Зал с некоторым опозданием понял смысл сказанного, некоторое время все молчали. Растерявшийся Иван Жуков упустил инициативу и совсем забыл о своих обязанностях ведущего. «Что делать? — лихорадочно соображал он. — Черт его знает, что думает Батин по этому поводу. Здесь ведь надо в струю ляпнуть. Государственное дело, твою же мать!». В общем, пауза непозволительно затянулась.

Однако Батин не потерял самообладания. Всеволод Всеволодович встал и несколько раз изволил хлопнуть в ладоши, подав тем самым окружающим сигнал к началу рукоплесканий. После этого все потонуло в овациях и криках одобрения. Троегудова что-то сноровисто записывала в своем блокноте.

Подождав с полминуты, Батин одним движением водворил в зале тишину и с блеском завершил пресс-конфренцию. Ни единое облачко не омрачило его умное и волевое лицо, несмотря на то, что в десне снова ожил и мучительно заныл воспаленный зубной нерв. Жуков со светлой улыбкой поздравил своего шефа с очередным замечательным выступлением.

Однако факт остается фактом. Общепризнанный лидер по части авторских афоризмов на сей раз уступил, пусть даже на время, пальму первенства герою дня — Александру Белову...

Официальные мероприятия уже закончились. Каждый из участников уже сказал то, что хотел или мог себе позволить. Теперь наступило время для более приятного и менее опасного занятия, а именно — кремлевского фуршета. Александру Белову пришлось пофланировать с бокалом шампанского в руке между роскошно сервированными столами, обмениваясь комплиментами с известными политиками и раздавая направо-налево многочисленные интервью.

Если бы кто-нибудь взял на себя труд подсчитать общее их количество на этом мероприятии и выделить победителей, то первые два места, безусловно, поделили бы между собой Батин и Белов. Время от времени они даже светились перед телекамерами вдвоем, едва ли не обнявшись, и смотрелись при этом классно: умные, светские, белозубые мужчины в расцвете лет...

Сашу в основном донимали вопросами о побеге из тюрьмы. Ничего не поделаешь, так было в прошлом, так, наверное, будет всегда. Это его крест — имидж настоящего мужчины, мачо, способного ради спасения невинных людей одной левой уложить банду террористов и обезвредить десяток-другой снайперов.

Масла в огонь подливала старушка Мелани Лоу — международный наблюдатель из комиссии по правам человека, побывавшая в роли заложницы. Миссис Лоу вместе с другой вчерашней заложницей, Лайзой Донахью, тоже присутствовала на фуршете, держалась молодцом, и ее новый шейный платочек вступал в смелую полемику с сиреневыми кудрями. История о гранатометчике, который целился в них под проливным дождем с крыши дома, был изложен неоднократно, к вящему неудовольствию некоторых участников и устроителей приема. Оператор, снимавший интервью, неоднократно показывал — и в разных ракурсах, и крупным планом — золотой браслет миссис Лоу в виде половинки наручников с обрывком цепочки. Размещенную на нем стильную надпись «I Love BeLove» не заметил бы только слепой...

Слава богу, что журналистская братия то ли не докопалась пока, то ли сочла менее интересной тему попытки похищения Алеши. Поэтому Белову не пришлось комментировать хотя бы эту часть месячной давности событий в Красносибирском аэропорту. Лично для него эти события значили очень много и были далеко не ясны.

Одно было понятно: его маленький племянник по линии биологического отца — арабского террориста Омара — оказался родственником могущественного человека, пожелавшего любой ценой заполучить в личное пользование «наследника из Сибири». А Удодов, Кабан и Надежда Холмогорова были непосредственными исполнителями его заказа. Кроме того, Саша подозревал, что Введенский позволил улететь самолету с террористами не потому, что лажанулся, а по каким-то своим иезуитско-лубянским соображениям.

Кстати, Игорь Леонидович тоже появился на приеме, хотя это было не в его стиле. Он подошел к Белову с двумя полными бокалами вина и вручил ему один из них. Оба, иронично улыбаясь, чокнулись, сделали по глотку шампанского. Введенский поздравил Александра с победой на всех фронтах и заговорил об общих знакомых. Он рассказал, что Дума лишила депутатской неприкосновенности господина Удодова, и бывшему законотворцу предъявлено обвинение в незаконных поставках российских ПЗРК арабским экстремистам и убийстве журналиста Безверхих.

Доказать его участие в киднеппинге пока не удается, поскольку подтвердить эту версию на данный момент некому — его подельники Холмогорова и Кабанов находятся в бегах (интеллигентный Игорь Леонидович употребил другое выражение: «сказываются в нетях»). Единственный след: арабский паспорт на имя Абу Али ибн Сины, судя по всему, подлинный, отобранный у бывшего депутата при аресте. Но следствие не теряет надежды, потому что полпред Зорин, которого тоже вызывали для дачи показаний — пока в качестве свидетеля — день ото дня становится все более разговорчивым.

В своем горячем стремлении помочь следствию Виктор Петрович нещадно топит своего вчерашнего партнера и куратора. Помимо всего прочего, Зорин рассказал о том, что именно депутат Удодов организовал убийство редактора «Колокола» Леонида Безверхих, но при этом «свидетель» скромно умолчал о своей роли в этом деле. Ушлый журналист, как выяснилось, сумел докопаться до порочащих депутата связях с арабским миром и по привычке взялся шантажировать. Теперь предстояло выяснить, кому именно принадлежит идея одной очередью перестрелять всех зайцев и свалить вину за это убийство на Александра Белова...

— Кажется, по-русски это называется «пир победителей»? — с легкой иронией спросила, подходя к ним, мисс Донахью.

На лицах Саши и Лайзы появилось одинаковое выражение, из-за которого Введенский сразу почувствовал себя лишним и поспешил откланяться. Однако американка остановила его:

— Игорь, — спросила она, придержав его рукой, — я никак не могу забыть ту девочку из тюрьмы, контролера. Она еще на кореянку похожа. Что с ней, она погибла?

— Анюта Цой? С ней все в порядке. Будет жить. И коллега ее тоже, не волнуйтесь. Нас так просто не задушишь, не убьешь. — Введенский проигнорировал вопросительный взгляд Саши и заторопился: — Ладно, извините, леди и джентльмены, вон, видите, меня жена моя зовет, — он показал бокалом на супругу, изнывавшую от скуки в обществе политиков Жмериновского и Рогожина. — Уже, по-моему, приревновала меня к вашей красоте, Лайза.

Отвесив комплимент, генерал ловко поклонился и отправился спасать свою благоверную. Лайза подняла глаза на Белова.

— Пора попрощаться, — сказала она, нервно дернув плечом.

— Давай свалим вместе, — заговорщицки шепнул ей на ухо Саша. — Мне тоже надоело здесь тусоваться до чертиков.

— Нет, тебе, наверное, лучше остаться... — теперь Лайза упорно избегала его взгляда. — Ты меня не понял. Я хотела совсем попрощаться. Моя миссия выполнена, и пора уезжать.

— Куда? — Саша и сам почувствовал, что вопрос прозвучал глупо...

ЭПИЛОГ

Они вышли из Кремля через Троицкие ворота, спустились по лестнице в Александровский сад и прошлись пешком в сторону Манежной площади. Недалеко от шедевров Церетели нашлась свободная скамейка. Они сели и долго молчали, глядя на Кремль и могилу неизвестного солдата. Потом Саша обнял девушку, осторожно поцеловал ее в щеку, где еще оставался едва заметный шрам — след жесткого падения в кювет, и спросил дрогнувшим голосом:

— Никак не пойму, почему ты не хочешь остаться в России! Я могу устроить тебе любой контракт.

— И даже брачный? — деланно удивилась американка.

— Легко!

Лайза закрыла лицо ладонями. Как объяснить Саше, что в России ей неуютно? Здесь слишком хаотично ездят автомобили, а водители совсем не соблюдают правил. Здесь вообще никто не соблюдает правил! Даже бабушки переводят малолетних внуков через дорогу на красный свет. А бизнесменов уничтожают по очереди то бандиты, то государство!..

Саша не мог понять, плачет она или, наоборот, смеется от радости. Он силой отвел тонкие руки от лица и заглянул ей в глаза. В них было много боли, и еще больше печали.

— Если честно, то знаешь, чего я боюсь? — едва сдерживая слезы, спросила Лайза. — Я боюсь, что стану мешать тебе в твоей безумной гонке. Ведь ты никогда не сдаешься. И рано или поздно просто вытолкнешь меня из машины — ради моего же блага.

Саша не нашелся, что ответить. Они продолжали сидеть, обнявшись, охваченные одним и тем же чувством безысходности. Ни вместе, ни поврозь...

— Давай поступим по-другому. Ты поедешь со мной в Америку! — Лайза была так обрадована собственной идеей, что даже подскочила на месте. Она отстранилась от него и сказала голосом экстрасенса: — Верь мне, твое место там!

И с запалом принялась излагать свои доводы. Америка — свободная страна. В ней создан благоприятный экономический климат. Американцы любят талантливых людей и смогут по достоинству оценить его волю и деловую хватку. А имидж жертвы произвола с самого начала обеспечит ему сумасшедший успех!

— Ты же умный... — Лайза решила выложить козырной туз. — Разве ты не понял? Дело не в Батине. Это крестовый поход чиновников против капитала. И расправа над тобой только отложена! Едем со мной! — она схватила его за плечи и снова притянула к себе.

Они целовались так долго, что на них стали оглядываться прохожие, а когда оторвались друг от друга, у обоих кружилась голова. Белов почувствовал, что сердце его разрывается, но одновременно в нем поднялась волна упрямства и сопротивления нажиму.

— Я остаюсь в России... — сказал он жестко.

— Почему? Почему? Почему? — возмущенно закричала Лайза: неужели этот романтик он не видит, что у него нет шансов!

— Все просто, — печально улыбнулся Белов, кивнув в сторону Кремля. — Во-первых, ты сама сказала, что я никогда не сдаюсь. А во-вторых, хочу стать губернатором Камчатки... — пояснил он совсем уж непонятно для Лайзы: — Там вулканы...

Лайза совсем перестала понимать Белова. Что это, чувство юмора? Или он над ней издевается? Сейчас не время для шуток! Но Саша выглядит таким серьезным...

— Зачем тебе вулкан? — недоуменно спросила она. — И потом, в Америке тоже есть вулканы... — Лассен-Пик, Рейнир, Килауэа...

— В Америке все есть, — охотно согласился Белов и добавил: — Только вулканы не те, не того калибра.

Сказал и тут же пожалел. Потому что Лайза, вне себя от ярости, вскочила с места, издала какой-то звериный рык и бросилась бежать куда глаза глядят, распугивая и сбивая с ног встречных.

413

Белов смотрел ей вслед, пока она не скрылась из виду. На душе было тяжело, в голову лезли мрачные мысли. Он еще долго сидел на лавочке, глядя на высокие кремлевские стены. Говорят, что при их возведении много народу погибло, так что стоят они, будто бы, на крещеных косточках. А может, и не правда это: кто знает, как было на самом деле?

СОДЕРЖАНИЕ

Литературно-художественное издание

Александр Белов

БРИГАДА

Поцелуй Фемиды

Книга 13

Ответственный за выпуск *А. Денисов*
Художественный редактор *А. Гладышев*
Технический редактор *Л. Бирюкова*
Компьютерная верстка *О. Тарвид*
Корректор *В. Кулагина*

Подписано в печать 14.03.05.
Формат 84×108$^{1}/_{32}$. Бумага газетная.
Гарнитура «Петербург». Печать офсетная.
Усл. печ. л. 21,84. Тираж 42 000 экз.
Изд. № 05-7172. Заказ № 4849.

Издательство «ОЛМА-ПРЕСС Экслибрис»
129075 Москва, Звездный бульвар, 23А, стр.10
«ОЛМА-ПРЕСС Экслибрис» входит в группу компаний
ЗАО «ОЛМА МЕДИА ГРУПП»

Отпечатано с готовых диапозитивов
в полиграфической фирме «КРАСНЫЙ ПРОЛЕТАРИЙ»
127473 Москва, ул. Краснопролетарская, 16